作者近照

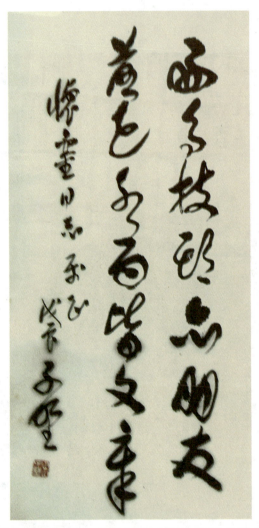

时任国家出版委员会主任委员王子野 1991 年秋为作者
书写作品

时任《秘书工作》杂志主编傅西路 1997 年 8 月为作者书写作品

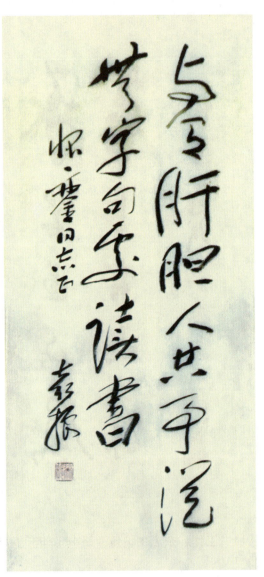

时任中共安徽省委副书记袁振 1985 年春为作者书写作品

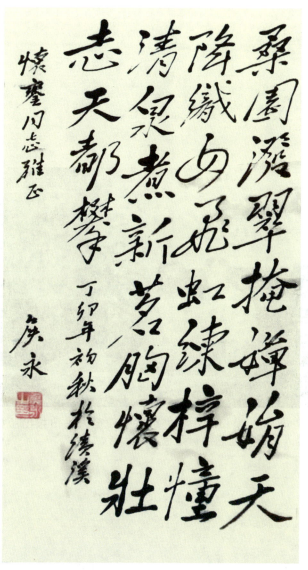

桑园潋翠掩婵娟天
阶织女飞虹练梓橦
清泉煮新茗胸怀壮
志天都攀

怀塞同志雅正

侯永

丁卯年初秋于绩溪

时任安徽省副省长侯永 1985 年秋为作者书写作品

1997 年 7 月 30 日，作者进京送书稿至人民日报出版社，拜谒人民日报社总编辑范敬宜时合影

2000 年夏，作者与安徽省社科院原院长欧远方老师在黄山日报社合影

2016 年 10 月 16 日，作者与新华社安徽分社原副社长周郁夫（左一）等在高铁绩溪北站合影

2014年10月19日，作者与好友合影：左一洪树林（绩溪县政协文史委原主任、画家），左二章飚（国家一级美术师，曾任安徽省美术家协会主席，现任安徽美术家协会名誉主席），左三胡佩芳（著名舞蹈编导），左四作者，右二汪福琪（绩溪县计划委员会原主任），右一黄根洁（绩溪县人民法院原副院长）

2010年春节，作者与诸位贤良合影：左一柯宁宁（绩溪县卫生局局长，后任副县长），左二黄萍（绩溪县纪委副书记），左三胡嗣玲（绩溪县政协副主席），左四作者，左五舒嫦女（绩溪县人大副主任），右二沈筱华（《宣城日报》总编辑），右一葛少青（宣城市文化局副局长）

2015 年 7 月 11 日，作者与同仁们在绩溪北站合影

2017 年 4 月 6 日，作者与友人合影：左一章洪铎，左二汪观文，左三汪振亚，左四程万福，左五胡天木，左六张正奕，右三作者，右二许元谨，右一吴建有

2017 年春节，作者在女儿家与儿子磊磊、女儿颖颖、女婿小兵、孙子晨晨、外孙童童合影

2017 年 6 月 15 日，作者泰国之旅，在曼谷大皇宫与友人恒虎、金海、宜萍、晓燕合影

徽州随感

程怀銮 著

人民日报出版社
北京

图书在版编目（CIP）数据

徽州随感 / 程怀銮著 . -- 北京：人民日报出版社，
2021.11

ISBN 978-7-5115-7155-7

Ⅰ.①徽… Ⅱ.①程… Ⅲ.①杂文集－中国－当代
Ⅳ.① I267.1

中国版本图书馆 CIP 数据核字 (2021) 第 217552 号

书　　名：**徽州随感**
　　　　　HUIZHOU SUIGAN
著　　者：程怀銮

出 版 人：刘华新
责任编辑：张炜煜　白新月　霍佳仪
装帧设计：元泰书装

出版发行：**人民日报**出版社
社　　址：北京金台西路 2 号
邮政编码：100733
发行热线：（010）65369509 65369512 65363531 65363528
邮购热线：（010）65369530 65363527
编辑热线：（010）65369514
网　　址：www.peopledailypress.com
经　　销：新华书店
印　　刷：河北信德印刷有限公司
法律顾问：北京科宇律师事务所 010-83622312

开　　本：787mm×889mm　　1/16
字　　数：350 千字
印　　张：28
版　　次：2021 年 11 月第 1 版
印　　次：2021 年 11 月第 1 次印刷

书　　号：ISBN 978-7-5115-7155-7
定　　价：89.00 元

作者简介

　　程怀銮，皖南绩溪人，现为中国管理科学研究院科学技术社会学研究所特约研究员、安徽省作家协会会员、主任编辑。历任县委写作组、县委宣传部、《徽州报》社编辑组副组长、记者、中共绩溪县委办公室主任、县委副县级督察员等职。

　　先后在《人民日报》、新华社、《光明日报》发表评论、杂文、随笔等文章 50 多篇。

　　采写的两篇"内参"被中央办公厅和新华社采用，得到国务院领导同志的批示。

　　发表于《人民日报》头版"今日谈"栏目的《催一催不如推一推》言论获该报征文二等奖。

　　编著出版《山下漫笔》《徽溪情》《纵论集》《京华缘》等文集。

自序

　　早年，毛泽东同志曾对《新民晚报》总编辑林放说："我爱读杂文，假如让我选择职业的话，我想做个杂文家，为《人民日报》写点杂文……杂文家难得。"读后使我深受教育和启迪，就开始摸索着学写评论、杂文。

　　《徽州随感》是部杂文集，大都是我近十年来发表的作品。想不到，读者对这些作品颇有兴趣。

　　有的说，作者在《人民日报》"大地"副刊发表的《"善下斯为大"》等几篇杂文，已写到"涉笔成趣"之意境。而大都发表于《安徽日报》副刊和《徽州社会科学》的杂文，虽然报刊层次不及中央媒体，但也有味道。

　　什么味道？人们说很有文化味道，且有"酸甜麻辣"滋味，故才选辑部分出版，以便雅正。

　　有人说，杂文是"带刺玫瑰"，鲜艳、漂亮，但扎人。是的，甘瓜苦蒂，扬善抑恶、褒美贬丑是杂文的灵魂。

　　也有人说，杂文，引经据典，纵横捭阖，令人费解。

古人有言"文如看山不喜平",画龙点睛、曲径通幽是杂文的文魂。

有人问我是怎么爱上写杂文的。说爱,还真有缘由。当年,我在徽州报社工作时,写过一篇《别滥用"黄山"的名义》的评论,发表在1981年11月27日《人民日报》头版"今日谈"栏目,委婉地批评皖赣铁路和一些企业滥用黄山名义,把距黄山景区50多公里的岩寺镇命名为"黄山站",给乘客和工作造成不良后果,震动了徽州和铁道部,不久,"黄山站"便更名为"岩寺站"。这是杂文的感召力。

"道德千古事,文章六经来。"就是这篇言论,引发了我写杂文的兴趣。当然,光有兴趣还不行,既当先生,更要当学生。多读经典,多接地气,这样,才能写出有血有肉的作品。多年来,受名家的指点,我先后在《人民日报》、新华社、《光明日报》等处发表的50多篇评论、杂文、随笔,已收入前部文集《京华缘》出版。

本集作品,大都以小见大,短小精悍,题材贴近群众、贴近实际、贴近生活,或许能让读者从中尝到"萝卜青菜,各有所爱"的味道。

程怀鎏

于寒墨斋 2021 年 1 月 6 日子夜改就

目 录
CONTENTS

杂 文

"善下斯为大"　　　　　　　　　　003

谄谀者宜惕　　　　　　　　　　　006

别把"甜头"当"苦头"　　　　　　008

喜见纸笔回归　　　　　　　　　　010

这门课开得好　　　　　　　　　　012

文化的魅力　　　　　　　　　　　015

歌舞声中听民声　　　　　　　　　018

为教育鼓与呼　　　　　　　　　　021

政德化民怨　　　　　　　　　　　024

街巷文化注民心　　　　　　　　　026

不离源头艺常新　　　　　　　　　029

县令是政之要　　　　　　　　　　032

看轻一点"官帽子"的分量　　　　036

文风就是党风　　　　　　　　　040

知恩是德　　　　　　　　　　　044

漫谈做人　　　　　　　　　　　048

一位母亲的胸怀　　　　　　　　053

"势利"之徒　　　　　　　　　057

启迪智慧的钥匙　　　　　　　　061

徽学的意义　　　　　　　　　　065

徽学的魅力　　　　　　　　　　069

"心安草"的启示　　　　　　　074

可否少些"正确同志"　　　　　077

学学孙安"动本"　　　　　　　081

论"胸怀"　　　　　　　　　　086

"道歉"释民怀　　　　　　　　091

退休者悟　　　　　　　　　　　095

怎听"民声"？　　　　　　　　100

文贵"短而精"　　　　　　　　104

城市"生命"　　　　　　　　　109

幽默是"融合剂"　　　　　　　113

滋养着人类的"水"　　　　　　117

女性的光辉　　　　　　　　　　120

造林是造福　　　　　　　　　　125

凡事涉己如何？　　　　　　　　129

家风贵在"德"　　　　　　　　132

孝敬之道　　　　　　　　　　　136

"狸猫与麝"断想　　　　　　　　　140

"职责"的担当　　　　　　　　　　144

"良药"贵在"良心"　　　　　　　148

思想胜于利剑　　　　　　　　　　152

助人是助己　　　　　　　　　　　156

一篇作文的叩问　　　　　　　　　160

"獬豸"之说　　　　　　　　　　　164

"忍"的境界　　　　　　　　　　　168

宏村的"水"　　　　　　　　　　　172

敬人有为　　　　　　　　　　　　176

鹭岛之美　　　　　　　　　　　　180

"相轻"不如"相亲"　　　　　　　184

豁达犹"良药"　　　　　　　　　　188

品行的"活教材"　　　　　　　　　192

"饱满稻穗"的品格　　　　　　　　196

"三滚泥巴"的启示　　　　　　　　199

山是吾师　　　　　　　　　　　　203

学书心则正　　　　　　　　　　　208

震撼的一幕　　　　　　　　　　　212

为中国喝彩　　　　　　　　　　　216

人生二度春　　　　　　　　　　　221

《人民日报》七十华诞感怀　　　　225

为"去盾持剑"者护卫　　　　　　230

劝君　　　　　　　　　　　　　　233

说"交友"   237

他们是可敬的人   241

"妒"不如"赏"   244

理想最高境界   247

爱民情怀   252

大地之力   255

"下不为例"同志传   258

生命重于泰山   262

思想"解剖刀"   266

随 笔

徽州情怀   279

嵚崟境界   283

于微细处见风范   286

含悲忆勋耆   290

他心中唯有百姓   298

海纳百川   302

"达人"之风   306

最难风雨莫乎情   310

一眼知君乎   315

风采人生   320

龙川游记   336

踏访"来苏桥"   343

天堑变通途   347

出神入化 353

养兰是"养心" 356

燕子归来 360

庭院石榴树 364

乐在山趣 368

情之所归 373

难得的机缘 376

生命大如天 380

小鸟始飞（二首） 387

退仕赋 390

收获记 392

品　题

怀銮是言论作者 417

为人正直 420

文人相亲 422

后　记

424

杂文

徽／州／随／感

"善下斯为大"

俗话话"阎王好见，小鬼难缠"，意思是高官大官大多和善客气，不大不小的官员反而趾高气扬，官腔官调，令人难以接近、接受。此话虽然有点偏颇，却道出了一个道理，"善下斯为大，能虚自有容"。

一次，周恩来总理去某地视察工作，飞机着陆后，他同机组人员一一握手，表示感激。此时，机械师正蹲在地上工作，周总理和其他同志握手后没有马上离开，就站在机械师身后耐心等待，并示意别人不要惊动。机械师忙完工作后转过身来，发现总理竟然站在身后，不禁大吃一惊，忙说："对不起，总理，我不知道您在等我！"总理却笑着说："我没有影响你的工作吧？"随即紧紧地握着机械师满是油污的双手，令这位机械师和在场的人感动不已。

老一辈无产阶级革命家这种"善下"的崇高思想境

界和优良作风，宛如一笔宝贵精神财富在滋养着我们党的干部，一代一代传下去，令人欣慰。由此，令我想起了几年前的一件事。一天，在皖南山村公路陡坡上，我发现有两位农民兄弟拉着两辆满载农产品的板车在爬坡，猝然后面来了一辆小轿车，当司机同志准备按喇叭催促时，车上一位官员说："不要催，下去推一把。"三位干部下车帮着把前方两辆板车推上了坡，前后也不过十多分钟，这两位农民十分高兴地与他们握手言谢。"催一催不如推一推"，此事虽然过去几年了，但"干部推板车"的故事一直在群众中流传。这表明百姓对有"善下"之心的干部是念念不忘的。

"善下"，就是眼睛要向下，眼要看到实情，心连着百姓。这是一种美德，一种胸怀和境界，体现出一个干部的党性、官德、学识、见识和人品。对组织而言，"善下"是一种凝聚力和战斗力。

可惜，这"善下"的优良作风和官德，在有些干部心中渐渐流失了。有的干部所关心的是地位、权力和金钱、美色，对上两眼眯笑、巴结谄媚，对下两耳不闻、闻而不听；有的干部，一提升到领导岗位，腰身变粗，架子变大，对下属不亲，对同事疏远；有的干部没叫他官衔，马上变脸，甚至找茬刁难。有一种不良风气尤其不可小视，逢年过节，部属都要向领导登门拜年，部属不去拜年不行，去了礼轻也不行，如有哪位部属不去拜年或礼轻了，那你就没有好日子过了，不是被弄去坐"冷板凳"，就是提升没你的份儿。

　　"善下"与"善上",虽只一字之差,却反映了一个干部尤其是领导干部的思想品行。这种现象虽然发生在少数领导干部身上,但影响很坏,它损害了组织形象,玷污了同事关系,压制了人的积极性,严重妨碍了党的工作。为什么有的干部唯有自己,没有一点"善下"的良知呢?讲到底还是心里没有群众。能不能"善下",这不仅是个人问题,也是一个官风问题,更是一个组织的形象问题。

　　从政以德,是我国古代政治文明的优良传统,是修身、正己、齐家、治国、平天下的前提。为官者的道德水平如何,在一定程度上反映一个社会或地区的整体道德水准。"人无德不立,国无德不兴。"为官只是一时,做人才是一生。德是做人的根本,有了这根本,才能谈得上善待他人、善待部下。

　　国以民为本,人以德为先。当今,我们国家把民生放在头等重要位置,破天荒废止国税皇粮,免除农业税,免除九年制义务教育学杂费,实行了低保、养老保险、医保等一系列惠民政策,这是德政、善政的范例。一个国家要兴旺发达,民众是根基,爱民、惠民,根基才牢固。

载《人民日报》"大地"副刊"金台随感"专栏

2013 年 2 月 18 日

谄谀者宜惕

人都知道溜须拍马的谄谀之风不好。概括起来，阿谀奉承有三大危害：一是使被谄谀者听不到真话，看不到实情，见不到真面貌，听到的、看到的全是一片莺歌燕舞，最终偏听则暗，判断失误；二是使被谄谀者的"爱好"成为拍马者的突破口，渐渐全面沦陷，失去理智；三是谄谀者可能处处受到袒护，变成好人受气、小人得志的局面。把人际关系弄得复杂、紧张，污染风气，败坏作风。

谄谀，实际上是一种政治欺骗。它之所以有市场，根子还在听任甚至享受谄谀者身上。因为有人喜欢人奉承，就必然有人投其所好。而谄谀者为何要谄谀？原因很简单，是看中其手中的权力、背后的利益。如此，一旦权力退去，利益散尽，谄谀者也就吸完了给养，鸟雀般散去而又忙着谄谀下一位去了。司马迁在《史记·汲郑列传》中记载了一个故事：有个姓翟的下邽人，起先当廷尉（最高司法官）时，宾客来往极盛，把大门都堵塞了，罢官后，则大门外可罗雀。后来，翟公官复原职，又当了廷尉，宾客们又准备前往巴结，翟老先生便在门上写了 24 个大字："一死一生，乃知交情；一贫一富，乃知交态；一贵一贱，交情乃见。"这番话，对人情世故的分析真是再透彻不过了，也足以说明"谄谀者不忠""谄谀者宜惕"的道理。"谄谀在侧，善议障塞，则国危矣"，这是古人对历史和世态的经验总结，对今天来说仍很有现实教育意义。

历史经验告诉人们，对谄谀者要提高警惕，因为奉承是一种麻醉剂，不仅麻醉人的大脑神经，更会腐蚀人的灵魂，使人失去理智甚至良知。如此可解书中为何说"千人之诺诺，不如一士之谔谔"。意思就是，迎合、奉承的人再多，也顶不上一个敢讲真情实话的人宝贵。

载《人民日报》"大地"副刊"金台随感"专栏
2013 年 4 月 8 日

别把"甜头"当"苦头"

记得，35年前，《人民日报》头版头条转载过一篇文章，《分清主流与支流，莫把"开头"当"过头"》。说的是辽东农村广大农民由衷地欢迎尊重生产队自主权，热烈拥护党中央的惠民政策，而部分干部中却另有一种怀疑、抵触的声音，认为农村改革"过头了"。当时的那篇文章切中时弊有力地回应了此种"怀疑""抵触"。

30多年后的今天，党中央适时作出反对形式主义、官僚主义、享乐主义和奢靡之风的决策，在全党上下分期分批开展群众路线教育实践活动，党风、政风、社会风气颇有改观，人民群众得到了"清风化弊"的实惠，看到了我国廉政建设的前景。此时，又冒出"另一种声音"，说什么反"四风"过猛、过了头，今后为官者要"吃苦头了"，当干部的"日子不好过了"……

把"甜头"当"苦头"，岂不正和当年的"把'开头'

当过头"落到了一个坑里？

其实，流言并无根据，更不符合事实和民心民意。前不久，我接触过一位县委书记，他很坦诚地说，随着反"四风"的开展，"我们基层好干多了。比如说接待吧，以前上面来的领导和同志，不知给喝什么酒，拿高档的压力太大，拿中档的，又怕其不高兴，事后带来麻烦。况且一个晚上要跑五六个场子，轮番接待，不去吧，说你瞧不起人家，都去吧，实在难以承受，更重要的是坏了政风、官风。现在轻松多了，照规矩办。"我问他，有人说，反"四风"，为官者要"吃苦头了"，真的吗？他说："不是吃苦头，而是尝到了甜头。我党从诞生日起，就是靠严明的纪律凝聚民心。今天，我们同样用反对'四风'、'落实八项规定'赢得党心、民心。一个为官者，一旦沾染'四风'，哪有心思为老百姓谋福利，哪有精力去干工作？只有坚持不懈反'四风'，党风、政风才能回归本真，只有严，对干部才是真正爱护。"

清不清，听民声；是甜是苦，百姓心里最清楚。而这位县委书记的话，则表达了许多基层干部的心声，回答了现实问题。

"历览前贤国与家，成由勤俭破由奢。"这是警世诤言。从这个意义上，为官者吃点苦又有什么不好呢？为官者吃苦，老百姓才幸福，反之，为官者享乐，老百姓就要吃苦头。

载《人民日报》"大地"副刊"大地漫笔"专栏

2014 年 4 月 5 日

喜见纸笔回归

在电脑、手机普及的今天，相当一部分年轻人对纸笔渐渐淡忘了，还流传着"无纸无笔，什么都晓；点点电脑，比什么都好"的顺口溜，"提笔忘字，落笔错字"成了常态。一些大学生的硬笔字写得歪歪扭扭，写出的毛笔字不是"若萦春蚓"就是"如绾秋蛇"，不堪入目。

毋庸置疑，电脑、手机的普及，是时代发展、科技进步的结果。而从文化发展、文明传承来说，纸和笔与电脑、手机一样，都是重要载体。可惜的是纸和笔已渐渐成了"短腿"。社会进步发展，新生事物不断涌现，我们既不能抱残守缺、拒绝新事物，也不能一味喜新厌旧、一股脑儿地丢掉传统文化中的优秀因子。唯有把传统文化与现代文明融为一体，才能发挥博大精深的传统文化的优势，做到"两条腿走路"。

文化发展繁荣，离不开对优秀传统文化的继承和发扬。纸笔回归，正是坚持"两条腿走路"的好兆头，有利于避免快餐文化、浅层浏览造成优秀传统文化的没落甚至消亡。更可贵的是，在纸笔渐被淡忘、受冷遇之际，群众自发开展练字习书活动，像绩溪等地街面巷里出现不少民间练字习书园地，受教育者络绎不绝，很快得到公众和有关部门的重视、认可，这表明传承优秀传统文化是众望所归。如果能得到社会支持、政府"撑腰"，因势利导，逐渐规范，相信"短腿"不会再短，中华文化必将发扬光大。

载《安徽日报》时评版 2012 年 8 月 29 日

这门课开得好

近日，来到皖南绩溪县实验小学采风，发现一个新亮点：全校新开设了一门"写字课"，一、二年级学生描红，三、四年级学生写硬笔字，五、六年级学生学毛笔字，使学生们从小就打好写字的功底。此举深受学生家长和社会人士的称赞，都说这门课开得好。

它之所以好，好就好在填补了当今小学教育中的空白，传承了优秀传统文化的血脉，值得颂扬。

我问洪明祥校长，怎么想到增开这门写字课？他说："当今，练笔写字已渐渐被电脑、手机等先进科技所取代，写字不受重视，无疑先进科技是社会进步的标志，但传统文化的笔不可丢掉，自古以来，从小入学，首要一课就是执笔描红、临摹名人字帖，不知何时，这个优良传统没了，现在我们想把这传统传承下去，所以增设了这门写字课，让学生从小就练好执笔写字的基本功。"

校长这番话，是用辩证的思维，回答了当今的现实课题，也就是说，先进文化和传统文化两者间应相辅相成，并驾齐驱，这是开设这门课的真正意义所在。

一位哲人说："用笔写字，是开启知识之门，开发智力之道。"笔，早在秦代就有了。唐代韩愈著文《毛颖传》，称笔为"毛颖"，又把笔冠以"中书君"的美名。王羲之著有《笔经》，视笔为珍宝。晋武帝把笔赐名"麟角管"。到了现代的鲁迅，则称手中的笔为"金不换"。纸，早在蔡伦献纸前一两百年的西汉时，我国就有了原始纸。看今朝，北京奥运会开幕时那硕大的画卷徐徐摊展，吸引人们眼球的，竟是那对人类文明史有巨大贡献的活字印刷术。

这表明，文化的发展繁荣离不开对优秀传统文化的自觉和自省，而自觉和自省的前提，是对优秀传统文化的基本认知和积累，胸无点墨，何以自觉？再说，我们为何还怀念先秦散文、楚辞汉赋、唐诗宋词、明清小说？为何默念诸子百家、孔孟老庄？是因为我们的血管里流淌着优秀传统文化的血脉。

古人曰："骨气形似皆本于立意而归乎用笔。"其实，用笔写字，动手又用脑，用心又会神，能开发智力、增强记忆力、丰富想象力，可以"豁然心胸，略无凝滞"，健体又健脑，更有利于传承传统文化的血脉。

我想，实验小学新增设这门写字课，它宛如一株刚破土的幼苗，需要阳光雨露的滋润、春风夏雨的滋养，

也就是说，需要得到全社会支持，并且有政府撑腰才能
茁壮成长，开花结果，收获丰硕。

载《安徽日报》"黄山"副刊 2013 年 2 月 1 日

文化的魅力

　　春节期间探亲访友，来到中国民间文化艺术之乡——皖南绩溪县伏岭镇，令我大长见识：一场轰轰烈烈的群众文化活动在这里展开，伏岭村的舞狮、徽剧，湖村的秋千、抬阁，石川村的跳旗五帝龙舟，北村的祭社（祠堂文化）等各种传统民间文化艺术各显风采，充满了浓浓的年味，丰富了农村的文化生活。节前宣城、芜湖、江西等地一批京徽剧票友慕名来伏岭取经、演唱。据了解，徽剧发祥地伏岭村，早立村规，每逢有男丁到30岁，在春节期间主动出资组织开展2—3天的舞狮、演徽剧文化活动，以示成家立业，开启未来；湖村的秋千、抬阁的表演绝技，是老中幼三代艺人的艺术结晶，声名远播。当地百姓说，这浓厚的文化艺术宛如春风夏雨，吹散了污泥浊水，净化了乡村风气，吹拂了清新的民风，激发了农民群众建设美好乡村的热忱。

"春风如醇酒，著物物不知。"这些群众文化如"春风醇酒"在潜移默化地浸润人们的心灵。如伏岭村的传统舞狮和徽剧，竟把这千灶万丁的大村的人心聚拢了。湖村的精彩秋千、抬阁一出场，不仅轰动全村，还深深吸引左邻右舍的村民。这些群众文化，更如"忽如一夜春风来，千树万树梨花开"的冲击力，正冲击那些所谓文化是空洞的，不能给人带来经济实惠，不能吃，不能喝，也不能用于购房子、买车子；文化既出不了GDP，更看不到政绩的贡献率；搞文化建设，只支出，没收入等陈词滥调，论证了"物质与精神"、文化"魂"与"体"的辩证关系，也正如老百姓说的"富了口袋富脑袋"的道理。

我们更要看到，"当今时代，文化越来越成为民族的凝聚力和创造力的重要源泉，越来越成为综合国力竞争的重要因素……"，说明文化建设，对于一个国家、一个民族、一个地方的发展至关重要，它滋养和浸润人们的灵魂，有着促学、博识、明理、悟道之功能，更让人享受闲适、心旌荡漾，又汲取营养、感悟人生的精神生活，这是人们生活中必不可少的精神营养素。

恩格斯说过："文化上的每一个进步，都是迈向自由的一步。"我们建设中华民族共有精神家园，归根到底有赖于文化的强力淬冶和殷切渗濡。也就是说，"以文化人""化人以强"，可激发人的聪明才智。文化，更是培育真、善、美的沃土，根除假、恶、丑的良药。如伏岭这样许多乡村之所以有良好、清新的民风，与文化生

活的广泛开展和熏陶是分不开的。更说明，文化不仅是
经济发展和社会进步的精神动力，也是人民群众所渴望
和诉求的精神生活。

载《安徽日报》"黄山"副刊 2013 年 3 月 22 日

歌舞声中听民声

在人们的印象中，歌舞似乎是艺术家们的专利，而今不同了，不少民众也成了能歌善舞的行家里手。

近年来，外出到过合肥、杭州、南京、泰州等大中城市，跑了宣城、黄山、宁国、绩溪、歙县等市县，所见所闻，广场、公园、西湖畔，都充满文化气息。每逢早晚和双休日，哪里有广场、有公园，哪里就有人群，哪里就有歌声嘹亮、舞蹈翩翩；参与者大都是中老年人，也有年轻人，男女老少都有；形式上，有腰鼓队、歌咏队、舞蹈队；内容上，有京剧、黄梅剧、越剧、地方剧、广场舞、健身舞、交际舞等，真乃歌舞满城，笑语朗朗，充满生机。据了解，这种景象已遍布全国各地，可喜可贺。

有人说，歌舞声中听民声。此话是有一定道理的。歌舞声体现了民众安居乐业、国泰昌盛的精神风貌。如果是生活在吃穿无着、居无定所、风雨飘摇的困境中，哪来的心情唱歌跳舞呢？也就是说，民众有了美好幸福生活，才会有好心情，才有那一阵阵高亢的歌声、一支支轻盈的舞曲，越过大街小巷，穿越广场时空，优美动听，似乎把那座座都市、山城，唱得青春焕发，跳得生机勃勃。

民声，给政府有关部门传递了一个信息，那就是要加强对群众文化生活的引导和支持，积极为民众创造优越的文化生活环境，以更好适应民众的需求。因为群众需要文化生活，文化生活是滋养人的精神元素。一个民族的自觉，首先是文化上的觉醒；一个政党的力量，很大程度上取决于文化的自觉。当今时代，文化越来越成为民族凝聚力和创造力的重要源泉。人民群众自觉、自发地参与和开展文化活动，一展歌喉，大显风采，抒发内心的感情，用歌声、舞曲来颂扬今天的美好幸福生活，歌颂优越的社会制度，这本身就是实现中国梦的一股精神力量。

歌舞艺术是文化的重要组成部分。正如联合国的一份报告指出："如果我们把人的发展看作是人类生存的整体繁荣，那么文化恰恰就是这种发展的最终目标和归宿。"文化就是这样，看似无用，却大有用。它常常在不经意间给人提供是非、善恶、真伪、好坏的判断标准；在不知不觉中，滋养着人们的人格、精神、风骨和血脉，提升人的精神境界。

一哲人说："一首优秀歌曲，就像一盏明灯，照亮人的心灵。"从贝多芬、莫扎特的音乐殿堂，到巴尔扎克、高尔基的文学宝藏，从《红岩》《青春之歌》的理想之歌，到《黄河大合唱》《长征组歌》的史诗交响，无不蕴含着震古烁今的思想，所以说，文化是人创造的，文化更是为人服务的。文化"化"人，艺术"养"心。人民群众广泛参与文化娱乐活动，也包含着健身、保健之内涵。在某种意义上讲，以文化娱乐来"养心"，更有利于健身、保健。人，一旦有了好心情、好心态，就有利于体魄健康，就会激发人的聪明才智，使人更好地投入到生活和工作中去，享受美好幸福生活，这是人民群众对理想的追求，更是民心民意的反映。

载《安徽日报》"黄山"副刊 2013 年 3 月 22 日

为教育鼓与呼

　　早听说，素有"尊师重教"誉称的绩溪，有个民间团体——绩溪县胡稼民教育思想研究会，成果累累，遐迩闻名。据说，北大学子吴浩（外籍人士），看了《稼研会刊》后，特赴绩溪加入了"稼研会"。近日一睹，果真名不虚传。每期的《稼研会刊》（16开16版，约4万字）居然发送给全国20个省（包括台湾地区）、自治区、直辖市的众多会友、同仁，影响颇大，曾受到时任省人大副主任苏平凡的首肯。

　　一个民间团体的小小会刊，为何在社会上产生这么大的影响？我问教育界一位朋友，他说："《稼研会刊》内容丰富，是传播近现代史上名师名校的师德风范、治学真经，对当今教育工作很有指导意义，更是百姓所期盼和呼唤的。"不假，解放初期，效行陶行知先生教育思想的前贤、曾任绩溪中学教导主任的胡稼民立身治学的师德风范受到学子、同仁和百姓的敬仰，教育界的公认。21世纪之初，一批有识之士怀着敬仰之情，获准组建"稼研会"，对胡稼民先生"严厉、仁慈、忘我"的教育思想进行研究，为推进当今教育事业的发展起到了鼓与呼的作用。

当下，"稼研会"的研究对象，已越过县界，面向古徽州近现代的名师、名校的研究，引起徽州教育界的广泛共鸣，吸引了许多在任的中小学校长和教师积极参与研究，挖掘和抢救了一批老徽州的名师、名校的教育史料，联系当今教育实际，开辟"教育论坛"，编著出版了老徽州的教育史料和名师、名校等文集九本，《会刊》出刊100期，刊发文稿近400万字。这些研究成果，已成为当今教育界的重要资源和无形资产。

古人曰："致天下之治者在人才，成天下之才者在教化，教化之所本者在学校。"这说明，能够改变人的命运、成就未来的，正是教育。人生能遇到几位良师，真乃受益终身，没齿不忘。

当今的教育事业已今非昔比，得到了前所未有的发展，取得了辉煌成果。但由于种种原因，时下有的学校重智育、轻德育，重现实、轻师德，重课堂、轻实践，重形象、轻治学等问题仍不同程度存在。有的学校把学生成绩与教师奖惩挂钩。使得一些教师认为，学生的学习成绩好，教师有业绩又有利，学校更光彩。明知学生的思想品德教育重要，但难以量化，故不愿把精力和时间放在德育上。有些教育主管部门对学校、教师的考核，同样也是把学生的学习成绩作为唯一标准。这是一个误区，要尽快走出来，回归教书育人功能，才有利于教育事业的发展。

"学为人师，行为世范。"教师是道德的引路人、品行的示范者。令人高兴的是，各地都涌现出一大批品德高尚、教学有方的优秀教师和管理者，受到学子们的爱戴、社会的认可。但也应看到，在教师队伍中，有少数教师道德失范、品行不佳、待生势利等，如不醒悟，势必误人子弟。教育应以育人为本，教师要善于、乐于与学生交友、交心，及时了解学生的思想情绪和家庭状况，在抓好教学的同时，更要重视培养学生的良好人格品质。教育管理者和教师，都应懂得"旁求俊彦、启迪后人"的深刻道理。绩溪"稼研会"研究的目的不就是"启迪后人"吗？这足以说明，培养学生的优良人格品质，在某种意义上讲，教师是关键。

载《安徽日报》"黄山"副刊 2013 年 4 月 12 日

政德化民怨

据了解，某县推行了一场殡葬改革，改杂乱散葬为陵园群葬，迁坟成千上万，涉及万户千家，动作大，阻力大。面对阻力，时任县长不回避、听民声、化民怨、敢担当，使当地人民群众醍醐灌顶，较为顺利地完成了这场改革。但县长的心情久久不能平静，改革当年"冬至"这一天，他冒着严寒，亲临新建陵园凭吊致歉："请别怪你们的子孙，为规范殡葬和节约土地，让你们迁坟不安，是我县长对不住你们，现在请入陵安息吧！"随后连续几年他都去陵园瞻仰。百姓们说，县长这点"动作"，却化解了他们心中不少怨言、怨气，体现了尊重群众、尊重亡灵的优良政德，难能可贵，很得人心。

古人曰："在心为德。"政德是道德修养，反映为政者的思想品德。其实，在实施每一项改革中，起初都不可能没有一点不同声音、不同利益得失，问题是如何把百姓的利益得失放在心里。只要把工作做到百姓心坎上，就能化阻力为助力。可惜，当下，在我们的干部队伍中，确还存在着一些懒政、乱政、败政的官僚主义和享乐作风，遇到矛盾和问题，不去面对，不敢担当，反而高高在上，没有回应，没有态度，回避矛盾，这种作风，岂能让老百姓满意呢？

"苟利国家生死以，岂因祸福避趋之。"一个为官者只要心中有百姓，思想上有法律准绳，工作上有敢于担当、敢于面对群众诉求的精神，就能得到群众的理解和支持。如果能把群众工作做到这个份儿上，就一定会受到百姓的拥戴，实现中国梦就会大有希望。

载《安徽日报》2013 年 11 月 14 日

街巷文化注民心

　　近期，在中国历史文化名城——绩溪县城的背街小巷出现了展现街巷文化的新景观，深深吸引了市民的眼球。这是华阳镇在创建文明城市中打造的文化精品，合民意，激励人。

　　华阳镇是县治，所辖五个社区，城区背街小巷有着悠久的历史、名人、典故，蕴藏着深厚的人文资源和文化元素，但又往往被遗忘或忽视。该镇根据各社区所处的区域、历史因素、人文特点，分别造就五条文化街巷：杨柳"诚信"巷、五龙"崇文"巷、来苏"古韵"巷、东山"拼搏"巷、凤灵"开放"巷。开掘人文资源，展示现代文明，凸显今人传承古人诚实守信、崇文重教、来苏古韵、拼搏奋进、大胆开放、尊老孝亲、争做好人等传统文化，成为德育的活教材，置立图文并茂富有特色的街巷文化长廊，悬固在街巷墙体上，让市民们随时都可看见，天天受到滋养。一位胡姓市民说："街巷文化开发得好，把被湮没的身边的事、身边的文明、身边的古今文化展示在人们面前，可以让人学习人文历史、交流现代文明、凝聚精神力量，争做好市民。"

文化，是城市的灵魂、街巷的血脉、人类的精神食粮。它承载着人文历史、现代文明、人居环境、德育建设的精神因素，好比净化心灵的春风，滋润素养的夏雨，潜移默化地使人受到熏陶和感染，在无声无息中得到滋养和升华。

然而，人们也常见到，有的地方，在创建文明城市中，只注重打扫打扫、搞搞卫生、栽栽树木、粉粉墙体、整整路况，以致有些人也这样认为，创建，不就是搞搞卫生、平平路吗？这是一个误区。当然，这些事也应该做，尤其是这些硬件建设更应该做好，但是光做这些事远远不够，应把美化环境与文化建设、治理脏乱差与开发人文资源、劳动教育与德育结合起来，这样城市文明才能注入民心。

据报载，有个故事：某地有一条河，河岸地处河东、河西两个村。隔河相望，精神不一样。河西村曾经生活贫困，人心涣散，人口频频外流，后来，村里来了一位年轻人，他发现河西村贫困、心散的根本原因是丢掉了传统文化，取财无道，丧失了凝聚力。他就经常与村民讲述传统文化的力量，讲艰苦创业、崇文重教的历史，果然唤醒了村民们的良知，激发了村民的积极性和创造力。在这位年轻人带领下，开发当地资源、创办工厂、继承传统文化、发展教育，逐渐地把民心凝聚起来了，奋斗了五年，河西村一改旧貌，村民们生活富裕了，精神饱满了，成了远近闻名的先进村，外流人口纷纷回村。而河东村呢？河东村曾经生活富裕，令河西村人羡慕。后来，由于村当家人取财无道，待人失德，摒弃了精神文明建设，丢掉了传统文化，忽视了村民的文化生活，没过五年，就衰落下来，最终，不仅落到河西村后头，还成了贫困村。

俗话说："有比较才有鉴别。"这两个村的前后变化说明了什么？说明，精神生活与物质生活同等重要，更不可丢。而精神生活主要是靠文化元素来滋养。从这个意义上讲，华阳镇在发展生产力的同时，积极开辟社区街巷文化，发掘背街小巷的人文资源和文化元素，丰富市民的精神和文化生活，提升市民素质，其做法值得学习。

古人曰："人文化成。"人文是哲学社会科学的一个门类，它深深熔铸在民族的生命力、创造力和凝聚力之中，对于促进一个地方的经济社会发展，提升市民素质，实现中国梦有着至关重要的作用。也就是人们常说的，"一方文化养一方人"。一个地方的人文历史和文化底蕴怎样，反映了一个地方的文化水准、教育程度、思想道德素质和文化素养。在人居环境中，对身边的文化历史的了解和尊重，可以激发人们对先贤的情思、对后嗣的嘱托、对名人和先贤的思想和精神的传承，街巷文化的作用就在于此，它宛如精神文明中的一朵奇葩，愿它永久绽放。

载《安徽日报》"黄山"副刊 2013 年 11 月 15 日

不离源头艺常新

近日，偶遇文艺界的朋友、舞蹈编导胡佩芳女士，多年不见，她硕果累累，令人感佩。她年少就投身文艺工作。历经 50 多年，从徽州走出去，辗转福州，后进入厦门湖里区少年宫，十多年来，为少儿艺术团创作、编导文艺作品数十种，其艺术团表演的节目多次进京、去沪、赴港台演出，荣获全国金奖 26 项，荣获市级金奖 25 项。她说："我的成功经验证明，人民是文艺创作的源头活水，生活是文艺工作的最好老师，如果脱离人民和生活，文艺就会变成无源之水、无本之木。"

是的，胡佩芳的文艺工作始终植根人民群众之中，饱尝了酸甜苦乐的民间生活，汲纳了人民群众无穷的智慧和营养。她的文艺作品宛如蓝天的阳光、春季里的清风，普照校园、启迪思想、滋润心田，引领少儿积极向上，深得广大少儿朋友和大众的喜爱。

　　文以载道，文以化人。由此可见，一个文艺工作者，只有深深融入人民的生活，关注普通人的梦想和期望、爱和恨、生与亡，关注人类生存的一切，才能让更多人在文艺作品中找到启迪，从精神生活中获取教益。多年来，我这位朋友，就是这样践行的，所以她的文艺作品具有很强的感染力。

　　"文艺是铸造灵魂的工程，文艺工作者是灵魂的工程师"，"广大文艺工作者要高扬社会主义核心价值观的旗帜，把社会主义核心价值观生动活泼、活灵活现地体现在文艺创作之中"，这是习近平总书记在文艺工作座谈会上，对广大文艺工作者提出的殷切希望，为繁荣发展社会主义文艺指明了努力方向。改革开放30多年来，我国的文艺工作环境越来越好，文艺繁荣发展前所未有，极大地丰富着人们的精神生活。但我们也应清醒地看到，有些文艺作品偏离了社会主义核心价值观，甚至以假恶丑的乱象来吸引某些人的眼球，腐蚀青少年的心灵；还有一些作品，观众一边看一边骂，创作者一边挨骂一边还挣着大钱。存在这些怪象大都是因为思想精神层面出了问题，当下，比较突出的是一些人观念没有善恶，行为没有底线，说话没有是非，见事不分美丑，说到底，就是价值观缺失，以致精神变得"失魂落魄"，找不到方位，这就更需要发挥文艺引领时代风尚、铸就民族魂魄的重要作用。

　　中国舞蹈家协会主席赵汝蘅讲了一个故事，使人看到文化的力量是潜移默化的。甘肃酒泉市玉门小金湾是一个以东乡族为主的乡村,村小学升学率一直是个让校长头痛的问题。今年9月开学时,从原来一个年级80—90名学生,达到了300多名。为什么会出现这种现象?是因为中国舞协在那里开展舞蹈志愿服务项目——新农村少儿舞蹈美育工程之后,发生了可喜的变化。显见,艺术,就是这样"春风化雨""润物细无声"。

"凡作传世之文者,必先有可以传世之心。"这就是文以载道。这个道,是文艺的使命。在中华文化的历史长河中,无数文化先贤以此为价值追求,传承着中华民族的精魂,赓续着中华文化的基因。相信广大文艺工作者定当焕发强烈的责任感和使命感,去迎接新一轮"文艺的春天"的到来,在新起点上实现新跨越。

载《安徽日报》文艺评论版2014年11月28日

县令是政之要

近日，中共中央政治局常委习近平同志会见王伯祥先进事迹报告团时强调指出：加强和改进新形势下党的建设，要求进一步加强干部队伍建设，着力造就高素质县委书记队伍。这很有现实和深远指导意义。

"郡县是国之根本，郡守县令是政之先导。"[①] 显然，加强县级班子建设极其重要。由此，令人想起逝世46年的河南省兰考县原县委书记焦裕禄、逝世29年的福建省东山县原县委书记谷文昌、离任18年的山东省寿光县原县委书记王伯祥，为何一直被人民深深怀念、念念不忘？是因为他们是县委书记的榜样。

应该肯定，县委书记队伍整体上政治思想素质是比较好的，尤其是长期在边远、贫困县工作的同志，在环

---

① 唐玄宗的话。

境艰苦、工作压力大的情况下，不怕苦、不怕难，一心为老百姓谋利益、谋发展，为改变贫困面貌做出了很大贡献。但是在新形势下，也有个别的经不住权力、金钱、美色的诱惑倒下了，如湖南省永州市道县的群众在街头打横幅、舞龙、放鞭炮，庆祝原县委书记易光明被省纪委双规。① 此例虽然是个别现象，但充分说明，造就高素质县委书记队伍十分必要。

政之要，是所处职位之重要。越是要位越要管住自己，要有克己慎独、自我改造的自强力。汉朝范增评说刘邦曰："沛公居山东时，贪于财色，好美姬，今入关，财物无所取，妇女无所幸……此天子气也。"相反，项羽把从秦皇宫里面搜刮来的那些金银财宝和一大批美女装上车，浩浩荡荡开回了彭城。最终项羽失败，刘邦得天下。这个典故一直在教育后人。同样，在经济社会更加开放的今日，能否权为民所用，情为民所系；能否经受住金钱、美色的诱惑，腐朽东西的侵蚀，这对一个领导干部是严峻考验，也是素质的检验。

思想素质，始终是与世界观紧密联系在一起的。在新形势下，作为一个领导干部，应自觉地改造世界观，廉洁从政，生活正派，情趣健康，提高人生境界，牢固树立正确的世界观。今天，我们之所以要学习焦裕禄、谷文昌、王伯祥，就是要像他们那样，牢固树立马克思主义世界观、人生观、价值观。因为世界观正确与否，

---

① 是2009年10月25日发生的事，据安徽日报《文摘周刊》第2278期。

决定其品行好坏、高低。

改造世界观，关键是要不断自我解剖、反省，把自己看得低一点。一个领导干部手中掌握着大权、实权，自然位置显赫，奉承的人多了，抬轿的人来了，往往令你得意忘形，容易高看自己。把自己看得低一点，就能"自知者明""自胜者强"，清醒、谨慎、自控。就能时时提醒自己：手中的权力是党和人民给的，要为民所用；就能常常扪心自问：你作出的决策有没有失误，作风实不实，生活正不正派，选用干部有没有私心，经济发展究竟怎样，民生改善了没有，自身干净不干净？等等。只有对这些问题经常剖析、反省，才能清醒认识自我，正确把握自我，增强党性修养，养成优良作风。

当然，自我解剖、反省不是一件易事，这需要觉悟、勇气。觉悟、勇气来自不断学习马克思主义理论学说，只有这样才能看到自身的不足和差距，提高自觉性。中国之所以成为礼仪之邦、文明古国，一个重要原因，在于中华民族是一个热爱学习、勤奋读书、有素养的民族。在当今世界，高科技日新月异，知识更新日益加快，唯有不断学习，善于学习，不仅向书本学，还向社会、基层、群众学习，才能了解民情、汇聚民智，涵养精神气质，提升自我。一个领导干部如果不读书、不学习，知识就不能更新，思想就不能净化，世界观就会僵化，必然落后于时代。学习宛如一个人每天吃饭、喝水，要成为常态，要从学习中吸取营养、智慧，从学习中改造世界观，净化心灵，提升思想境界，只有这样才能担当起领导责任。

　　"为政以德，譬如北辰，居其所而众星共之。"一个领导干部，只要坚持不断改造世界观，不断读书、学习，把自己看得低一点，名利上就会有满足感，知识上就会有不足感，能力上就会有危机感。这样就可以不为名利所累神，不为利伤脑，不为欲伤身。心里装着人民群众，思想上牢记责任和义务，一心一意谋发展，为人民谋利益，才能得到广大群众的支持和拥护，不负时代赋予的历史使命。

载《徽州社会科学》2010 年 4 月

看轻一点 "官帽子" 的分量

　　眼下，正当市、县、乡镇党政班子换届之际，如何对待去、留、转、提，是对各级干部的一个严峻考验。

　　去、留、转、提，讲到底是"官帽子"问题，怎样看待"官帽子"，有位领导干部有一句忠言："看轻一点'官帽子'的分量，看重一点百姓的情谊"。如何看待"官帽子"？在不同世界观、人生观的人眼里有着不同的答案。常人把官帽子看成一种责任，对党负责，对民负责，为民谋福祉。有的却把官帽子看成一种资本、一种身价，利用其资本敛财谋利，这就是本质的区别。

　　据史册记载，明太祖朱元璋的九世孙朱载堉，在嘉靖二十九年（1550 年），父亲遭诬陷，吃了冤枉官司。14 岁多的朱载堉愤而搬出河南怀庆郑王府，在王府外搭了一间小小的土室，以藁草作席、以书籍为友，孤灯伴单影，一心钻研乐律、数学和历法等知识，整整 19 个春秋。明穆宗即位，其父复爵回府，33岁的朱载堉也随之搬回王府。父亲死后，理应朱载堉当郑王，但出人意料的是，他连连给皇帝上疏，辞去了王位，继续醉心于音乐研究，终于首创了"十二平均律"，并著有《乐律全书》《律吕正论》等书。100多年后，他的发明和著述传入欧洲，轰动了世界，直至今日仍为音乐界广为采用。

当今，为官宗旨与古代不同，但朱载堉这种崇高的思想境界和专志精神，是值得后人学习的。人，各有所长，各有所短，只有扬长避短，才能体现人生价值。人的价值并非入仕一条路，三百六十行，行行出状元。古今如此，官总是有人来当，专业需要有人干，问题在于当官要为民谋利益，干专业要专注，唯有如此才能受世人称道，实现人生价值。我党涌现出像焦裕禄、谷文昌、王伯祥、郑培民、杨善洲、沈浩这样一大批"为官一任，造福一方"的优秀干部，就是个很好的例证。一大批著名的科学家、科技工作者，他们没有"官帽子"，只干专业，为国家科学事业发展做出了卓越贡献，同样深深受到人们的爱戴和拥护，人民会永远记住他们。在人民群众眼里，一个人的价值，决不是你的"官位"高低、大小，而是看你做人做事，做出的贡献大小。香港大学宿舍服务员"三嫂"袁苏妹，竟被香港大学授予"荣誉院士"。这就足以证明，哪怕再卑微的人，只要做出了贡献，都会得到人们的敬重。

可惜，有些人，人民没有选择他，他却削尖脑袋去钻"官位子"，恬不知耻地跑官要官，花钱买官。在这些人眼里，唯有"官位子"，才有分量。有的为达到官位升迁之野心，便使出浑身解数，夫人外交有之，权钱交易有之，卖身投靠有之，等等，败坏党风，污染"官德"，这样一些缺德又无才者占据了"官位"，又岂能为老百姓造福、谋利呢？

"权力导致腐败，绝对权力导致绝对腐败。"何以有"买官卖官"市场？矛盾的焦点仍在手持"官帽子"的当权者身上。震撼全国的"马德案"就是一个例证。马德在任黑龙江绥化市市委书记时就说过："我是一把手，我就有绝对的权力，我想提拔谁还提拔不了吗？"一语道破，不言而喻。作为党政主要领导干部，是人民的公仆，既是"班长"又是"班中一员"，应置身于集体、群众之中。可有的为官者霸气十足，驾凌"班子"之上，把手中的权力作为他大肆卖官、疯狂敛财的资本，使组织、人事、纪律成了一纸空文。前些年，被揭露出来在"卖官"交易中落马的山西省原省委副书记侯伍杰，江苏省原省委常委、组织部部长徐国健，就是靠手中的权力，垄断了其所在地的干部任免大权，虽然靠这桩"买卖"发了大财，却也毁了他们的一生。

古人曰："攻取者先兵权，建本者尚德化。"眼下，用铁的纪律和制度来严格限制、监督权力的使用，堵塞跑官要官、买官卖官之邪风，做好换届工作是很重要的，但更重要的是提高干部的素质，尤其是提高党的领导干部的政治思想素质，自觉地执行中共十七届四中全会关于"坚决整治跑官要官，买官卖官"的政治纪律，正确认识权力观、地位观，营造风清气正的选人用人环境。同时，也希望那些热衷于官本位者从古人辞王位中得到一点醒悟，净化其心灵和人生观，共同促使"官场""风清弊绝"。

载《徽州社会科学》2010 年 5 月

文风就是党风

最近,《人民日报》推出"倡导文风短、实、新"系列报道,推动讲短话、讲实话、讲新话,力戒"长、空、假"不良文风,受到广大读者叫好。

为何一提起改进文风问题,就在群众中产生强烈反响呢?有位政界朋友告诉我,是因为当下"长、空、假"的不良文风已充斥了公文和领导讲话、报告,降低了工作效率,大损党和政府的形象。

朋友的感触,我有同感,这使我想起了一个故事:大名鼎鼎的于光远先生在一次中国国土经济研究会上讲了一个笑话,一天泥鳅找黄鳝,质问它,你为什么比我长啊?黄鳝让它去问蛇。蛇说我还不是最长的,你去问问井绳,泥鳅走向井绳,问:你为什么那么长啊?井绳说,还有比我更长的。泥鳅问,是谁呀?井绳说,一些领导同志的讲话又臭又长!于老的话音未落,会场上爆发出雷鸣般的狂笑声。我想这个故事，正是对那些"长、空、假"不良文风的莫大讽刺。

我党一贯很重视优良文风的建设，从毛泽东同志对"党八股"淋漓尽致的批判，到邓小平同志倡导"讲短话、讲实话、讲新话"；从江泽民同志强调纠正不良文风，到胡锦涛同志提出"改进学风和文风，精简会议和文件"的要求，都足以说明改进文风的重要性。毛泽东同志的名著《反对自由主义》，针对当时党内存在自由主义的种种表现，从理论和党风的高度进行剖析，点出问题的要害，短而精，全文仅1300余字，使人一目了然，教育深刻。邓小平同志负责起草的全国第四届人民代表大会上的《政府工作报告》，仅用了5000字，就把一个泱泱大国千头万绪的工作提纲挈领地表达出来，给人一种运笔精到、惜墨如金之感，这都是值得我们学习的短文典范。

显然，形成短而精、实而新的优良文风，决非简单地说说、写写而已，除了具有一定文字水平之外，起码还需具备理论、思想、践行等功底。李瑞环同志的新书《务实求理》为何在书店热销？正因他功底深厚，讲话、作报告简短、幽默、有新意，充分体现了"务实求理"的精神。

理论涵养人的气质，是优良文风之魂。心有点墨写文章、说话就短而精，一下子就抓住了中心和要领。这里说的点墨，是指理论功底，关键在于读书学习。读书能涵养一个民族的精神气质，丰富一个人的聪明才智，

"生活里没有书籍，就好像没有阳光；智慧里没有书籍，就好像鸟儿没有翅膀"，换句话说"书籍是哺育心灵的母乳，铸造灵魂的工具，启迪智慧的钥匙"。当下，有的干部看问题没有高度，思考问题没有深度，写文章抓不住主题思想，说话没有新意，甚至套话、空话、假话连篇，讲到底，还是个理论功底问题。汉代大学者刘向说："书犹药也，善读之可以医愚。"有了深厚的理论功底，脑子开窍，下笔有神，说话、写文章才有新意和思想。

思想反映一个人的素养，是优良文风之水。思想如水，润物无声。拿破仑说："世界上有两种力量：利剑和思想。"历史往往留下一片废墟，而"思想"则是淌过这片废墟的河水，滋润着人类干枯的心田。但思想是靠文化滋养，靠自身的历练。大凡有思想的人，看问题有见地，谈论有真知灼见，说话有群众语言。"语言是思想的直接现实。""长、空、假"的文风，恰恰是缺乏思想的产物。因此，应不断践行，加强文化修养，刻苦历练，思路畅通，方可形成具有语言风格的优良文风。

践行出真知，是优良文风之本。实践出真知，真知在脚下。时下，在干部队伍中存在两种倾向，不可小视。一种是长期蹲在领导机关，很少走出机关门，就是下去了，不是走马观花，就是前呼后拥，根本得不到真知。一旦撰文、讲话往往是心口不一，言不由衷，或故作高深、故弄玄虚，或装模作样、卖弄文笔。另一种是"三门干部"，缺乏基层的历练，所以作出来的文章，只能是从理论到理论，没血色元素。所以要"读万卷书，行万里路"，更要懂得"纸上得来终觉浅，绝知此事要躬行"。人接受一种思想，认识一种事物，先是接触具体的东西，有了感性认识，进而才能产生理论认识。也就是说，只有深入基层，心入群众，静心磨炼，亲身体验，方能产生深刻的效应，得到真知。这种体验就是"以身体之，以血验之"，知甘识苦，心存恻隐。思想作风和感情转变了，语气、语调方可转变，说话、作报告、撰文才有血有肉有内容，有群众思维。

文风，事关党的形象、威信，事关党的路线方针政策的贯彻落实，实际上文风就是党风的体现，大力纠正不良文风，倡导优良文风，已成为加强和改进党的作风建设的一项重要任务，也是淡化官腔，多点百姓思维，密切干群关系的一项势在必行的举措。

载《徽州社会科学》2010 年 7 月

知恩是德

知恩感恩，是一个人的基本操守，也是人的本性。

知恩感恩，乃是我中华民族的传统美德，也是世界各民族的一种共识。

美国每年 11 月最后一个星期四为法定"感恩节"，纪念 1620 年英国第一批 102 名教徒到美洲后，在生命极其危难的时候，是当地印第安人接济他们粮食，教他们生活自救技术，从而使这批移民在面临灭绝的情况下生存下来。通过"感恩节"的纪念，唤起人们的良知，沟通、密切人与人之间的感情交流，让感恩的情结荡漾在人们心头，使每个人感到友善，让生活洒满温馨和谐的阳光。

美国的"感恩节"，也许人们知之不多，但知恩感恩是中外共识。正如雨果所说："开展纪念日活动，如同点燃一支火炬。"它照亮了人的心灵，播撒人类文明，给人启示，给人教育。教育人们要牢记"人之有德于我也，不可忘也；吾有德于人也，不可不忘也"的古训。知恩感恩，这本身就是一种优良品德、一种高尚的思想境界。

纪念的意义，就是教育人不忘恩情，警示世人。从广义来讲，感恩就要感党恩。大家都知道，没有共产党，就没有新中国。正因为有伟大的中国共产党的英明领导，才能把历史上一个四分五裂、被外国欺凌的旧中国解救出来，中国人民从此站了起来，当了国家的主人。香港、澳门才能洗刷百年耻辱，回归祖国怀抱。正因为有改革开放的惠民政策，国家才能繁荣强盛，经济实力大增强，人民的生活水平大为提高，农民才有种地的自主权，农村的面貌大变样。破天荒的"两免三保"政策①，使城乡人民得实惠。正因为有改革开放的好政策，我国的国际地位越来越高，广大知识分子才能成为劳动者中的一员，冤假错案才得以平反昭雪。这党恩、国恩永远记在人民心中，而且要世世代代传下去，成为人民对党的信仰的思想源泉。

从狭义来讲，一个人的经历，在很多方面都会得到贵人相助。在人生旅途、工作征程中，有人给予指点、点拨、提携，使你丰富了知识，如饮醍醐；使你的水平得以提升，走上成功之路。或者在你危难之际，有人给予真诚帮助，使你渡过了难关，或挽救了生命，哪怕是

---

① 两免：免除农业税，免除九年义务教育学杂费。三保：低保、医保、老保。

一顿饭、一句话、一个电话、一条建议，都是恩情。著名学者胡适先生常说"一饭之恩""一信之恩"，始终不忘曾在他最困难时刻、最迷惘之际给他一顿饭、给他点拨的同乡友好。著名文学家、诗人郭沫若先生创作的《屈原》历史剧中有一句台词被张逸生改动了一个字，郭沫若大受启发，连连称赞他为"一字之师"，心存感激之情。同样，在日常生活中，人们都不忘在工作征程、人生旅途中的恩师、恩人。视恩师、恩人为亲人、师长、益友。滴水之恩，涌泉相报。他们把这恩情化作激励自己敬业爱岗的精神力量，化作做人做事的道德路标，这种美德，应大力弘扬。

但是，在市场经济更加开放的今日，人们也发现，就有那么一些人竟然能做出"忘恩负义""过河拆桥"，甚至恩将仇报，或以怨报德的行径。自以为时过境迁，把昔日的恩师、恩人视为今日"陌生人"，甚至背后奚落，损人声誉，失去了做人底线。于公呢？有的端起碗吃肉，放下碗骂娘，稍有不顺心，就大发牢骚，骂天怨地。以致仅看到社会阴暗面，忽视、抹煞了祖国的光明面，误解了祖国母亲，使其思想行为陷进了忘恩之误区。

一位哲人曾说过："一个人不懂得知恩、感恩，就等于失去理智，失去了人性，这与动物又有何区别呢？"企望这种人从误区中走出来，反思自己，清醒头脑，要懂得，知恩感恩是做人的圭臬，也是做人的基本道德准则。不忘恩情、恩德，人家才不会忘记你，你说话才有人听，做事才有人帮，周围才有群众。

　　当然，感恩，不能单纯以物质金钱来取代，更重要的是精神慰藉，加强思想沟通、感情交流、增进友谊，或者在人危难之时给予真诚帮助，通过感恩，使自己的心灵得到净化，境界得以提升，让生活充满更加美好的氛围。

　　　　　　　　载《徽州社会科学》2010 年 11 月

漫谈做人

常言道："凡做官者，首先要学会做人。"当然会做人的人不一定个个都能做官。何况做官是一阵子，做人是一辈子。世间没有哪一个人，一出娘胎就做官，都是从学习到工作，直至卸任，最后退休，离开政治舞台，走向社会大舞台，这是人生基本规律。人生规律又始终是个"圆规"。起初是"民"，最终仍回到"民"。所以说，做官要讲官德，做人要讲人格。

所谓人格，乃是人的性格、气质、能力等品德和品性行为特征的总和。讲人格首先讲品德。品德是人格之本。品德是无价之宝，金钱买不来品德，权力换不来品德，邪恶压不倒品德，历史忘不了品德；在金钱、权力和邪恶猖獗面前，品德越是闪光，越是具有不可战胜的力量。而人格的力量主要取决于思想素养、知识水准，有了素养和知识，做人就能坦诚、豁达、正直、助人。

坦诚，就是要心地纯洁，胸怀宽广，精诚对人，不分厚薄、贵贱，一视同仁，这是做人高尚、可贵之处。但是人生的路始终又不是平坦的，而是弯弯曲曲，甚至坎坎坷坷的。因此，做人一定要豁达、正直。所谓豁达，就是性格开朗，思想要开明，气量要大度；视野要开阔，遇事要通情达理；处困境时，要有承受力；适逢得志时，不要狂妄；对待是非，要爱憎分明。做人尤为可贵之处，是助人为乐，热心帮助人，为他人解难。人际交往，最核心是"精诚"，能帮人则帮，帮不了，决不能损人，更不可害人。讲到底，帮人是帮自己，尊重人是尊重自己，诽谤人也是诽谤自己，否认别人也是否认自己，害人更是害自己，这是一条基本规律。

南社——清末最著名的诗社成员罗裙有句教子名言"一个人可以不做官，但要做人"。可是，有的人一旦当了官，尤其是当了"一把手"，马上就变了，腰身变粗，语气变硬，架子变大，便觉得自己水平高了，处处显示高人一等的姿态，只能听奉承的话，听不得一点反面意见，甚至官大脾气大，贪财又贪色。这种人的"怪癖"是唯我独尊，目无群众和法制；有的如《水浒传》中王伦式人物，自己强不过人家，而见到别人比他好、比他强，就嫉妒人家，挖空心思无中生有，诽谤、暗算他人，目的是不许人家比自己好；有的訾议"小人"，从不看人家长处，专挑人家短处，为人处世，常扮演几个"面孔"，对待台上的台下的、当官的不当官的、富有的贫穷的、用得着的用不着的，或对待顶头上司和其他的，都有不同面孔出现。这些人秉持着这种做人"哲学"，自以为得意，却遭到不少骂名、嘲笑。

人们说，人品好，才能官品正，这是很有道理的。也许有人会说，这理论上好讲，实践难做。我认为，只要你记住，凡是人，都是十月怀胎，不是神仙，你就能有自知之明、自尊人格。一位学者说：尊重人格的原则，能坚持做到"四个一"，那就了不得了，即一视同仁、一如既往、一张一弛、一技之长。凡事从细微做起，"美德大多存在于良好的习惯中"。为人处世，"慎勿谈人之短，切莫矜己之长"，要相互尊重，相互体谅，相互帮助，取长补短。在执行公务时，要有上有下，平时都是兄弟姐妹，大家在一起工作是缘分，要珍惜这份缘分。与人交往一个"面孔"，不论高低贵贱，一样对待，"亲贤臣，远小人""勿损人而利己，勿妒贤而嫉能"。尤其是对待来访者，不论是穿"皮鞋"的或穿"草鞋"的，都礼貌对待，沏茶请座，放下事务，倾听陈述，这是对人的一种起码的尊重。

尊重他人，实际上是尊重自己。尊重和坚持自己的做人原则，那就是，在特定条件下要坚持一张一弛，就是要有骨气和正义感。凡事不讲原则，不分是非，当老好人不可取。有的人为了达到个人某一目的，或为了个人那点蜗角虚名、蝇头微利而丧失党的原则，在有关人面前事事讨好，处处奉承，甚至卖身投靠，丧失了做人的人格，真可耻。那么，又怎么张，怎么弛？一个观点，做人好比"月亮"，时圆时角。不然的话，老是"圆"，是非不分，成了"棉花球"，也办不成事，甚至被蛮横无理的人左右。反过来，老是生角，人家又不敢接近你，与人搞不好关系也不行。所以，该圆时就得圆，需要有"角"时，就要有点骨气，才能办成事，办好事，才能伸张正气，这就是做人的尊严和原则。

要恪守人格的尊严，体现一个人的人生观、价值观。一个人要有一技之长，做官也好，做人也好，必须要有一门至二门专长。古语云："三百六十行，行行出状元。"你当官，能有既精明又开明的领导艺术；你搞企业，会经营管理，企业出效益；你当教师，有一门学科教学比人家强；你当医师，有一门特色专科的技术；你搞艺术，能棋高一着；你搞文科，能"斐然成章"；你当农民，种地的效益比人家高；你当工人，有一门精湛技术；你"玩球""玩棋"，比人家玩得好；等等。所有这些，都是专长。有专长，才能体现人生的价值，人生的品位。一旦仕途变幻，或者卸任了，你不感到失落，会有事干，练书法、画画、做文章、搞文艺、出书、玩棋、钓鱼等，既养神又出效。我国古代不少大名家都是这样，当今，有官员卸任之后，到大学里当教授，到社会上当律师。这样，既能心态平衡，又能体现人生的意义，多好！

"居高声自远，非是藉秋风。"立身品格高洁的人，并不需要外在权势地位的凭借，"不假良史之辞，不托

飞驰之势，而声名自传于后"。这就是人格的美，人格
的力量。

载《徽州社会科学》2010 年 12 月

一位母亲的胸怀

从一位母亲的博大胸怀，看到事物转化的力量。

《青年博览》（2009 年第 8 期）刊载：某地法庭开庭审理一桩绑架案。罪犯是一位 30 多岁的农民工，绑架了老板 6 岁的儿子。因罪犯原在其老板那里打工八个月，却没拿到一分钱。他是家里的顶梁柱，母亲患有严重心脏病，孩子上学也要用钱，他妹妹因失恋患了精神病，他还要为妹妹治病。但他每次找老板要工钱，往往还没说上几句话，就被保安赶出办公室。他气愤难消，忍无可忍，绑架了老板的儿子，以此讨回工钱。殊不知他触犯了法律，被判了 5 年刑。就在法官要宣布退席之时，坐在旁听席上的小男孩的奶奶站起来说："等等，法官同志，我有话要说。"老人慢慢地向被告席走去，深深地向被告鞠了三个躬，深情地说："孩子，这第一躬，是代我的儿子向你赔罪。是我教子无方，让他做出了对不起你的事。受审判的不应该只是你，还有我的儿子。这第二躬，是我向你的家人道歉。我的儿子不仅对不起你，也对不起你们一家人。作为母亲，我有愧呀。这第三躬，我感谢你没有伤害我的孙子，你有一颗善良的心，孩子，你比我的儿子要强上一百倍。"事后，老人的儿子不仅给农民工们支付了工资，还把那个农民工的母亲和妹妹接到城里来治病。

一场审判成了一个老母亲感恩言谢的机遇，变成了塞翁失马的事情。案件本是一场闹剧，但处理之后却转化为"喜剧"，令人感动、受启迪，更体现了一位母亲的博大胸怀、崇高境界，唤醒了自己儿子的良心、良知，使他成了有恻隐之心的生意人。认知自己，纠正过错，敞开胸襟，容纳救助。从这层道义来看，远远超越了案件本身，反映了人的本性是善良的、纯洁的。同时也看到，人的本性在特定条件下又是相互转化、相互影响的。

由此，我想起了著名学者胡适先生在自述中写道："我在我母亲的教训之下住了九年，受了她的极大极深的影响……如果我学得了一丝一毫的好脾气，如果我学得了一点待人接物的和气，如果我能宽恕人、体谅人，我都得感谢我的慈母。"这说明，胡适有宽广胸怀，跟从小就受到母亲的教育和接受潜移默化的影响是分不开的。

可惜，在现实中，有些人、有些官员的胸怀还比不上这位母亲的胸怀，令人深思。人人都受到父母的养育，也都会成为人父、人母、人夫、人妻，都要承担养育儿女和服务社会的责任。但是，走上社会之后，各人所处的环境、地位，接受的教育、经历、自我改造的程度不同，其收效也就不一样，其思想意识也会随之分化。有些人最突出的表现是胸怀狭隘、锱铢必较，虽然地位很高，但境界很低；权力很大，胸怀很小，对他人的成功，眼红、嫉妒；见到他人有才干，蔑视、压制；在利益面前，手伸得比谁都长；在荣誉面前，眼瞪得比谁都大。凡胸怀狭隘者都有一个共同弱点，只顾自己，不顾他人，色厉内荏，沽名钓誉。

《孟子·离娄上》曰："胸中正，则眸子瞭焉；胸中不正，则眸子眊焉。"胸怀大小，与一个人的意识、学识、见识有着密切关系。意识不健康，学识浅、见识短，是不可能胸襟开阔、胸正明亮的。

存在决定意识，意识又对存在有反作用。一个人的意识是否健康，取决于道德素养和胸怀。好的素养和宽阔的胸怀并不是天生就有的，"宽阔是荆棘丛中长出的谷粒"。那就是要到大风大浪里去经风雨，见世面，到艰苦环境中去磨炼，从群众工作和社会实践中吸取智慧和营养，体味人生的酸甜苦辣，了解百姓的疾苦，体察社会的多元性。在实践锤炼过程中，追求真理，滋养公心，提升境界。如果不深入实际、深入基层、深入群众，长期蹲在"温室"里，养尊处优，不经风雨，健康的意识很难形成，恻隐之心、爱民之心也不可能有。只有历练，才能形成健康意识。

健康意识需要学识来滋养，古人曰："人不可以无学。""万般皆是命，半点不由人。"能够改变人的命运，成就其未来的，正是教育。接受教育，就是学习，知识育人，知识是力量，知识可以治愚，知识更能使人"开化"。学习的过程，就是增长知识，提高思想修养，扩大胸襟的过程。对一个人、一个公务人员来讲，心胸开阔不开阔，与肚子里有没有学识很有关系。

学识又离不开见识。有了见识才能开阔视野。有人说："上到屯溪，下到河沥溪"，这样视野的人又岂能开阔眼界和心胸呢？也许此话有点"冤枉"，当今在"外出学习、出国考察"的热浪中，有些人不也漂洋过海，天南海北，见之多多吗？但是这里却忽略了一个"识"字，如何"识"，那就是要善于观察、思考、识别，才能见多识广、博闻强识。有了这样的"识"，人的眼界、胸襟自然会开阔起来。

"胸无城府，胸有成竹。"意识、学识、见识始终贯穿一个人的实践活动，丰富一个人的思想内涵，延续一个人的有限生命，扩大一个人的胸襟尺度。换句话说，只有丹心高洁，胸怀阔广，才能公心如海，博宽无限。

载《徽州社会科学》2011 年 2 月

"势利"之徒

　　"人身上最灵敏的器官是眼睛……十八般武器，眼睛是最锐利的武器。"这是著名高级记者、新华社原社长穆青对新闻记者眼力的高度概括。当然也同样适用于每一个人。可见，眼睛的灵敏度极高，它是心灵的窗户，是观察人和物的"镜头"。

　　但事物总是辩证的。眼睛也同样具有多面性，在一些人身上会变成"势利眼"。其看人的角度、看人的心态、看人的眼神与正常人的眼神不一样，怪怪的。它有个法宝，戴着"变色镜"，时而冷色，时而暖色，五颜六色，而且变色特别快，特别明显。在"势利眼"里唯有权势和财利两大件，凡对待头上有"官帽"、手中有权力、对己有利益的"头儿""老板"，那是事事顺从，处处呼应，点头哈腰，酸不溜丢，像只"哈巴狗"。反之，看待那些头上无"帽"、手中无权、对己无利的人或退休者，便是"冷色"相待，不屑一顾。

由此令我想到了蒲松龄巧骂势利之徒的典故：蒲松龄是山东淄川人，堪称一代风流名士，每逢当地有大场面的筵宴，主人总要把他请去。一次，蒲松龄被邀请到青州府冯阁老家中做客。冯阁老是文华殿大学士，虽回乡养老，却颇爱才，时逢冯阁老八十大寿，厅堂贵宾满座，红顶闪闪，花翎灿灿，唯有最下首席上的蒲松龄青袍布衣，正襟危坐。本来，按照冯阁老的安排，蒲松龄应坐上首席，与吏部尚书王大人并列。不巧，这天冯阁老身体不适，交由冯府独眼总管赵盾具体接待安排。开席后，赵盾依次为宾客上茶倒酒，却偏偏隔过蒲松龄。蒲松龄心里暗骂："好个势利之徒！"于是，他拿过酒壶，又把菜肴往自己面前拉了拉，自斟自饮地大吃大喝起来。王大人一问，知此人竟是蒲松龄。在座的宾客都请他到首席就座，蒲松龄拱手致谢，拒之不去。王大人等客人请蒲松龄作诗捧场。蒲松龄随口诌了四句（他借用新婚妻子手上拿的缝衣针为题）："寸钢胜过一寸金，能工巧匠做成针；腚上长着一只眼，只认衣裳不认人。"顿时，众人哄堂大笑，目不斜视。见状，独眼总管羞愧避之。

无独有偶，古今如此。有一个故事，很现实，也很滑稽。甲在某地任重要职务时，由于某种特殊因素，发现了乙是"人才"，一下子把乙从科级岗位提升为处级干部，调至身边任要职。乙将甲视为恩人，甲把乙视为"知己"。于是乙对甲俯首帖耳，巴结谄媚有加，甲也就处处得势，扬眉吐气。可是风水轮流转，后来甲因工作原因被免职调离。时隔一年，甲重返故地。乙对甲的眼色、"热度"大变，其"热度"一下子降至近于"零度"。甲受不了，寒心自叹：没想到乙变得如此快，没想到乙这么忘恩负义，没想到乙如此心狠。"三个没想到"勾起甲的自责：只怪当初失察、失算、失利，竟然酿成"无情苦果"。其实，甲应该想到，你手中无"权"、头上无"帽"了，还有啥利用价值？这个故事，听起来岂不既"精彩"，又苦涩，耐人寻味？

古语云："势利之交，古人羞之。"势利之徒，在世人眼里是巴结权势，寡廉鲜耻，斜视平民，心硬眼毒，自以为得意，迎合"形势"，但却招来了一片骂声，骂其失德，失去了人心，失去了群众基础。一个人，一个干部，如果周围没有群众，没有真诚的同仁、朋友，就等于失去了左膀右臂，你能"升天"吗？不知势利之徒们想过没有："少壮能几时，鬓发各已苍。"权力是暂时的，做人是永恒的，如不改变，最终会被历史和时代的大潮所淹没，被人民所唾弃。

人们说，"势利之徒"都有一个共同个性，思想品德低下，良知缺失。如果一个人做了功名利禄的奴隶，那就一定活得很累。应如清风明月般来去不觉，人也活得轻松。孟子曰，一个人要有"四端"之心：作为"仁之端"的恻隐之心，"义之端"的羞恶之心，"礼之端"的辞让之心，"智之端"的是非之心。"势利之徒"恰恰就是缺失"四端"之心，表面上是"其容良"，实际上是虚伪。因为，"势利"思想的根源，来自封建残余势力的影响，嫌贫爱富，夤缘攀附；其实质是无德无能，内心空虚；其目的是争名争利，显示自己，贬低别人，这与中国传统文化、儒家思想是背道而驰的。

儒家文化注重仁义道德的培养和人格的提升。这种仁和德，流淌着传统文化的血液，延续着风俗习惯的路径，体现着理想信念的力量；这种仁和德，面对父老兄弟有亲情，面对同事、同志有感情，面对工作有激情，做到内不自欺，外不欺人，己所不欲，决不施人，这是我中华民族几千年来所形成的"礼义之邦"的社会风尚。

在这里规劝"势利"者，猛醒猛醒，回归人性吧，牢记道德的力量无穷，人性的光辉无限。

载《徽州社会科学》2011 年 3 月

启迪智慧的钥匙

4月23日，是"世界读书日"，今天，我们纪念这个日子，如同点燃一支火炬，照亮人的心灵，播撒人类文明。读书学习，被人誉为启迪人们智慧的金钥匙。

是的，"书籍是哺育心灵的母乳，铸造灵魂的工具，人类进步的阶梯"。反之，"生活里没有书籍，就好像没有阳光，智慧里没有书籍，就好像鸟儿没有翅膀"。读书，可丰富一个人的有限人生，涵养一个民族的精神气质，能使人知识不断更新，知识面不断扩大，智慧不断增长，能力不断提高。坚持读书学习，与一个人的成长、成才、成功有着密切关系，对一个领导干部来说，加强自身修养，提高执政能力至关重要。

可是，当下，有些人，尤其是有些领导干部不喜爱读书看报学习，在办公室里，许多报纸原封不动地堆积在那里，他们懒得看，但却说是工作忙没时间，或说学而无用。有的还说什么，小学文化不照样发财当老板？人们不禁要问，真的没时间？从另一个侧面来看，"时间"确实被占光了，除了迎来送往之外，外出或会前、会后一坐下，不是钻进"扑克堆"，就是扑上"麻将桌"，一到"双休日"，时常闭门玩牌，玩得天昏地暗；到了晚饭后，手机不停，联络不断，不是下"舞池"，泡足浴，就是进卡拉OK，所思所想所盼的全是如何"享受""享乐""享用"，这样子的思维、心态又岂能静得下心来学习呢？

再问，读书学习真的无用吗？

胡锦涛总书记曾在同中国农业大学师生代表座谈中说："希望同学们把深入实践作为成才的必由之路，古人讲，既要'读万卷书'，又要'行万里路'。这在一定程度上揭示了人才成长的规律。古往今来凡成大事者，无不经过社会实践的历练和艰苦环境的考验。""读万卷书"，是知识学问的博览，读书明理，越读越明智，"工欲善其事，必先利其器""士欲宣其义，必先读其书"。"行万里路"，是实践经验的积累，物有甘苦，尝之者识；道有夷险，履之者知。"读"与"行"，是人生不可或缺的两个重要组成部分。

对领导干部而言，读书学习，先要静下心来读。读书好比春风夏雨，是一点一滴的滋润、一时一刻的渐进、一字一句的积累。毛泽东同志当年就强调："领导干部要多看书学习，学一点哲学、经济学、历史、逻辑，学习马列，坚持数年，必有好处。"坚持作学习笔记，是学习、积累知识的有效方法之一，可加深理解和记忆，是积累知识的"宝藏"，万不可忽视，当今，我们正处在大发展大变革时期，好多事物需要我们去探索、破题、认知。一个人如不勤于读书学习，知识就会老化，思想就会僵化，能力就会退化。有一则趣闻给人以启迪，有文说，有些人、有些官员不能区分巴基斯坦与巴勒斯坦、阿尔巴尼亚与阿尔及利亚、摩洛哥与摩纳哥等国名。时任《人民日报》总编辑范敬宜用古文替人写的序言中有一句"余束发受书于太仓唐文治先生……"，一青年编辑打电话问范："'余束发'（系指我小时候）是谁？"让人啼笑皆非，这大概都是缺少读书的缘故吧。

如果说缺少读书学习，或许有人不服气，说什么不读纸媒的书，上网读"网文"，不也是一样吗？电脑的先进性和作用是毋庸置疑的，但是，上网"打电游"、玩股票、买彩票、聊天，这算"读文"吗？"网文"究竟有多少人认真研读？说实话，电脑这玩意儿，也斯文，也"江湖"，真正的"读文"，还是读点书，读点经典好。

古人一贯坚持实践"勤读多为"的原则是很有现实意义的。应该肯定，当今的干部队伍文化水平都比较高，学历不低，念书不少。但是，也有相当一部分干部就是缺少"行万里路"的经历，缺失社会实践的经验和艰苦环境的考验，缺乏接地气的功力。就好比把一把锄头搁置得生锈，结果还不"土地荒芜"？我们要知道，基层是沃土，群众是老师，只有到基层去，多向群众学习，多向实际学习，才能"读书到苦方知甜"，释放出知识的巨大能量。

中国之所以成为文明古国，一个重要原因，在于中华民族是一个热爱学习、勤奋读书的民族。当今，应让我们的社会少一点烟酒味，多一点书卷气；少一些浮躁，多一些书香，让读书学习成为当今时代风尚。

载《徽州社会科学》2011 年 4 月

徽学的意义

人们一定会铭记这个特殊时刻，北京奥运会开幕式上出现引人注目的几个镜头：徽文化的"活字印刷术"，"文房四宝"的徽墨、歙砚，黄山姑娘方旻以优美的舞姿把墨之神韵表现得淋漓尽致，把徽文化展示得活灵活现，令人没齿不忘。可见，徽文化的影响之深，意义之大、之远，更是古为今用的实例，载入了世界史册。

古徽州素有"文献之邦""东南邹鲁"之誉称。徽学是以徽州历史文化为主要研究对象的综合学科，博大精深，内涵丰富。而今，继承、发扬和研究徽学的热潮，正在古徽州各县市乃至各省会城市及海内外兴起，这是吉兆。

可惜，朱子和胡适的故乡婺源、绩溪一南一北两个县均被"踢"出徽州，对研究徽文化而言，不能不说是一个重大损失。幸好前几年，由黄山学院方利山等学者、

专家上书国务院，得到温家宝总理的重视，批准成立了
"徽文化生态保护区"，将绩溪、婺源吸纳其中，为研究
运用徽学起到一个补救性作用。

自人类有城市以来，无论其怎样变化、更新，都离
不开自身一脉相承的历史和文化。文化作为人类创造物
质和精神财富的总和，犹如取之不尽的智慧宝库，是城
市文化发展的根基。古老徽州，正因为徽文化的滋养和
积淀，显出与众不同的气质，这是难能可贵的。

千百年来，徽州得黄山山水之灵气，积徽文化之学
养，以文风昌盛、才俊辈出而著称于世。明清两代，徽
商崛起，更为促进徽文化蓬勃发展，其后相继出现了新
安理学、新安画派、新安医学、徽派朴学、徽派建筑、
徽派篆刻、徽派版画、徽州三雕以及徽剧、徽菜、徽墨、
歙砚等多领域的子学科，与藏学、敦煌学交相辉映，成
为具有世界影响的中国三大学之一，并留下了灿若繁星
的人文古迹，为我们研究历史文化留下了一笔巨大财富。
同时，更为我们现代文化建设积累了丰富的人文资源，
对当今发展社会主义市场经济，全面建设小康社会，推
进社会主义物质文明、政治文明和精神文明都有现实的
积极意义。

但是，人们也清醒地看到，徽文化毕竟是历史的产
物，它固然有历史的贡献，也必然有历史局限。无论是
理念还是地域文化，应看到程朱理学作为封建社会的思
想理论有其历史贡献，但也有有悖于当今社会思想理念
的地方；家庭宗族体系是我国封建社会基层制度的组织

体系，但又有其落后的一面；地域文化有其特色功能，但也必然受到一定的局限。所以，在继承传统徽文化过程中，应坚持马克思主义的唯物史观，去伪存真，含英咀华，更好地为现实社会进步和发展服务。如绩溪、歙县、黟县、休宁等县早在 20 世纪 80 年代就有了民间徽学会，20 多年来，一些有识之士坚持去之糟粕，取之精华，挖掘、整理、编写徽文化史料数百万字，多次参加国内、国际徽学研讨会，并紧密结合实际，提出一些古为今用的新课题，尤其是把徽文化中的崇文重教，重合同、守信用、讲诚信的理念，兴诉讼的法制意识纳入市场经济、教育、法治等课题来研究，大都被当地政府及有关部门采纳，均取得较好的效果。这表明，徽学的研究和运用是非常广泛的。

然而，人们也注意到，在徽学研究中，有个别人有悖于"文以辨洁为能，不以繁缛为巧；事以明核为美，不以深隐为奇"的古训，存在商业牟利的倾向，反以"专家"自居，到处张扬、露脸，热衷僭越、谋私，有损徽文化的声誉；还有人研究徽学与现实生活脱节，难免成了锁在深闺的断简残章。当然，"瑕不掩瑜"，但也该匡正时弊，发扬优良研究之风。

胡锦涛同志指出："当今时代，文化越来越成为民族凝聚力和创造力的重要源泉，越来越成为综合国力竞争的重要因素……中华文化是中华民族生生不息、团结奋进的不竭动力。"而徽文化又是中华文化花园里的一朵奇葩，在研究和传承中，一定要体现徽文化的核心价值，使这朵奇葩永放光彩。当年，时任省政协主席、徽学学会会长方兆祥曾说，"徽学研究要有新境界，要有奉献精神，要有严谨的学风，要有着眼高远的视野，多出研究成果为现实服务"。只有遵循这个宗旨，徽学研究才有现实意义。徽学既具有鲜明的地域性，又具有普遍性和典型性。从某种意义上说，它折射出中国封建社会后期政治、经济、社会、文化发展的轮廓和脉络。正如胡适先生在写给绩溪县修志馆胡近仁的信中所云："县志应注重邑人移徙经商的分布与历史。县志不可但见'小绩溪'，而看不见那更重要的'大绩溪'。若无那'大绩溪'，'小绩溪'早已饿死，早已不成个局面。"无疑，研究徽学要着眼于"大徽学"，把徽州放到当时中国历史的范围内进行审视，立足于徽州乃至中国的地域范围，把握封建社会特别是明清两代的历史沿革，紧密结合当今时代经济领域、意识形态、法制等实际，发挥徽学研究对弘扬中华民族优秀传统文化、培育和激扬民族精神、推进经济和先进文化建设的积极影响，这是研究徽学的真正意义所在。我深信，有一大批徽学研究者和爱好者的努力和无私奉献，丰硕的研究成果一定会层出不穷。

载《徽州社会科学》2011 年 5 月

徽学的魅力

　　最近，接触了一位生长、工作在老徽州被调到外地司法部门任职的老乡，他跟我讲了两个案例，深感徽文化影响力之大。

　　他到任不久，遇到一起事故，一位小车司机外出，携带了一位女同志，哪知途中出了车祸，坐在副驾驶座位上的这位女同志不幸身亡，闻讯后，死者的丈夫及其亲属纠集了一大批人赶到现场，不分青红皂白，大吵大闹，殴打司机，砸坏车子，抛尸露体，蛮横威胁，根本不听交警的劝阻，破坏了现场，妨碍了公务，持续闹了几天几夜。

　　老乡说，像此类案件，本来脉络清晰，事理清楚，很好解决，却闹得不可开交，在这里，当事者不管有理无理都得闹。反过来说，在老徽州这边就太不一样：一次，一位公务人员开着公车，偕同一位女同志去郊游，当小车驶入水库区时却出了事故，坐在副驾驶座位上的女同志不幸落水身亡，开车的公务人员受了重伤。事故发生后，有关部门非常重视，一方面派员进行事故调查，另一方面安抚死者丈夫及其亲人。死者丈夫深感内疚，既没有发怒，更没有吵闹，而是心平气和地接受了事故的处理意见，及时安葬了死者，并感激有关部门领导的关照，这些关照使死者亲属从悲痛中得到慰藉。

两个案例的性质基本相同，但处理效果截然相悖，这说明了什么？说明后者因受徽文化熏陶，其认知和素养大不一样。这位老乡感慨地说，原先长期身居徽文化之乡，没有多大感觉，一旦离开徽文化之乡到外地工作，遇到案件的处理，一比较，才深知徽文化魅力之所在。

前后两个案例，令人看到徽文化蕴含着做人做事的道理，体现徽州人通情达理、公私分明、顾大局识大体的做人本色。深知哪些事能做，哪些事不能做；哪些事有道理，哪些事没道理；在大是大非面前，大都能以大局为重，摆正关系，正确对待，自觉地处理好小局与大局、私与公、个人与集体的多层关系，这是徽州人的基本特质。或许有人会说，后者案例仅是个案，能否代表徽州人都具有这样的特质？下面让事实来回答：某年，老徽州某县新来了一位县长，这位新来县长视事不久，就发现该县由于历史原因，到处都是墓地，有些地方甚至阴阳不分，不仅影响市容市貌，还占用不少土地，是制约经济建设的一大弊端。他经过调研和深思熟虑，经县委、县政府决定，在全县开展了一场殡葬大改革，拆迁旧坟，建立陵园。这场改革，不仅触及人们"移坟不吉"的旧思想理念，而且有损群众的切身利益。紧接着又开展清理违章建私房、违章占用土地的"双违"工作。一时间，反对声、谩骂声、谴责声连成一片，群众把矛头直指新来的县长。次年春，县召开人代会，其中一项主要任务是选举县长，这位新来的县长心里郁闷：来到此县，大刀阔斧抓了两项改革，得罪那么多的干部群众，县长还能选得上吗？选举结果，他居然满票当选。这令他万万没有想到，这里的干部群众能有如此好的思想文化素质，公私分明，顾全大局，明白这两项改革痛在一时、功在当代、利在千秋，这不正是徽文化潜移默化影响的结果吗？他感动得热泪盈眶、彻夜难眠。

当然，徽州人也有另一种特点，凡遇到自身权益受到侵害，或者公益事业受损，他们将会拿起笔向上级反映问题和诉求，可是有些干部对群众的诉求缺乏敏感性和感情，没有及时回应，于是他们觉得有理，便据理力争，但从不无理取闹和有偏激行为。尽管对有些领导干部的作风和执政方面有质疑，但都能客观地、辩证地看待和提出，从不搞一点论，这些，如果没有传统文化滋养是绝对做不到的。

"优秀传统文化凝聚着中华民族自强不息的精神追求和历久弥新的精神财富，是发展社会主义先进文化的深厚基础，是建设中华民族共有精神家园的重要支撑。"徽文化是中华传统文化的一颗明珠，我们应含英咀华，古为今用，更好地为现实服务。一个地方的人文历史和文化底蕴怎样，反映了一个地方人的知识水准、教育程度、思想道德素养和文化素质。徽州人由于历代受深厚徽文化的熏陶，哺育了具有文化素养的基本特质，成为有国民素质的社会人。

当今，徽文化越来越受到中央和各级领导的重视，为徽州人研究、挖掘、继承徽文化传统创造了新的机遇，也积累了不少研究成果，为现实服务起到一定作用。这也充分表明，研究徽文化，万万不可脱离现实，脱离现实而自我封闭的研究会失去意义。那么，现实是什么？现实就是要看到，研究徽文化光从物理层面是不够的，挖掘采写古民居、古祠、古桥、古庙、三雕等人文景观固然重要，但更重要的是要结合当今的思想、道德、教育、法规建设实际。徽文化向来重文教、重德行、重祖训、重诉讼、讲诚信、讲人格，围绕这古为今用的重大题材，把它融入国民教育、精神文明建设的全过程，加以挖掘、吸纳、传承，必会产生良好效应。据了解，有些农村在编写村史村志中，把祖训、家训放到重要位置，读古训，联现实，让百姓自我教育，知荣辱，明是非，懂得做人做事做官的根本道理。

文化是民族的血脉，是人民的精神家园。当今世界正处在大发展大变革大调整时期，世界多极化、经济全球化深入发展，科学技术日新月异，各种思想文化交流交融交锋更加频繁。身居徽文化发源地的徽州人，一定会抓住文化体制改革的契机，把研究、挖掘、传承徽文

化工作更推进一步，使徽文化宛如净化心灵的春风，滋
养素质的夏雨，浸润人们的心田，折射其更大的魅力。

载《徽州社会科学》2011 年 11 月

"心安草"的启示

传说有个国王到花园散步赏花，竟看到花园里花草树木都枯萎了，唯有细小的心安草茂盛地生长着。是何缘故？原来，橡树由于没有松树那么高大、挺拔而轻生了，松树觉得自己不能像葡萄那样结出许多果实嫉妒而死，葡萄则哀叹自己终身匍匐在架子上不能直立委屈死了，牵牛花因为自己没有紫丁香那样芬芳而病倒。其余的花草也都因为自己平凡而无精打采。唯有心安草充满活力地生长着，国王便问"心安草"："别的植物都枯萎了，为什么你却勇敢乐观、毫不沮丧呢？""心安草"回答说："那是因为我不自卑、不灰心失望，也没有什么非分之想，只想好好地活着做棵心安草。"

这则寓言对人有何启示？橡树、松树、葡萄、牵牛花之间因相互攀比而心不安，相继枯萎、病倒、死去，唯有"心安草"不攀比，更没有非分之想，反而旺盛生长。由此联想到人世间不也是这个理吗？

人们欣喜地见到有不少同志在职时不争不比，勤政廉洁，为民谋利，受人称颂。退职、退休之后，犹如"心安草"那样，心情愉悦，不攀比，不背论人非，干自己想干的事，著书立说，练习书画，写回忆录，兼顾打打牌、钓钓鱼、爬爬山、养养花草，或含饴弄孙，扶持后嗣，思想豁达，心态乐观，心安体健，令人羡慕。

可是，有的同志就不是这样，像橡树、松树、葡萄那样相互攀比，总觉得这也不满意，那也不如意，认为自己的付出和贡献不比人少，得到的却没有人多，职位比人低，待遇不如人，心理失衡……面对现实，老是看不惯，不顺眼，牢骚满腹，火气冲冠。当然也不否认，在现实中确有的人靠的是诡谀、夤缘等不良手段爬上了"宝座"，得到不该得到的，享有不该享有的；有的人钻了政策"空子"或用"奸计"手段发了大财，这都为人所不齿，但万万不能为此影响自己的心态。如果长期心情不愉悦，无休止攀比，其后果必然是越比越烦恼，越比越心不安，天长日久，势必影响身体健康。到头来，吃亏的还是自己。

俗话说："有比较才有鉴别。"比，是正常的，有横向比、纵向比，问题是要有科学态度、辩证思维的比法。攀比，肯定是没有出路的。科学地比，头脑才能清醒。比如，横向比，应该是比贡献、比才干、比德行……这样才能看到自己的不足。纵向比，比比新旧社会，今非昔比；比比自己，大有进步和发展；比比贫困人群的生活，比比先烈们的献身精神，比比改革开放前后的变化，你自然就会增加满足感和幸福感；比比国外，我国的国际地位显著提高，社会如此稳定，生活在这国泰民安的时代，你不感到高兴吗？传说有个人，年轻时就有个怪性格，对人对事老看不惯，看到他人比自己好，心里嫉妒，遇到一点不快就发牢骚，看不到笑脸，50多岁时，因病动了大手术，从死亡线上挣扎了回来。从此，大彻大悟，心态变好了，反而健康了起来……这说明什么？说明心态很重要。

孟子曰："养心莫善于寡欲。"好的心态靠的是养心，养心就是养德。如何养？关键是要有"嗜欲正浓时，能斩断；怒气正盛时，能按纳"的自控能力，要有"性情不乖戾、不谿刻、不偏狭、不暴躁"的心态，要有"无忤于人、无羡于人、无争于人、无憾于己"的境界。一个人有了这样的修身养德的情操，自然心安节欲，不被攀比所困、所累、所伤，懂得生活、热爱生活、享受生活，这是老年人最好的养生。也许对中青年同志有点启迪，因为"少壮能几时，鬓发各已苍"。

载《徽州社会科学》2011年6月

可否少些 "正确同志"

据报载，某地来了一位新任的领导干部，视事多时，露面多次。一天，有人在街头问一位百姓，听说最近市里来了一位新领导，你知道吗？那百姓不假思索地回答道："没有呀，不还是'正确同志'，报纸、电视上还是说，在正确领导下，取得了新成就……"弄得问话人啼笑皆非。

一问一答，说明了什么？不知哪时开始，"正确"这个形容词，在百姓眼里却成了不伦不类的"名词"，是出于冷讽还是误认的哪种心理，这不得而知。

在现实中，像"在××正确领导下""在××正确指导下"这样的句子，已成了官场上作报告、讲话、行文的时尚词语。还有这个"重要"讲话，那个"重要"指示的用语，在许多公文、会议上成了不可或缺的"要义"。"正确""重要"的出现频率高了，被百姓误为"人名"，也是可以理解的。由此，令人想到，在不少场合，这个"著名××专家"，那个"著名学者""著名×家"的称呼不绝于耳。人们不禁要问，一座城市，一个地方，哪来这么多的著名专家、学者？说来好笑，一追源，这些名号原来都是自封、自称的，意在装饰门面、招摇过市，谋些小利罢了，况且还很忙活，上午露面报告会，下午跻身论坛会，晚上参加歌咏会，今天出席研讨会，明日参加评委会，后天还要参加宣讲会，会上总得讲上几句：或国际国内，如何如何；或信口开河，怎么怎么，东拉西扯，不着边际……却被人统统披上"重要""著名"面纱，实乃故弄玄虚，哗众取宠。

毛泽东同志说："群众是孔明。"实际上，哪些是正确的，哪些是不正确的；哪些是重要的，哪些是不重要的；哪个是著名的，哪个是不著名的；哪个是不是"××专家"、"学者"或什么"家"，群众眼里看得清清楚楚，心中都明明白白，何须用装饰的字眼呢？

"万物生于天地之间，其理不可以一概"，"成事在理不在势"。其实，是否"正确""重要"、是不是"著名××家"，不在于文字表述和附加词，关键看其内容的实质和真才实学，靠权势能维持多久？别的暂且不论，就对领导干部而言，一个地方的当政者，一个单位、一个部门的负责人，其行政是自身的职责，讲话、决策、行事正是履行职责的本分，决策对得上群众的心思，讲话讲到"点"上，工作落到实处，就一定会得到群众的信赖，自然就体现了它的正确性和重要性。

　　现在的问题是"正确""重要"的背后究竟隐藏着些什么？看来，这不单纯是文字表述问题，究其根源是唯我独尊、唯我正确、目无群众的唯心思想意识在作祟，实质上也是形式主义的反映。有的人，有的为官者，生怕人家说其没有思想，没有思路，没有政治智慧，讲话没有新意。最需人家说其领导"正确"、讲话"重要"、专业"著名"，处处以此来掩盖真实面目，显示自己的权威；在执政、行政、处世中，总习惯于当群众的"先生"，不愿当群众的"学生"，甚至自以为"孔明"，别人是"阿斗"，造成本末倒置。而其下属呢？为让其上司高兴、满意，为了自己的前程，便在其面前大献殷勤，大肆吹捧。正如有的百姓所说："'正确''重要'挂嘴边，不着边际吹上天，满足虚荣不知耻，必然遭到千夫指。"这种现象，虽然个人显露了权势，却失去了群众的信任感。

　　古人云："治天下必先治己，治己必先治心。"那些唯我正确、满脑虚荣者，讲到底是缺少治身。凡事之本，必先治身。"得之于身者得之人，失之于身者失之人"，也就是说，自身得到治理的人，就得到了百姓，反之，就失去百姓。治身就是治心，就是要治权势、治唯心、治虚荣、治贪婪，要牢固树立群众观点，坚持"主道约，君守近，太上反诸己，其次求诸人"（《吕氏春秋·论人》）的做人之本，不忘不移公仆之心，才能少些"正确同志"，多些甘当群众"学生"的精神，从而受到百姓的敬重。这样，方可政通人和，心平气顺，干群关系密切，事业兴旺发达。

载《徽州社会科学》2011 年 10 月，

2013 年 3 月重新改就

学学孙安"动本"

记得刚走进机关的时候，曾看过《孙安动本》历史剧，当时因年少无知，只觉得好奇而困惑不解。近日获悉，吉林省京剧院进京上演了京剧《孙安动本》，因剧情触目惊心，演技高超，赢得了京城观众的强烈反响，引发更多的是震撼和思索。

由此，回想其剧情，才明白一个府官为反腐而"动本"，其精神难能可贵。剧情主角是明代万历年间曹州知府孙安，他饱读经书，立志报国抚民，但明神宗初登大宝，年少懵懂，心无主见，受宫中盘根错节各派势力缠扰，对权高盖世的大贪官太师张从言听计从。孙安奏张从侵吞赈粮，不顾民瘼。张从深知不妙，便笼络孙安，"调虎离山"将其调京为官，奏请万历皇帝升孙安为户部官员。孙安进京一路上目睹哀鸿遍野、民不聊生的惨景，而张从竟还私造陵寝、杀人灭口，更使他义愤填膺，决计奏本陈情。孙安的恩师黄义德身为转本御史，对张从独霸朝纲却敢怒不敢言，对孙安斗胆直谏既敬佩又担心，劝其不要以卵击石，落个丧命下场。孙安则不改初衷，连夜修本并绑妻缚子抬棺上殿，决意以死谏君。此举激怒了张从一伙，并倒逼万历皇帝下旨问斩。眼见一家将要冤死刀下。黄义德义无反顾，一改懦弱，挺身请出开国大将徐达之后、号称"小千岁"的定国公徐龙主持公道。徐龙手持先皇御赐的上可打昏君、下可打佞臣之铜锤，大闹金銮殿，万历皇帝终被谏言所动，幡然醒悟，赦免孙安一家并准其本奏，将张从移交大理寺审判，总算将大贪官张从拉下了马。

面对此情，真可谓惊心动魄，浮想联翩，引起人们更多的思考。

孙安这位清官，勤政爱民、疾恶如仇，以全家性命为代价，把贪官污吏拉下马的崇高思想境界是世人学习的典范，值得世代传颂。

然而，人们又在想，孙安反腐成功算是幸运，假如他没有知遇恩师黄义德挺身而出、开国大将徐达之后"小千岁"定国公主持公道，尽管他反腐决心大，以死谏君，有动本护国的一片忠诚，也免不了大祸临头，恐怕已成了刀下冤鬼了。

大贪官张从权重位高，势力大，连皇帝都被他利用和蒙蔽，又有谁能与其抗衡呢？最终虽然正义压倒邪恶，但"成本"实在太大、太重了。

这恰恰说明，反腐是何等难，简直难得令人毛骨悚然。

唐诗写得好："官仓老鼠大如斗，见人开仓亦不走。健儿无粮百姓饥，谁遣朝朝入君口？"由此，使人联想到现实社会，不正是如此吗？那些大大小小的犹"官仓鼠"的腐败分子，有权又有势，既有"关系网"，又有"靠山"，安安稳稳享其成，得其利，一有动静，"靠山"亲自出马，"关系网"马上"撒网"，让你水泼不进，针插不入。但是，再狡猾的"官仓鼠"，势力再大，"靠山"再硬，"关系网"再牢固，在法律面前，在群众雪亮的眼睛底下，迟早有被"逮"住的时候。

重庆的反腐风暴就是一个最好例证。当年的文强在重庆司法界，谁人不知，哪人不晓，他手握生杀大权，脚踏重庆地盘，却扮演了两面人生，公开身份是司法部门的头面人物，隐蔽身份是黑势力的幕后"老大"，在重庆，他既能呼风唤雨，也能兴风作浪，对抗官府，残害百姓，身缠万贯、贪色乱政，尽管隐蔽得深，势力庞大，但也无法逃脱法网，一命呜呼。再回顾前些年，曾身居高位的王宝森、胡长青、成克杰等一批大贪官，都受到了法律的严惩。看今朝，党中央反腐的力度不断加大，一批大大小小的贪官污吏陆续落入法网，真乃大快人心。

但是，人们仍然看到，"官仓鼠"并不是一打就灭，一灭就亡，它还有滋生的土壤、生存的环境、保护的网络、隐蔽的死角。眼下据民意调查，对现实最不满意、最可恨的是"官场腐败"。而且"官场腐败"现象在某些方面还相当严重，反腐的阻力还不小。有的贪官东窗事发，已被"双规"审查，某个高官一出面，以老同学、老领导的私交，逃脱法网，"化险为夷"；有的被群众实名举报，已进入司法程序，某个头头一声招呼，检察机关只好销案，不了了之；有的新房子一幢又一幢，存款无数，情妇多多，仍在"官位"上颐指气使，在群众眼里是腐败分子，可在某些领导心中是"红人"；有的佯装"廉洁"，其实，逢年过节，收受信封一个又一个，二三千、三五千不等，一个春节，就是十几万、几十万，在一地为官五六年，你说，神不知鬼不觉，进入私人"金库"有多少？有的利用手中"官帽权"，敛财无度，受贿无量……而且，这些贪官都有"靠山""关系网"的保护层，上下勾结，相互得利，很有势力，以此吓唬群众，应对法律，这种现象，是当前反腐中的新问题、新特点、新难点，是官场的"毒瘤"，到了该动手术切除的时候了，这是人民的愿望，党的生命所在。

古人曰："吊民伐罪，周发殷汤。坐朝问道，垂拱平章。"毛泽东同志指出："治国就是治吏，礼义廉耻，国之四维，四维不张，国将不国。"一个国家、一个地方，只有严治官吏，国才有希望，地方才能发展，人民才能安康。怎么治吏？说一千、道一万，关键是一条：严惩。人们非常怀念新中国成立初期毛泽东挥泪痛斩大贪官刘青山、张子善那样的力度，也就是说，只有严惩，才能震慑，才能教育人。当下，反腐倡廉，关键是从根本上铲除官场腐败的滋生土壤，就得要学学孙安的"动本"

精神，学习严惩刘、张的铁手腕，敢于动本、出重拳，治得狠，才能本固邦宁，弊绝风清。

载《徽州社会科学》2012 年 2 月

论"胸怀"

雨果说:"世界上最宽阔的是海洋,比海洋更宽阔的是天空,比天更空宽阔的是人的胸怀。"不假,胸怀宽阔,能容人容事,能干成大事业、成大气候。

《史记·高祖本纪》记载高祖刘邦的一段话说:"夫运筹策帷帐之中,决胜于千里之外,吾不如子房。镇国家,抚百姓,给馈饟,不绝粮道,吾不如萧何。连百万之军,战必胜,攻必取,吾不如韩信。此三人,皆人杰也,吾能用之,此吾所以取天下也。项羽有一范增而不能用,此其所以为我擒也。"此话此举充分体现了高祖的博大胸怀,勇于把自己的不足说出来,敢于把强于自己的三位人杰用起来,正因高祖有用人的大气量,才能得天下。相反,文辞韬略胜于高祖的项羽,恰恰缺少胸怀气量,仅有"匹夫之勇""妇人之仁",不敢重用贤能,最终失了天下。

武则天，明知仇人的后裔婉儿妄图暗害她，却看中其机灵，竟把其留在身边，封为上官大人，以宽容、包容之心感化她，使她以怨报德，诚诚恳恳地为武氏服务。骆宾王参与徐敬业谋反，写了一篇讨伐武氏的檄文。传说，当时武则天正患感冒卧床，读了这篇檄文后，惊出一身冷汗，病顿时好了。她不但没有因檄文中历数她的身世、痛斥她的丑行而发怒，反而夸文章写得好，说"这样有才能的人不用而让他流落，是宰相的过错呀！"正是武则天的宽阔胸怀和智慧，使她成为历史上卓有成就的一代女皇。

溯古及今，以史资政。古人的成功经验告诉人们一个真理：一个人、一个为官者的胸怀大小，在很大程度上，是决定人生成败的关键。可是宽阔的胸怀绝非天生就有的，而是后天的造化。反观今日，人们见到的有些人，特别是有些官员的"本能自我"意识太强、胸怀狭隘，又刚愎自用。见到比自己有才能、有成就的人，心里就不舒服、不放心，生怕要挤占自己的"交椅"，便使出压制、訾议等手段，让其淡出"领导层"的视线；有的见到有识之士、有见解的人，表面"客套"，心中忌恨，暗玩伎俩，让其无法"露面"；有的对持有不同政见者，视为"眼中钉""肉中刺"，便使出"远距离""设门槛"的手段，拒而远之。尤其是每逢上级下来考察主要干部时，有的当地官员生怕一些有见地、敢谏言的有识之士出来"干扰"，不顾党的民主法则，想方设法"划框框""定界限"，"名正言顺"地将其拒之门外，以此来封堵言路，而圈圈点点，指定那些"唱赞歌""颂功德"的"可靠"人士"出场"，来为其歌功颂德，以此来取代所谓的民意、民心，让考察者只听到一片"赞歌声"，听不到诤言和真话……凡此种种，一句话，都是缺乏宽阔的胸怀和包容的雅量所致。

其实，胸怀不宽阔、不能容人容事者，不仅有害于党的事业，阻碍民主政治建设的进程，而且有害于自己的心身健康。这在历史上也是有教训的。三国时期，周瑜是智勇双全的大将军，可惜他的致命弱点是气量太小，见到诸葛亮的才智超越他，就不能容忍，千方百计要除掉诸葛亮，竟还说："既生瑜，何生亮？"结果呢？被气吐血，英年早逝。难道这个典故对今人没有一点启迪吗？

不怪，一哲人说："宽容是在荆棘丛中长出来的谷粒。"也就是说，宽阔的胸怀，是在经历暴风骤雨般的磨炼、坎坷和挫折的考验中逐渐形成的。心理学告诉我们，一个人，本我负责维持生存和本能、欲望的满足，是生命原动力；而超我负责监督和约束自己的行为，使之符合社会道德准则和良知，达到开阔胸怀、包容的思想境界。所以说，"超我"是每一个人必须经历的一道"坎"，常规而言，要过好这道"坎"，自我改造是关键，怎么改造？自我解剖、不断学习、增长知识和见识是其中最重要一关。知识是开启人生智慧的"钥匙"，见识是拓宽人生胸襟的"良药"。人生的路始终伴随着坎坷与挫折的艰难过程，只有经历了这过程，才能拓宽胸襟，世事洞明，有包容的雅量。

包容，是宽阔胸怀的另一个层面。一个国家、一个民族也好，一个人也好，要有包容的胸怀，才有凝聚力、生命力。在战争年代，我党提出"团结一切可以团结的力量"；在和平建设时期，提出"调动一切可以调动的积极因素"等大政方针，推进了社会进步和发展。当然，包容，既大度又有限度和原则。当年，面对日本侵略者欺凌中国百姓，必然要奋起反抗，否则将面临亡国的危险。但在抗日战争胜利后，又能抛弃前嫌，抚养大批日本在华的遗孤成人，这就是中华民族博大的包容胸怀的显现。也就是说，这个限度就是不可损害国家和民族利益，以及个人的合法权益，这才显示包容的生命力和气度。

在中国历史上也有很多包容的范例，周公为招揽人才，一饭三吐哺，赢得了"天下归心"。齐桓公敢于任用曾在敌对阵营并用箭射中自己的管仲，终成霸主。唐太宗重用曾反对过自己，但才华出众、正直无私、敢于否定"圣意"的魏徵，成为中国历史上最有作为的皇帝之一。如果没有包容的胸怀，像管仲、魏徵这样才华出众又有独特见地的人才是不可能被重用的。

做人做官，贵在雅量。《孟子·离娄上》曰："胸中正，则眸子瞭焉；胸中不正，则眸子眊焉。"雅量就是胸怀，对于一个人，特别是对领导干部而言，胸怀阔，胸中正，才能做好人、做好官、做好事。宽阔的胸怀是一种无形的财富，更是一种美德和凝聚力、号召力、影响力。纵观现实，无论一个地方还是一个部门，哪里的执政者、领导者能有宽广的雅量、包容的气度，哪里就一定是政通人和、兴旺发达、发展快、民得福，反之，哪里就经济不振、民心不顺、民众失福。项羽与刘邦这段楚汉相争的历史，说穿了，不就是胸怀大小之较量，成了胜败之关键吗？！古今的历史经验值得学习和借鉴，学习的目的，是要拓宽胸怀、容人容事、齐心协力、为民造福。

载《徽州社会科学》2012 年 11 月

"道歉"释民怀

据人民网报道：北京市朝阳区政府就一垃圾场的臭味影响居民健康，公开向居民道歉，并承诺该问题力争20天内有明显好转，年内实现原生垃圾零填埋。

类似"垃圾场臭味"的现象，在现实生活中是一件很普遍而细微的小事，但朝阳区政府却以"群众利益无小事"的高度负责精神，公开向居民道歉，并提出改进措施，释民怀，解民忧，体现了政府官员的胸怀和境界、以人为本的理念，是民主政治的进步。

反观现实，为什么有些地方民众对政府工作不满，甚至发出骂声？讲到底还是希望政府官员能在"骂声"中听民声、知民情、解民忧，并非"对立"，而是一种期盼和诉求。问题在于能否及时回应。

《中国青年报》载，江苏泰州市市委常委、纪委书记陈国华曾说："我经常听到一些议论，说现在的老百姓端起碗来吃肉，放下筷子骂娘，专门与'官'对着干。他们想不到，老百姓冲我们骂娘，这是因为老百姓还把我们当'娘'。我最大的担忧是，如果我们党风、政风和社会风气继续坏下去，整个社会失去公平正义，他们还会不会把我们当'娘'？"

这位领导干部的一席话，是以哲学的思维、亲民的理念、自我解剖的角度，道出的一番心里话，令人触动，深受启发。启发我们要从"骂声"中看到，老百姓骂娘是不满的表现，既说明政府工作还有不够完善、不够到位、不够落实的地方，同时也是公民言论自由、行使表达权和监督权的一种体现，更要知道，骂娘也是释放怨气和自我减压的方式。哀莫大于心死。如果老百姓看到政府工作存在的问题和差距不吭声，表面心如止水，其下面往往汹涌着澎湃纵流，积郁过久后的释放就未必是骂娘了，可能会采取激烈方式。如果官员再置若罔闻或使用恶语相向或粗暴工作方法，就会提前引发群体性事件，这是事物演变的必然结果。

遗憾的是，有些官员对某些事物演变的必然后果熟视无睹，仍然我行我素。在行政中，别说是听到骂声，就是听到一点不同声音，都视为噪音、杂音，不合"音符"，干扰政务，马上出手，消除噪音。如果是听到尖锐一点的批评，就认为是与领导对着干、拆台，立马使出手中的权力，给点颜色看看。有的群众为一些福利待遇多年得不到落实提出诉求，政府有的官员从来不表示一点歉意，不是从破解难题、化解矛盾、解决问题角度去思考和努力，而是千方百计地寻找和强调"客观理由"，抓住某一文件某一字眼，断章取义误解党的文件，扭曲党的政策的原意，以此来应对诉求，甚至把诉求者推向对立面，令人看不到好脸色，听不到好口气，得不到好结果。试问，像这样的官员，心中能有民生、能有民主吗？能有向群众道歉的胸怀和境界吗？

古人曰："民惟邦本，本固邦宁。"实际上，对待人民群众的态度，决不是一个简单的工作方法问题，而是一个领导干部的立场、观点、感情的大是大非问题。要知道，"政之所兴在顺民心，政之所废在逆民心"，也就是说，心中没有人民群众，政府官员就会失去根基。

胡锦涛同志语重心长地说："只有我们把群众放在心上，群众才会把我们放在心上；只有我们把群众当亲人，群众才会把我们当亲人。"此话多么亲切朴实，内涵是多么深刻厚重，多么需要我们的领导干部去理会和实践、去面对。我们的领导干部都应该明白：都是来自人民群众，来自基层，来自实践，而走上领导岗位之后，就忘了这三"来自"，应补上这一课，重温这一课。

据报载，江苏省委、省政府曾作出了不事先踩点、不层层陪同、不特殊接待的决定，形成领导干部下基层了解民情民意、破解发展难题、化解社会矛盾，促进干群关系融洽、促进基层发展稳定、促进机关作风转变的"三解三促"长期制度。省委书记罗志军率先轻车简从，到姜堰市沈高镇沈高村调研，五天四夜，吃住在农民刁友生家，先后走访了 20 多家农户，看望了村里一些老党员，开了 6 个座谈会，与部分种养大户、个体私营企业主进行了交流，考察了农业生产和村中心小学、幼儿园、卫生所、敬老院等服务设施，参加了田间劳动，接待了上访群众，足迹踏遍了村里的每个角落，耳闻目睹、亲自体验了解了民情民意，增进了与百姓的感情，倾听了百姓呼声，体恤了民意，使省委的决策有了第一手资料，深受老百姓的欢迎。

下基层、访农户、吃住农家，是我党的优良传统，也是密切干群关系，做好工作的基础。但是，有些领导干部也走基层、下农村，却是走马观花，隔窗观景；有的干部是身在基层，心在上层，干群疏远。正如群众一针见血地说："干群不见面，工作难兑现；思想不交流，开口就'顶牛'。"反过来说，只有心入群众，尊重群众，拜人民为师，自觉接受群众的批评和监督，勇于承担工作责任，及时改进工作，才能提升政府的形象和威信。

载《徽州社会科学》2013 年 3 月

退休者悟

近日，接触到一位退休的干部，他道出了一番感慨，令人深思。他说，当了几十年的行政官员，殊不知，对人和事没有完全看清，在位时，权力大了，忘乎所以；地位高了，目空一切；吹捧多了，脑子昏晕；顺从的多了，自以为正确。其实，错了，哪知到了退休之后，社会才看懂，世事才清明，人事才看清，名利才看淡，脑子才清醒，晚之矣！现今唯一能做的是，对政事，不搅和，多支持；对己，要豁达，多保健。

这位领导干部退休之后的感慨，对有些人而言，也许是时过境迁，但对在位的某些同志来讲，不能不说是一个提醒。

《三国演义》有段唱词："滚滚长江东逝水，浪花淘尽英雄。是非成败转头空。青山依旧在，几度夕阳红……古今多少事，都付笑谈中。"这是人生处世应明白的道理。退休后能洞悉事理，看淡名利，支政不忧政，是一种悟性，更是一种德行和境界，值得称赞。然而，人们不禁要问，为何这种"悟性"到了退休之后才"悟"出来呢？是因为退休后，无官无职，头上无"帽"，手中无权，眼镜无色，思想清晰，心灵净化了，故世事才清明。人们说，权力容易蒙蔽人的眼睛，官位往往使人昏晕。

讲到底还是一个"权"字。"权力导致腐败，绝对权力导致绝对腐败"，这是颠扑不破的真理。但也应看到，权力这东西具有两重性，像焦裕禄、谷文昌、王伯祥、杨善洲等这样的领导干部，执政为民，用权为公，发展经济，改善民生，为百姓办好事，为民谋福祉，百姓世代传颂。反之，像王宝森之流的腐败分子，被"官位"迷住了心窍，被"权力"腐蚀了灵魂，见财眼开，贪色乱政，遭到千夫所指，留下千古骂名。这就告诫人们：用权为民，国泰民安；以权谋私，引狼入室，如不提防，就有随时被狼吃掉的危险。

在曾执政74年的苏共亡党二十年祭上，苏联部长会议原主席雷日科夫引用了一句名言——"权力应当成为一种负担，当它是负担时就会稳如泰山，而当权力变成一种乐趣时，那么一切也就完了。"陈毅元帅，出于对权力的感悟，曾写有一首感事述怀诗《七古·手莫伸》，指出权力所必然带来的三大好处，即"权位""粉黛""推戴"。假如陈毅元帅能面临市场经济的今天，一定会加上"钱财"这一大好处。这四大好处是使权力变成乐趣的最大诱惑，权力者就有可能在"乐趣"中走向"堕落"，又岂能在"大千世界、滚滚红尘"面前头脑清醒？贪污受贿逾 2 亿元的杭州市原副市长许迈永被执行死刑，因为"钱多、房多、情妇多"，被民众称为"许三多"。其实，在现实中又何止一两个"许三多"呢？为什么？是因其"手中大权的诱惑"，最终会毁了自己。有些讳莫如深的腐败分子迄今仍未东窗事发，算是"走运"，不过，一有风吹草动，就会心惊胆战，一辈子心里恐惧，心灵不安。

那么，怎样才能使人达到权力感悟？这是思想境界提升的标志。有人说，为何不把退休之后的感悟前移？这个问题问得好，好就好在点到了问题的关键。关键是做官先做人。怎样做人？有位领导常告诫人们："台上不威，下台不卑。人人都有退休日，个个都有老来时。"此话虽很朴素，但很深刻。追溯到古代，诸葛亮的《诫子书》曰："夫君子之行，静以修身，俭以养德。非淡泊无以明志，非宁静无以致远。夫学须静也，才须学也，非学无以广才，非志无以成学。淫慢则不能励精，险躁则不能治性……"《朱子家训》曰："君之所贵者，仁也。臣之所贵者，忠也。父之所贵者，慈也。子之所贵者，孝也。""勿以善小而不为，勿以恶小而为之，人有恶，则掩之，人有善，则扬之。处世无私仇，治家无私法，勿损人而利己，勿妒贤而嫉能。""诗书不可不读，礼义不可不知。""见富贵而生谄容者，最可耻；遇贫穷而作骄态者，贱莫甚。"古徽州也有祖训："富人或官者眼睛要向下，心中要有百姓，多行善事，做人要有骨气。"

古训，宛如一面镜子，面对形势错综复杂和诱惑形形色色的今天，一个人、一个干部如能常照照这面"镜子"，就一定能增加自控能力，淡泊明志。明志就应克己，能克己，才有享受；有约束，才能自由，这是规律。想必人们都体验过"火葬场现象"。在给亲友送葬时，望着高耸入云的烟囱冒出的缕缕青烟，当你意识到那缕转瞬即逝的青烟便是人生终结时，无论怎样坚强、怎样辉煌的人都难免万念俱灰。如常回想这种体验，就会"无意功名利禄，不肯屈节随俗"，以平常心态对待职级待遇，以进取的精神对待工作和事业，以恻隐之心关切平民百姓，而渐入"宠辱不惊，闲看庭前花开花落；去留无意，漫随天外云卷云舒"的人生境界。

这样，人自然能虚怀若谷，明知为官是短暂，做人是一生。在位时，门庭若市，谗言如云，有为工作请示、汇报的，有因工作关系而迎来送往应酬的，但也不乏为个人升迁拉关系、跑门子的，为子女、家属、亲朋提升谋职的，往往后者礼最厚，嘴最甜，腿最勤，目标是你手中的权力，怎样面对，是一种考验，此时此刻，若能体味一下退休后门可罗雀、门庭冷落、世事洞悉、名利看淡的感受，也许会自我警觉。更要牢记，人的起点和终点都是一样的。但是生命的过程要把握好，不是所有的东西都值得去追求和占有，要勇于放弃那些本不属于自己的，放弃那些自己已经尽了力而最终未果的向往，

这就是胜利者。也就是说选择好了人生坐标，才能顺利
到达人生彼岸。有了如此感悟，定会好好做人做官做事，
一旦卸任之后，深感不愧对人生、愧对社会，心安之也。

载《徽州社会科学》2013 年 4 月

怎听"民声"？

"民声"是什么？"民声"是百姓的心声，是他们的心理感受，也是他们对社会、对世道的评判和所思所盼，甚至关乎国运。

郑板桥有诗云："衙斋卧听萧萧竹，疑是民间疾苦声；些小吾曹州县吏，一枝一叶总关情。"一个为官者，要经常深入基层、深入民间，听听民间疾苦声，是职责所在。这样的作风，老一辈无产阶级革命家为我们树立了典范。1944年的一天，毛泽东同志在延安农村搞调查，听说西川侯家沟的妇女大都生不了孩子，群众很着急，各种议论很多，以致出现了一些迷信邪说。究竟是何原因？毛泽东听到民声很重视，立即责成延安市委书记派员深入调查分析，经化验，结果是村子里的水含有导致妇女不孕的物质，经过改水处理很快得以解决，百姓很感激。当今，中央领导非常注重倾听民声，在全党开展以反对"四风"为主题的群众路线教育实践活动，要求各级干部深入基层，察民情、听民声、解民忧，密切党与群众的血肉联系。

然而，在现实生活中，由于各种利益交叉和矛盾交织在一起，要想听到真实民声、把握民意脉搏，恐怕不那么容易。如果听不到真实的民声，作出的决策就难免失误。据群众举报，某地一位领导干部有买官卖官的问题。上级派员调查，调查了四五天，不但没有查出其问题，反而听到的都是一片赞扬声。不久，其被提拔重用。又过了几年，这位领导干部因受贿东窗事发被"双规"，果真查实其原任职地群众所反映的问题。这说明了什么？说明当事人在职在位，有权有势，讳莫如深，被调查的人因受其权势的压力，不敢讲真话、实话，说了假话。这就提示我们，要听到真实的"民声"，应有辩证的思维，从"一片赞扬声"或"一片骂声"中，听出点"弦外之音"来，否则，很容易被假象所蒙蔽。

由此可见，民声，各种心态都有，各种声音并存。要不被假象所蒙蔽，为官者要有广阔的胸怀。因"民声"中，有逆耳谏言，有伤言恶语，还有牢骚、骂声，这些"声音"也许含着一些真实的"民声"，问题在于你怎样去面对。如果你有包容、宽容、兼容之心，耐心地听、虚心地听，就能从骂声、谏言中听到真实的声音。反之，听到一点不同政见，或反对的意见，或一点骂声，就大发雷霆，甚至派人追查，查找什么所谓"背后指使者""幕后操纵者"，这样，真实的"民声"就会销声匿迹。

　　要听真实"民声"，为官者要有甘当小学生的精神。据报载，皖南有位县长，刚到任那一年，正月初六，他就轻车简从，到乡镇调研，不食住宾馆饭店，一头钻进农村，宿食农家四五天，与农民促膝谈心，听意见、问计谋，拜农民兄弟为师，为改进政府工作汲纳了不少民智。这"沉下去听民声"的优良作风受到百姓啧啧称赞，所到之处，百姓都愿意和他讲真话、实话。如果你跷起二郎腿，挺着将军肚，坐着高级轿车，嘴叼大中华，摆起大官相……这样的作风早就把百姓的心隔开了，你还能听到真实"民声"吗？

　　要听真实"民声"，为官者还要学会听话的本领。俗话说，"听歌要听声，听话要听音"。在语言环境中，有的是反话正讲，有的是正话反讲，不可能一下子让你直截了当听到真实心声。有人说，"真实的心声，好比山中的冬笋是不会出土的，如要破土而出，那就不是冬笋了"。也就是说，真实的民声、心声是掩埋在心底的。从表层来看，好言顺耳的声音多，逆耳谏言的少，即使有不同意见，或许是批评的话，一般都通过"包装"后再发声，关键是我们要加以分析、辨别，从分析、辨别的话音中听到百姓心底的真话，这才能真正了解和掌握民心民情民意。

　　听民声，讲到底是要听真话，当然，真话未必是真理，真诚未必有灼见，但是，真理一定是真话，只有多听真话，才能求得真理。不讲真话，不听真话，就很难获得对真理的认知。巴金的《随想录》，遵循一个原则：

说真话。《随想录》是饱经沧桑的巴老对历史、对人生的感悟和思索，是他的肺腑之言。

要破解听真实"民声"的困境，离不开领导干部胸怀坦荡、勤廉爱民的优良品行，品行正、心地阔，你就会乐于听真话，带头讲实话，努力营造知无不言、言无不尽，言者无罪、闻者足戒的良好氛围。一句话，要听到真实"民声"，唯有"治天下者当用天下之心为心"。

载《徽州社会科学》2013 年 7 月，

2013 年 8 月 28 日重新改就

文贵 "短而精"

文贵精练，古今然之。

据记载：明太祖朱元璋听到刑部主事茹太素长达17000字的上书，听到6370字时，还不明白他要说什么，一怒之下，命人把茹痛打一顿。第二天朱元璋接着听，听到16500字时，才明白茹太素说的什么意思。也就是说，只有最后500字才有用。朱元璋告诫群臣，"虚词失实，浮文乱真，朕甚厌之，自今有以繁文出入朝廷者，罪之"。清乾隆四十三年（1778年）有篇"上谕"写道："据奏近年风气，喜为长篇；又多沿用墨卷，肤词烂调，遂尔冗蔓浮华……嗣后乡会试及学臣取士，每篇俱以七百字为率，违者不录。"

毛泽东在《反对党八股》一文中指出党八股"空话连篇、言之无物，装腔作势、无的放矢，流毒全党、妨害革命，传播出去、祸国殃民"的严重危害性，应引以为戒。

从古至今，历朝历代，对写文章、讲话的要求非常苛刻，因它关系到治国理政的大事，始终是与作风、党风和政风紧密联系在一起的，万万不可小视。"虚词浮文，祸国殃民；言简意赅，力拔千斤"，这是千古不变的真理。

写文章万不可"下笔千言，离题万里"，一定要有主题思想，短而精。我无论是从事新闻工作，或任行政官员，都很注重短文的锤炼。我撰写的内参，每篇仅2000字左右；发表在《人民日报》《光明日报》的政论文、杂文随笔大都在500字至1500字。发表在《安徽日报》的百余篇言论，大都是千字文。《人民日报》高级记者章世鸿曾给我来信说："我极有兴趣读你的作品，因为每篇都很短，一口气读下去毫不费劲……你的文章十分朴实，文字干净，概括力很强，许多事能用几句话点破，这确实是我们记者的手笔，很实在，以情动人，同所写的内容和人物风格一致，这一点，很有张国老作品的风格。"[①]中央办公厅《秘书工作》杂志时任总编辑傅西路称我"承学遵文风，著言实文章"。名家的点评我努力以赴，但也正说明短文才有可读性。

"文章忌冗长，话语贵凝练。"人们说，文风与话风是始终联系在一起的。有什么样的文风，就有什么样的话风，这是有道理的。那些"无主无次，漫无边际"、没有思想的腔调令人生厌。那么如何养成说短话、讲新

---

① 张国老系指《人民日报》高级记者张振国，他名作多，名气大。"张国老"是同仁们对他的尊称。

鲜话的话风和脱稿讲话的习惯呢？关键是靠学习和磨炼。如 1991 年 10 月 16 日，我奉命去中央办公厅汇报工作，进京第二天突然接到中办通知：18 日下午，要我到中南海西苑会议厅参加中直机关捐赠衣被到绩溪回京总结大会并发言。我一听，诚惶诚恐。觉得在中南海发言非同一般，一定要短而精。故给自己限制 3 分钟，约 500 字。说实话，我与会发言从不写讲稿，这一次我准备了一天一夜，五易其稿，印在脑子里，脱稿发言，主题是：感怀。分三个层次：一是感谢党中央的关怀；二是感激车队同志送来了党的温暖和留下"三不"精神（不旅游、不喝酒、不收礼）；三是五天内把党的关怀送到灾区人民。碰巧，我所写这"三不"精神的新闻特写当日在《人民日报》发表。主持会议的中办领导当场说："好啊！今日，我们不仅认识了程主任其人，还认识了程主任的文。"大会一结束，与会不少同志把我团团围住，有的邀请我到他们部里做客，有的要与我合影留念。对我而言，这是说短话的一次最好磨炼。

当然，强调写短文、说短话，也并不否定写长文、说长话。关键是要言之有物，话语有味，不能照本宣科。当年，我在《徽州报》当编辑时，一次去 121 部队新闻培训班讲课，两个半天讲了"怎样捕捉新闻"和"写新闻如何选好角度"两课，约 4 万字（据部队的录音），但我只准备了两页纸的提纲，靠脑子里的记忆去讲。为适应学员都是大学生的特点，我把发表在中央报刊上作品的采写感受穿插讲授，学员们很感兴趣，都屏声敛气地听讲。当听到有趣味情节时，学员们不时发出的笑声和掌声有 80 多次……还一再要求延长讲课时间。

有人说，报告一类的公文，要短而精很难。其实，长篇公文也可写短些、写出精彩来。有一年，为起草绩溪县第九次党代表大会工作报告，我紧扣县委的思路，在几位秘书起草的初稿基础上，作了较大幅度的改写，比以往历次的报告稿减少了 5000 多字，整个工作报告仅 14000 多字，得到时任县委书记何成国的赞赏、代表们的称赞、地委和省委办公厅领导的赞扬。

一位名家说："文章短而精是一种功夫。"也正如莎士比亚所说"简洁是智慧的灵魂，冗长是肤浅的藻饰"，还有"言为心声""文如其人"之说。可初入文字行者，总想把文章写长，显示水平。到后来才感悟把文章写短些才是真功夫。二战期间的英国首相丘吉尔，是个讲演大家，他曾说过："让我讲五分钟，我要准备两个星期；让我讲十分钟，我要准备两天；让我讲一个小时，那随时都可以开始。"这足以说明，短文、短话，花的精力更多，这就是功夫。还说明，作文、讲话，正考验一个人、一个干部真才实学的功底和工作热情。一篇短而精的佳作，一定是"情动于中"的产物，无动于衷的操笔是"堆字"，文情并茂是美文。

但也有人认为，短文没有分量，短话不够重量。这是一大误区。毛泽东同志的名著《为人民服务》《纪念白求恩》每篇都不到一千。解放初期，邓小平在西南工作时，前后向中央汇报工作的两次报告，分别为 2000

字和 1100 字。难道这些短篇、短文没有分量吗？恰恰相反，它们是脍炙人口的传世佳作、优良文风的典范。我曾在《人民日报》头版《今日谈》栏目发表一言论《催一催不如推一推》，仅 367 字，但使人从"干部下车推板车"的小事中看到了"干群关系"的大题目，并获得该报征文二等奖。此文发表虽过去多年，但时不时仍在读者、同仁中传诵。我知道，鄙文与伟人的名著是不可比的，但原理相通。有位学者说，"一篇短而精的文章，往往能起到四两拨千斤的功力"。这不正是对那些"短文没有分量"论调的有力回应吗？

载《徽州社会科学》2013 年 8 月

（发表时有删节）

城市"生命"

　　人们喜见，一些老城区街道两旁，树木繁茂，郁郁葱葱，每每伸向天际的枝丫在上空交握，碧绿的浓荫覆盖着整条道路。每逢夏季，使人享受着林荫覆盖，遮阳蔽日，凉风习习，多有闲适的感受。

　　可是，有些地方，随着城市改造和建设，道路宽了，楼房高了，城市新了，但树木没了，林荫少了，凉意跑了。每逢夏季，酷暑烈日，无荫遮蔽，水泥路面，热浪滚滚，使人走上街头、行人路道，像火炉似的，无法忍受。

　　1951年以来，南方出现了大范围罕见高温天气，而且常常持续四五十天，城市热岛效应非常突出，这样的"烧烤热浪"威胁着人们的正常生活和身体健康。每到晚饭后，人们纷纷出城，来到郊外树荫下、河边消暑纳凉。据气象部门测试，凡是有树荫的地方的温度均比城里要低 6—8 摄氏度。同样，凡是有林荫覆盖的街道，其温度亦比缺失绿荫的城区和街道要低 4—6 摄氏度。

这正说明了一个问题：城区绿化是缓解高温热浪的重要办法之一。看看我们那些高温炙烤下的城市，遍地高楼大厦、水泥地面，绿荫遮蔽的少之又少，高温让城市缺绿少荫的弊病显露无遗。由此可见，进一步加强生态建设、绿化造林，是应对热岛效应，让城市更为宜居的有效措施。有研究显示，一个区域绿化覆盖率达到 30%，热岛强度会减弱；达到 50% 时，热岛现象明显缓解。

当今，有些城市的建设者们，或许是一个地方的主要决策者，在城市改造和建设中把原有的林荫树木毁于一旦，建成后，又不听专家和内行人的意见，总喜欢栽一些"花园式"的花木，或矮小的小叶林来装点，多少年过去了，仍形不成林荫；有的道路两旁就没有安排栽树绿化，光秃秃的，没有绿色，百姓很不喜欢；有的单位原有的绿化树木很茂盛，有的头儿们，为改变所谓的形象、风水，砍伐了绿化几十年上百年的名贵树木，职工很反感却又无奈。这种毁坏绿荫树木的行为与违法滥伐者有什么区别？

此时，令我想起了老一辈的中央领导彭冲同志，他任南京市市长、江苏省委书记时就说过："'我待草木如儿孙'。我最恨无知之人，乱砍树木。有一年，有人在西康宾馆的后门口砍倒了一棵大树。我闻讯后赶到砍树的地方，他们还没有来得及'毁尸灭迹'搬走大树呢。

我真生气了，有点破口大骂了，'没有文化的东西，砍倒这么大的树，为什么不请示我南京市市长批准啊'。"（此时，彭已是省委书记，这样说是严厉之中带点幽默）砍树人被查处，单位领导受到批评。彭冲同志还说："南京真是个好地方啊！六朝古都，有王者之气，有达人之相，有仕女之秀，一城两潮半城树……我管城市建设和南京绿化，是动了脑子的，管绿化要出好主意，切忌瞎指挥，主要是先听专家意见，多听内行的话。我抓瞻园的恢复，就是听了专家的建议。槐树这种植物，易种活、高大，开花很香，有了规模，将是一景。"他还强调指出："树无宁日，民无青天啊。"南京的市民非常重视、爱惜城市绿化。"文化大革命"那么乱，南京的绿化管理、绿化队伍没有乱，树木成荫依旧，修枝添新不变，常剪常绿。不少外地人到此，都有这样的感叹：南京这类大都市之所以绿色满城，空气新鲜，是得益于树荫的时间长，真乃百姓休闲避暑的好去处。这应感谢当年的彭市长。

再说上海，上海人为什么喜欢思南路？思南路上有周公馆，周恩来曾住在这里。还有历史著名人物孙中山、宋庆龄、张元济、杨森、程潜、卢汉、梅兰芳……都曾住在这里。这里不仅仅有历史沧桑的建筑物，展现一个大时代风云际会的历史画卷，更多的是这条路幽静、优美，百年古桐，浓荫覆盖，绿色满路。透过梧桐的绿荫，使人可以看到栋栋房子。那些式样别致的欧式别墅，默默地隐藏在浓密的树荫里，它们透射出绿色的活力，讲述着无数曾经发生在这些房子里的故事，这就是上海人喜欢思南路的原因。其实，今日的上海，绿荫又何止是思南路一处呢？所有的大道、公园、广场，到处都树木成荫，绿色满城，这里的每一棵树木，每一片绿荫，都是人们闲适的遮蔽物。

城市绿化，是一种文化，更是城市的生命。"文化"需要提升，"生命"更需要滋养。所以说，在城市改造、建设中，要对气候变化考虑得更充分、更长远一些，注意添绿留林，浓荫遮蔽，让生态系统血脉畅通、健康和谐。这样，当以往很少出现的高温干旱、寒潮暴雪、特大暴雨等小概率事件真的袭来时，造成的影响和灾害就会小一些。尽可能保护好城市的古樟、古槐、古柏、古松，保留城市的河流、湖泊、湿地，这样，热时可以降温，涝时可以蓄水，旱时可以放水。千万别让高楼大厦如"铁桶"般包围城市，多些绿水青山、林荫遮蔽的绿色环境。对我们每个人来说，应该从做一些集腋成裘的"小事"开始：春季多植一棵树，保护一片林；下班时别忘了关灯、关电脑；出行尽量坐公共交通工具；夏季用空调温度调高些，冬季空调暖气温度尽量调低些……实现绿色低碳、循环发展的生活方式，是人们理想的追求。

载《徽州社会科学》2013 年 9 月

幽默是"融合剂"

近日，翻旧报，发现旧报里有新闻：一位农村基层调解员，20多年来成功调解民事纠纷上百起，被上级评为先进调解员。记者问她有何妙诀？她说："妙诀说不上，只是多点幽默语言，让当事人消气开心。"她举了一例：一对纠纷的当事人，一个性格刚毅，一个性格内秀，她便对刚毅者说："你有金刚钻精神，钻硬不钻软，令人钦佩。"对内秀者说："你有柳根风格，遇石回转，枝繁叶茂。"双方一听，开心了。她接着说："如果做人处世都有金刚钻精神、柳根风格，还有什么疙瘩解不开呢？"双方忍俊不禁，在笑声中消了气，各自主动作了自我批评，解开了心结，和好如初。

读罢这条新闻，令人感受到幽默语言魅力无比，它宛如润物无声、春风夏雨的穿透力，使人心情愉悦，气氛轻松，以至化干戈为玉帛，相视一笑，握手言和。

由此，我想起毛泽东同志的幽默感给人带来的欢乐和启示。新中国成立初期，毛泽东主席去颐和园视察，问道："怎么见不到游客？"陪同者回答："因主席来视察，临时清场封园。"毛泽东说："没有水，鱼怎么活呀！"主席的批评，使受批评者在幽默的教育中深受启示和警策，更感受到毛泽东主席的亲民爱民情怀。

毛泽东的幽默，是他聪慧、博爱和机智的高度体现，也是他平易近人的伟大人格的彰显。1957 年 9 月的一天，毛泽东主席在上海视察，要约见《新民晚报》社长赵超构（笔名林放）。赵超构诚惶诚恐，不知主席会问什么，又怎么回答。谁知一见面，毛泽东微笑地说："宋高宗的哥哥来了！欢迎！欢迎！"弄得大家丈二和尚摸不着头脑，原来是，毛泽东由赵超构的名字联想到宋高宗赵构，赵超构的名字竟比高宗多一个"超"字，那不正是宋高宗赵构的哥哥吗？经一点明，引发哄堂大笑，一下子，赵超构的紧张心理消除了，整个会见场景充满了轻松愉快的活跃气氛。

幽默，是人们日常生活中一种"融合剂"。传说，以盛产笑话闻名的山西万荣县，有两个人在争吵："你这个人怎么不讲理？""我本来就没有理，和你讲什么理？"一场"战争"被笑声制止。

一天，诗人歌德在公园里散步，与一位批评家在一条仅容一人通过的小路上相遇，批评家说："我从来不给蠢货让路。"歌德却笑着退到路边，"我恰恰相反"，微妙地打破了僵局。

幽默，使有理的一方消了气，没理的一方道了歉又不伤自尊，比面红耳赤地争辩和直白地认错的效果要好得多。尤其是在针锋相对的时候，歌德用巧妙而含蓄的语言将"蠢货"的头衔还给了批评家，彰显出歌德的智慧，而批评家却哑口无言，只好笑纳。

小品文大师林语堂说道："幽默是人类心灵舒展的花朵，它是心灵的放纵或者放纵的心灵。"幽默，是一门高雅的语言艺术，一种智慧，更是一个人博学的体现。如果在我们的日常生活、工作中多一点幽默，就会少一些冷峻、抵触、矛盾和猜疑。否则，就会相反。在现实中，人们也常见到，有些官员颐指气使，习惯"打官腔""说雷语"，结果是，与社会群体说话，说不上去；与青年人说话，说不下去；与老同志说话，给顶回去。真乃"一句话说得人笑，一句话说得人跳"。这表明，说话的机巧很重要。如果话不中听，必然致使问题复杂化，矛盾更激化。

"言为心声"，语言是心灵的感应、思想情感的流露。有的官员说话很亲切、很艺术、很朴实，群众喜欢听，并且很受启迪和教育，使人有"一语暖三冬"的快感。可为何有的官员说话，百姓不爱听、不想听，这就是心灵和情感的区别。有人说，有什么样的心灵和情感，就有什么样的话风和语言，这体现一个领导者的待民情怀、思想道德、生活积累和文化修养。

古人曰："三寸之舌，胜于百万雄师。"说的是语言的魅力。群众是语言大师，生活是幽默的源泉。生活蕴藏着丰富生动的群众语言、幽默的话题。身为领导者，关键就是融入到社会和百姓中去，多深入基层、多接触群众和实际，接地气、磨官气、增灵气，才能学到群众语言、摸到群众的思想脉搏，讲话、说话才会多一些机巧和幽默感。反过来，也会提升自身的思想境界和语言感染力，营造一种融洽、轻松、友善的语言环境，增强思想工作的凝聚力。

载《徽州社会科学》2014 年 2 月

滋养着人类的"水"

《红楼梦》有句名言:"女人是水做的,男人是泥做的。"泥没有水犹如散沙,有水方可凝固。可见水的作用不小。

"三八"国际劳动妇女节来临,谈论女性的话题自然会多起来。

同志,你可知道"三八"国际劳动妇女节的来历吗?这个节日为何具有国际性意义?

让我们先打开历史的画卷:1909 年 3 月 8 日,美国芝加哥市的 1500 多名女工,从各个工厂涌上街头,会聚一起,挥舞旗帜,高喊口号,为反对压迫、剥削和歧视,争取自由、平等,举行了全世界第一次规模巨大的罢工和示威游行。这是世界历史上劳动妇女第一次有组织、正义的、声势浩大的群众斗争。在强大阵势之下,市政府答应了女工们的请求。从此,芝加哥市的女工们以自身的力量争取到提薪、缩短工时和选举权。这个神圣的日子永远载入了人类史册。1910 年，第二次国际社会主义者妇女代表大会在丹麦首都哥本哈根举行，根据德国革命家蔡特金的提议，经大会表决，确定每年 3 月 8 日为国际劳动妇女节。这是一个象征着世界妇女争取权利、争取解放的节日。百年来，3 月 8 日也成为世界各国妇女争取和平、自由、平等、发展的特定节日，它鼓舞着世界各国妇女为争取自身权益一直进行着不懈的努力和顽强的斗争。

新中国的妇女，已享有民主、平等、婚姻自主、工作自由和选举被选举的权利，不再是男人的附庸，成为社会主义建设的一支生力军，涌现出数不清的女政治家、女科学家、女教授、女作家、女文学家、女企业家……我们满腔热情地为她们讴歌！

在为她们讴歌之时，我们永远不能忘记、缅怀这样一大批大姐，如秋瑾、杨开慧、向警予、刘胡兰，还有宋庆龄、何香凝、蔡畅、邓颖超、康克清等伟大女性，为了心中的信仰、理想和追求，投身革命，为妇女解放奋斗了一生。她们是巾帼英雄，是中国妇女的楷模。

然而，我们必须清醒看到，这场斗争还远远没有结束。由于受到几千年来封建思想残余的影响和世俗的偏见，在当今社会，重男轻女的世俗仍然存在：遗弃女婴事件时有发生，在某些农村家庭的妇女仍受夫权思想的压抑，某些企事业单位招聘和用工限制女性，凡此种种，使一些女性受到不平等、不公平、不自由的对待，这种歧视女性的行为实际上是对人类、对社会、对人性的一种践踏。此类现象虽然发生在少数地方和家庭，但伤害了女性的心灵。

可喜的是，这种歧视女性的不合法、不理性的现象已遭到社会的谴责、媒体的揭露、法律的追究。我党非常重视妇女工作，保护和维护妇女的平等、自由、民主的合法权益早已写进《宪法》。同时，从另一个层面来看，由于生理局限，女性从某种程度上又是弱势群体，我们应从精神、文化、舆论方面更多地去关爱、理解、维护这一群体，使她们在这个社会主义大家庭里感受到温馨、正义，让滋养着人类的"水"犹如清泉般源源不断地滋润中华大地，洒满人间。

老子曰"上善若水"。水有着"善利万物而不争"的品性，体现着仁爱、坚韧、柔和、豁达、通人性的崇高境界，这正是对"女人若水"的真实写照。

女人若水，因水滋润、滋养世间万物，充满生机。不怪常言道：女人又是花，世界因为女人而美丽；社会因为女人而温馨，有了女人，男人才有家；有女人在身边，男人才有信心，女人是男人力量的源泉。

同时，也给某些女性提个醒，要知道，社会是纷繁复杂的，要挺起腰杆，力排"权势""财势"的诱惑和干扰，永葆自尊、自强、自爱、自立的巾帼本色！

祝全世界劳动妇女们，节日快乐！

载《徽州社会科学》2014 年 3 月

女性的光辉

　　近日，翻阅、欣赏了《徽州老照片》一书，其中一张年轻貌美、英姿飒爽、穿着时尚的女子老照片，霍然跳入我的眼球。

　　她是 20 世纪二三十年代投笔从戎的少女洪治华，休宁人的媳妇。她从小攻读诗文，中学毕业后，求学于九江书院，刻苦读书，聪慧过人，荣获该书院国文、数学、英语及钢琴等诸多学科第一名，闻名全校。在大革命浪潮中，她思想进步、追求革命，1926 年 11 月考入黄埔军校武汉分校女子班，次年毕业于黄埔第六期，时年 25 岁，就投身了革命，编入国民革命军第二方面军第四军由叶剑英任参谋长的军官教导团。她通晓琴书诗画，才艺脱颖，为革命宣传工作献出她的聪明才智。她生有四子，从小都受到她的进步思想的熏陶和良好家教，个个成才，其小儿程嘉楷，曾任《安徽日报》总编室主任、高级编辑，为我省改革开放初期的宣传发挥了重要作用，享受国务院特殊津贴。子女的成长、成才、成功对父母的教养是最好的验证和回报。遗憾的是，这样文武兼备、黄埔学历的大才女却英年早逝，终年仅 41 岁。真让人痛惜。她虽死犹生，值得颂扬，令人怀念。

一张老照片勾起我许多联想：在老徽州这块土地上，值得人们怀念的还有几位女杰，或许她们的历史作用和影响鲜为人知。

清末奇女赛金花，黟县上轴村人氏，原名赵彩云。她的人生起伏、褒贬暂不论，但她因干了一件为国争光的大事而流芳千古。当年八国联军侵占我京城，残害我市民，赛金花愤愤不平，以她曾随夫出使德、奥、荷、俄等国结识一些政要和会德语的关系，多次会晤、劝谏联军统帅瓦德西；以她的睿智和口才，唇枪舌剑，征服了德驻清公使克林德的夫人，最终为达成议和起到了不可替代的作用。

五四后与冰心、凌叔华、丁玲、冯沅君齐名的五大女性作家之一苏雪林，黄山区岭下苏村人，早年留学法国，1925 年回国后，先后在苏州、上海、安徽高校和武汉大学任教授。解放初期，再度赴法游学，1952 年自巴黎到台湾，任教台湾师范大学。出版了散文集《绿天》、小说《棘心》等名著，享誉文坛。

我国早期著名词人、妇女活动家、教育家吕碧城，旌德庙首人。她留学美国，通晓英、德、法三国文字。1903 年任《大公报》主编，发表不少诗词，受到中外名流的赞赏。后任北洋女子师范学校校长，时年仅 23 岁。当年周恩来夫人邓颖超曾在这里亲聆吕碧城授课。辛亥革命后，吕碧城在上海参加南社。在 20 世纪初的中国文坛、女界乃至社交界，"惊才绝艳""风致娟然"。

胡适的同乡好友曹诚英，绩溪上庄人氏，1934 年赴美考入康奈尔大学农学专业，1937 年学成回国，任安徽大学农学院教授，后受聘四川大学、复旦大学、沈阳农学院教授。结合教学，为研究马铃薯细胞遗传学做出突出贡献。

20 世纪 50 年代，任职中国科学院安徽分院的汪协如女士，绩溪县城里人。她一生矢志蚕种研究工作，终生未婚。为我国蚕种场繁殖原种研究做出了重大贡献。后任安徽省政协特邀委员、省文史馆馆员，成为我国妇女实业振兴中华之先行者之一。

这些女杰是亿万女性的光辉典范和缩影，她们的历史贡献和影响已载入史册。歌德说，永恒的女性，引领我们前进。当今女性的作用越来越大，正说明"没有妇女的酵素，就不可能有伟大的社会变革"。这就是女性的力量、女性的光辉。这种力量，正在以排山倒海之势、雷霆万钧之力推动中华民族伟大复兴的进程；这种光辉正普照中华大地每个角落，滋养千千万万个家庭的优良家风。

著名作家老舍先生曾说过："从私塾到小学，到中学，我经历过起码有百位老师吧，其中有给我很大影响的，也有毫无影响的。但是我真正的老师，把性格传给我的，是我的母亲。母亲并不识字，她给我的是生命的教育。"母亲是家庭建设的核心力量，是孩子成长的精神源泉，母亲对子女的影响父亲无法替代。

古人曰："君子之道，造端乎夫妇。"一位领导干部手机里一直保存十多年前妻子的一条短信："当了首长，千万不能手长。我和儿子不要钱，只要你好好的，我们娘儿俩就踏实，咱家就稳当。"妻子的"警钟"是丈夫的心灵"防腐剂"。

可惜，也有少数女性少了一点初心和自尊，起到一些负面作用，很值得警示。有的丈夫在前台主政，她在后门大肆收受贿赂；有的利用丈夫职位的影响力，借机谋私、捞钱；有的助长丈夫"有权必用、有财必得"的私欲大膨胀。也有个别女性经不住权力、金钱的诱惑，成了贪官、"富豪"的"情妇""捞款机"，一旦东窗事发，双双跌入深渊。大贪官白恩培的妻子就是被千夫所指的女性败类。

当然，瑕不掩瑜，个别女性的污点，玷污不了女性的光辉，是因为广大女性都能自尊、自爱、自强。俗话说得好，女人在家是"贤内助"，在外是"半边天"。女性的细腻、善良、勤俭的特质，是社会、家庭诸种关系的"调和剂"、优良德行的"播种机"。那种"千秋枷锁身心瘫，长恨泪雨井底蛙"的旧时代一去不复返，在今天置身"万类霜天竞自由"的平权时代，女性的风采，无论在治国理政舞台，或企业、农业、创业的秀场，还是科研领域，或文教、艺术等各行各业，都能得到更好的展现和闪耀，美丽而动人。不怪人们说，女人就像山泉的流水，滋养着人类；女人是男人力量的源泉，与男性共同扛起社会的责任，比翼齐飞。

载《徽州社会科学》2016 年 10 月

造林是造福

春天来了，正是植树造林的好时节，各地人们纷纷走出家门、机关门去栽树、栽草、栽绿。

植树造林，是绿化国家、美化家园、发展经济的一项伟大事业，是裨益当代、荫及子孙的好事。

如果我们站在人类文明和社会建设高度来审视植树造林，还会得到更多更深的启示。

森林孕育了人类，也孕育了人类的文明。"树叶蔽身，摘果为食，钻木取火，构木为巢"，哪一样不与森林有关，哪一个人能离开森林？人类历史上的古巴比伦、古埃及、古印度、古黄河等四大文明，都发源和昌盛于森林茂密、水草丰美的地方，但随着这些地方森林的消失，这四大文明也逐渐衰落或转移。这是滥伐森林的恶果，是自然对人类的报复。

仰望星空，面对大自然。当你知道我国是全世界森林覆盖率最低的国家之一时，你会感到这与我们土地辽阔的国家是那么不相称；当你知道万里长江为世界含沙量最多的四大河流之一时，你会为水土的严重流失、自然生态的破坏而担扰；当你听到吞噬着肥美草原的黄沙正从西北地区向东南逼近时，你会感到再也不能让这种状况继续下去了；当你整天笼罩在严重雾霾的日子里时，你会感到改造自然环境的迫切。

森林的破坏、森林覆盖率的下降，给古代文明带来的悲剧，给人类造成的灾难，并非一年两年，而是几十年，其悲剧和灾难越来越向现代人逼近。随着工业文明的发展，人类对森林的消耗和破坏有增无减，陆地生态系统整体的森林已有半数从地球上消失，导致气候变暖、土地沙化、水土流失，长期干旱缺水、洪涝成灾、生物灭绝等一系列全球性的生态危机成了人类最大的威胁。

实际上，远古人类便有了对树的崇拜。在人们眼里，树木在春夏秋冬的四季轮回里，凋零而复苏，盛衰更迭，常更常绿，顽强生长，这是一种神奇的力量。真乃"离离原上草，一岁一枯荣"的无限生命力。再看看当今的生活，人们在家中庭院栽花养盆景，既美化庭院，又调节空气；在城市街道两旁栽养树木，既可遮荫蔽日，又能涵养城市生命；在机关单位、学校栽养树木，碧绿浓荫，美化环境，呼吸的是"负氧离子"新鲜空气；在野外山坡造林绿化，既可保持水土，涵养水源，又可保护植被，增加森林覆盖率；在墓地种植树木，以显示生命并未因死亡而终结。在西方，有古人认为树木的根能深达地狱，绿色树冠伸入天堂，只有树木才能把天堂、人间和地狱深深地联系在一起……树木王国给人类的恩赐是功德无量的。

造林是造福。印度某农业大学教授的一项科研成果表明：一棵中等大小的树木，到市场上去出售通常只能卖到 50 美元至 125 美元……这与其真正价值百中无一。按一棵树生长 50 年计算，其创造的直接与间接价值为：生产氧气价值 31250 美元，防止空气污染价值 62500 美元，保持水土、防止土地沙化和增加土壤肥力的价值 68750 美元，为牲畜遮风挡雨、提供鸟巢的价值 31250 美元，制造蛋白质的价值 2500 美元。"量化"的结果，一棵 50 年的树木的实际价值为 196250 美元，平均每年产值 3925 美元，可见树木的无声价值有多大。人们未必完全认同这个结论，但我们应该意识到树木的作用，树木给人类带来的益处是无可估量的。

令人可喜的是，我们党和国家非常重视植树造林、保护森林工作，并确定每年 3 月 12 日为全民植树节，以法定形式开展全民植树活动。毛泽东同志早就指出："要重视林业、造林，这是我们将来的根本问题之一。"周恩来同志强调："从中央到地方，每个负责同志，除年老有病的外，每年都要带头种树，要养成一种风气，并对此事做出相关的规定。"邓小平同志曾题词："绿化祖国，造福万代。"这告诫我们，植树造林与人类生存息息相关。改革开放 30 多年来，各级各地认真落实了林权到户、退耕还林等一系列惠民政策，我国林业建设得到空前发展，森林覆盖率普遍有了提高，从山区到农村，从南方到北方，锁"沙龙"，缚"风暴"，出现了浓荫蔽日、郁郁葱葱的新景象，这是好兆头，但这还远远不够，需要锲而不舍地一代一代地栽下去，福音才不会消失。

载《徽州社会科学》2014 年 4 月

凡事涉己如何？

前一段，广东东莞扫黄，取缔了一批色情场所，挽救、教育了一批失足青年，使广大人民群众拍手叫好。但也有一些奇谈怪论，什么"市场需要""嫖娼有理，色情无罪""生活所逼""影响经济"，等等。

令人奇怪的是，有人为何"以丑为美""以耻为荣""以恶为善"呢？原来是把自己踢出"地球籍"之外，闭着眼睛说瞎话，昧着良知乱狂叫。请记住，"言者，以谕意也。言意相离，凶也。乱国之俗，甚多流言……"

不怪网络上有人反问：你这么同情卖淫嫖娼，你如此支持色情产业，你家人知道吗？究竟有几个人愿意让自己的亲人去涉足这一行业？即使是生活困难，又有多少人希望将这一行业作为谋生手段？而那些从事色情行业的人，又有多少是真的穷困潦倒、衣食无着？

这"四问"问得好，问到了要害，点到了穴位。假如你的妻子或丈夫儿女去参与卖淫、嫖娼，你能容忍吗？还会支持、大放厥词吗？如果真的是这样，可以想象，你肯定是对外"闭嘴"，对内"大闹天宫"。正如一位哲人说得好：凡事涉己口气马上就变。所以说，建立在不道德、不合法基础上的需要和发展，即便是真的能为当地带来一时的所谓"繁荣"，也只是饮鸩止渴的虚幻景象。

其实，大放厥词者心里也明白，哪些是丑，哪些是美，哪些是善，哪些是恶，哪些是法律不允许的。那为何要背道而驰？从心理学角度来看，不外乎两种情形：一种是唯恐天下不乱，借此来发泄心中的不满情绪，以满足自己的心理感受；另一种是自己肯定是色情行业参与者，况且是蒙蔽其丈夫或妻子、儿女，借此来为自己的丑恶行径做辩护，以满足自己的性欲，讲到底是私欲熏心所致，换而言之，是"位子"决定"脑子"的缘故。

据传说，齐国有位好色之徒，见邻居死了当家人，遗下一大一小两位漂亮的老婆，就挖空心思去勾引。邻家的大娘子非常贞洁，任你嘴皮磨破，腿脚跑断，就是不从。小娘子水性杨花，贞洁不保，不久就被他勾搭上了。后来，好色之徒的老婆死了，续弦时，众人都以为他会娶邻家那位跟他相好的小娘子，结果他要娶的却是原先没给他好脸色的大娘子。有人不解，就去问他。那人迟疑了半天回答道："我也不知是何缘故，以前我是看邻家小娘子好，可如今，却看好的是邻家的大娘子。这叫做情人与做老婆的心理感受不一样吧！"一个人生理和心理变化密切相关。其意思是，一个人有什么样的立场，决定着他有什么样的心理作用，就是坐在不同位子上，就会有不同的想法，一句话，这就是自己和他人的区别。

这个故事不正印证"凡事涉己观念不同"的道理吗？但是，无论怎样，是非界限也不能混淆，美丑善恶不能不分，这是一个最起码的人性命题。

古人曰："财色于人，人之不舍，譬如刀刃有蜜，不足一餐之美，小儿舔之，则有割舌之患"，何况大人呢？凡贪图安逸、耽于享乐者，常被贬为声色犬马、宴安鸩毒之徒。有学者担心地指出，我们的生活中存在一种怪现象——比坏。一些人，一事当前，不是分清好坏曲直，也不是看谁比谁更好，而是争着看谁比谁更坏。说什么腐败之害甚于色情，贪官比嫖客小姐更坏，甚至由此推理得出卖淫嫖娼不算事的荒诞无稽结论，混淆了是非界限。事实上，色情与腐败是孪生兄弟，业已超出个人自由选择的道德范畴。"公权力介入"是世界各国的通行做法。任何一个健康社会，在思想观念多元多样的同时，也必须有一些起码的文明底线、基本准则、普遍价值。思想解放，不等于乱想胡来，更不等于行为放纵；价值多元，不是价值扭曲，更不等于价值沦落。时代不同，不等于丑恶行为可以复活……一句话，文明底线、法律尊严不容亵渎。

载《徽州社会科学》2014 年 5 月

家风贵在"德"

近来，新闻媒体和社会都在大谈"家风"这个大题，这很有现实和深远的教育意义。家庭是社会的细胞、国家的基石。树立优良家风，搞好家教，是培育和践行社会主义核心价值观的很好切入点。

那么，家风又是什么？家风就是家德、家训和家庭教养，是一个家庭的道德文化规范和行为准则。

一个家庭，家长的品德怎样，自然会潜移默化地影响着一家人的品行和家风。我曾采访过某地郑家的一位受人敬重的娣娌。她21岁嫁给一个男人做填房，其丈夫与前妻生有3个女儿，都已到了懂事年龄，在心理上自然对后母产生逆反心理，而她也有了自己的儿女。如何处理好与前妻生的3个女儿的关系？她说："严己宽人，严教宽待。"在生活、生理、精神等方面优先、优待她们；在学习上，严格要求、区别对待；在待人接物方面，教育要礼貌待人、宽容人；犯错时，严格批评教育，不迁就；孩子间发生是非，先责备自己的孩子，教育弟弟妹妹们要尊重3个姐姐；能动手的事让她们自己动手，养成爱劳动的习惯……日复一日，年复一年，母爱的温暖、宽容的胸怀、治家的智慧，感化了3个女儿的心灵，一家人和和美美；对待儿媳，她视同女儿，疼爱有加。儿女们长大后，都很优秀，有的是大学教授，有的是主治医师，有的是国企厂长。逢年过节，全家四代同堂、几十号人，大都要赶回家孝敬母亲，簇拥母亲，梳理捶背，嘘寒问暖，亲密无间。一个既当后妈又当婆婆、丈夫早逝的女性，能把一个大家庭的人际关系搞得这么和谐、融洽，这里蕴含着一个母亲的传统美德，体现了一个家庭的优良家风。

"爱子，教之以义方，弗纳于邪。"（《左传·隐公三年》）说明家教，父母是第一任老师。父母的教育对子女影响极大。值得注意的是，当下有很多家庭都存在共性问题：有的家长重智育轻德育，把过多的精力和财力放在孩子考级和琴棋书画上；有的家长对孩子过分溺爱，什么事都依着孩子，千方百计地满足孩子的物质欲望，孩子能动手的劳动不让干，关心他人的事不让管，孩子做了错事不批评教育；有的家庭气氛不和谐，婆媳关系紧张，家长争吵不休甚至分居离异；有的家长整天泡在麻将堆里，置孩子身心健康于不顾。这样的家风一定要改变，对孩子、对家庭才有利。

古人曰："养不教，父之过。""幼吾幼以及人之幼。"

说明幼儿受什么样的家庭教育很重要。诸葛亮的《诫子书》曰："夫君子之行，静以修身，俭以养德。非淡泊无以明志，非宁静无以致远。夫学须静也，才须学也，非学无以广才，非志无以成学。淫慢则不能励精，险躁则不能治性。年与时驰，意与日去，遂成枯落，多不接世，悲守穷庐，将复何及！"这些古训告诫我们，"所谓治国必先齐其家者，其家不可教而能教人者，无之"。一个为官者，如果从小受到良好的家庭教育，他就有可能廉洁奉公，勤政爱民。如果"养不教"，就有可能成为价值迷失、道德失范、靡漫乱政的人。从这个意义上说，家风与党风、政风始终是联系在一起的，这就是齐家和治国的紧密关系。有一首歌叫《国家》，歌词写道："家是最小国，国是千万家。"如果千千万万家庭的家风、家教好，政风、社风、民风自然会好。

家风是无言的教育，家教对一个人世界观、价值观的形成有着深刻的影响。颜之推的《颜氏家训》、朱子的治家格言，都是值得我们学习和传承的经典。唐太宗李世民在日常生活中对儿子李治的教育令人启迪：他看见儿子吃饭就说："你要知道种田的辛苦，就总会有饭吃。"看见儿子骑马就说："你要知道不让马太累，就总会有马骑。"看见儿子坐船就说："水能载舟，也能覆舟。民就是水，君就是舟。"看见儿子站在树下就说："木头有墨绳就笔直，元首听意见就圣明……"我们学习古训，要结合现代家庭结构变化的实际，加强家训、家教，把好的家风代代相传。

　　我党毛泽东、刘少奇、周恩来、朱德、彭德怀、贺龙等老一辈无产阶级革命家的家教、家风都是我们学习的典范，是留给我们的一笔家教思想的宝贵财富，只要好好学习，一定会受益终身。

　　　　　　载《徽州社会科学》2014 年 6 月

孝敬之道

人生，有很多道要走，孝敬之道是万道之首、立身之本。

古人曰："百善孝为先。""仁者人也，亲亲为大；义者宜也，尊贤为大。"说的是孝敬、敬贤之道。这个道是家风之核心，是社会主义核心价值观的重要源泉。

社会主义核心价值观从个人层面而言，爱国、敬业、诚信、友善。作为一个公民来讲，爱国必先爱家，友善必先善待父母、长辈。

元代郭居敬所编《二十四孝》的故事为我们树立了典范：孝感动天、戏彩娱亲、鹿乳奉亲、百里负米、啮指痛心、芦衣顺母、亲尝汤药、拾葚异器、埋儿奉母、卖身葬父、刻木事亲、涌泉跃鲤、怀橘遗亲、扇枕温衾、行佣供母、闻雷泣墓、哭竹生笋、卧冰求鲤、扼虎救父、恣蚊饱血、尝粪忧心、乳姑不怠、涤亲溺器、弃官寻母。

古往今来，《二十四孝》人物光照史册，至诚天下，上至帝王将相，下达隐逸民士。哪一个故事不感天动地，刻骨铭心？

尧母庆都独自养育尧帝十几年并将他培养成一代贤君。尧帝以孝治天下而得天下大治的传说更是后代帝王的施政范本。后来汉高祖以孝治天下，开启了"汉家旧典，崇贵母氏"（《后汉书·梁统列传》）的传统。可惜，在现实中，却有不孝之子，令人所不齿。郑州某校高二的优秀生，因母亲对他学习严格，他压力大，竟然残忍弑母。受审时竟说："不后悔……"浙江金华曾发生一起逆子弑母案，震惊世人，天理不容。某地，一位寡母含辛茹苦，培养儿子读书至大学毕业，儿子当了干部，因受妻的唆使，竟然拳击老母，斩断母子情。某地一干部当了官后，忘了爹和娘，不赡养老迈父母，最终竟对簿公堂。有的人、有的官员，无视、歧视、亏待老人，认为老人话多、管事多、讨人嫌，更令人遗憾的是，这些不孝之子，大多已为人父、人母，此恶行又岂能教子呢？

仁爱、忠恕、信义、孝悌等伦理准则根植于我中华大地，渗透在人们的思想灵魂和行为之中，那种不报养育之恩、不敬老人者，竟然还弑亲、不赡养父母，简直是连畜生都不如，羊羔跪乳、乌鸦反哺，子燕背老燕渡海，动物都能知恩图报，何况万物之灵的人类？"树欲静而风不止，子欲孝而亲不待。"一个人、一个干部、一个为官者，连自己的父母都不能善待，还能善待他人和百姓吗？"孝"是以"敬"为前提的。内心的"敬"，最好的表达就是"顺"，俗话说，"百孝不如一顺"。孔子曰："至于犬马，皆能有养，不敬，何以别乎？"

《诗经》有云："父兮生我，母兮鞠我，拊我蓄我，长我育我，顾我复我，出入腹我。欲报之德，昊天罔极。"说的正是"百善孝为先"这个道理。

钱学森远行前，其父塞给他一张纸条做礼物，他牢记终生，纸条上写道："人，生当有品，如哲、如仁、如义、如智、如忠、如悌、如孝！吾儿此次西行，非其夙志，当青青然而归，灿灿然而返。"钱学森终成了我国伟大的科学家。钱伟长一直保有着《钱氏家训》："心术不可得罪于天地，言行皆当无愧于圣贤；持躬不可不谨严，临财不可不廉介；处事不可不决断，存心不可不宽厚。"同样，钱伟长终成受人敬仰的科学家、教育家。这些家训、父训说的就是做人的道德品行，有了良好的道德品行，才有孝敬之心。

在物质生活比较丰盈的今天，父母需要儿女尽孝的，并非物质生活，更多的是需要精神生活。有些儿女大学毕业、成家立业后，都在城市工作生活，有的二三年也不见父母一次，老人在家孤独啊！前不久，浙江省委书记夏宝龙在一次座谈会上，向在座的干部提出这样一个倡议：新年，大家每天陪老人一个小时如何？他给算了一笔账：每天陪老人一个小时，一年就是365个小时，折合下来是15天。和老人为我们的付出相比，一年陪老人15天，多吗？确实不多，老人把子女培养到法定成人的年龄就是18岁，哪一刻离了老人的操心？儿女上大学、找工作、结婚生子，老人还得操碎了心……真乃一语中的。

孟子说："天下之本在国，国之本在家。"百善孝为先，孝乃德之本。不久前，中宣部部长刘奇葆在《人民日报》发表《在全社会大力培育和践行社会主义核心价值观》一文强调指出，要抓好孝敬教育，把公民，特别是党的干部的孝敬教育纳入社会主义核心价值体系的重要内容，这完全符合我国国情、党情和民情。古代二十四孝的故事流传至今，当代众多的孝敬典范有口皆碑，孝亲敬老已经内化为中华民族的文化心理和精神基因。要大力弘扬孝道，培育人们的孝心、爱心，引导人们感念父母的养育之恩，感受长辈的关爱之情，养成孝顺父母，尊敬长辈、敬老助人的良好品质。现今有许多地方，把孝道作为考核、选拔干部的主要条件，这是价值观教育一个非常好的切入点，这表明领导干部的孝道之风会影响政风和民风。

载《徽州社会科学》2014 年 7 月

"狸猫与麝" 断想

据史书记载，大名鼎鼎的明朝开国元勋刘基（字伯温，谥号文成），是中国历史上重要的政治家、军事家、文学家和哲学家，他辅助朱元璋建立明朝立下不朽功勋。更使后人念念不忘的是他一生为官勤政廉洁，爱民如子，有许多清廉勤政的论著一直被后人推崇。

如《郁离子·山居夜狸》，读后令人感触至深。讲的是郁离子居住山中，夜间有只狸猫常来偷他家的鸡，他便起来追赶，一直追赶不上。此时，仆人想了个法子，在狸猫钻进来的地方安置了捕捉工具，并用鸡作诱饵。果然很灵验，就在当天夜间逮住了那只狸猫。可奇怪的是，狸猫的身子虽被缚住了，但其嘴和爪仍然紧紧抓住那只鸡不放，仆人一边打一边夺，狸猫却死死不肯把鸡丢下。郁离子目睹此景叹了一口气说："为钱财利禄而死的人们大概也像这只狸猫吧！"这个故事，不仅仅是对贪图利禄的人的辛酸讽刺，更是对为官者的一种警示。

同时，又读到刘基的另一篇论文《郁离子·贿亡》，令人深受启迪。讲的是在东南地带有一种叫麝香的东西极为稀有，它是麝肚脐中分泌出来的一种非常珍贵的宝物。当地有个猎手追逐麝，企望猎取麝香。麝很灵敏，便急中生智，在逃跑途中提取其肚脐中的麝香丢进草丛转向而逃。此刻，追逐的人朝着有麝香的草丛方向赶去，麝因此得以逃脱。州府官员子文听说后道："这野兽啊，有时人有不如它的地方，有人因为收受贿赂而丧生以及株连他的家族，他们的智慧远不如麝啊！"这个故事的寓意与前个故事相反，它告诫人们舍弃也是自救的道理。

前后两个故事，一反一正，一取一舍，说明了什么？说明狸猫宁愿丧生，也不肯丢下到嘴边的美食。麝恰恰相反，宁愿割舍身上的"宝物"，达到自保的目的。按照生命科学的原理剖析，前者愚蠢，后者明智。

其实，人的思维、心态和欲望在某种程度上也有不少相似之处，愚蠢者就像狸猫，明智者正如麝。在现实中，有的人，一旦登上"官位"，很快就利令智昏，私欲大作，把头上的"官帽"当作炫耀威风的光环，把手中的公权当作敛财贪色的资本，竟大肆收受贿赂，生活腐化堕落，结果走上了不归路，断送了政治生命，甚至丧生，还留下千古骂名。而明智者就不一样，他们在政治生涯中，懂得怎么取舍，懂得扬什么、弃什么，更懂得弃私欲、舍情欲，追求为民谋福祉，受到人民的拥戴。他们当中有的虽然离任了，但百姓仍念念不忘；有的虽然已故了，但在百姓心中仍然活着……他们的政绩政德光照千秋。这就是两种不同的人生观、世界观、价值观的区别。

《荀子·荣辱》中讲："人之情，食欲有刍豢，衣欲有文绣，行欲有舆马。"人都有基本的生存需求，却不能欲求无度，"欲夫余财蓄积之富也，然而穷年累世不知不足"，结果，必定会是"聚敛而亡"。用权不贪方为廉，为官守贫乃是清。一个为官者能坚守"不为五斗米折腰"的气节，能有"不戚戚于贫贱，不汲汲于富贵"的境界，能保持"清风徐来，水波不兴"的平常心态，这才是高尚的人格，崇高的官德。

古话说："见欲而止为德。"事物相生相克，人生有得有失，有失必有得，这是规律。一个为官者，基本生存需求已有保障，有固定的工资收入，有丰盈的政治、生活待遇，有优越的工作条件，况且随着职务提升，享受的待遇更优厚，可以说，该享有的、该得到的都得到了，理应有抵挡各种诱惑的心理防腐墙，不再有非分所得。如果你既想当官，又想发财，只取不舍，必然有悖规律。北京航空航天大学怀校长在今年毕业典礼上讲话指出："心的通透不是因为没有杂念，而是在于明白了取舍，诱惑太多其实是一种负担。"一语点到要害。任何时候、任何人，一定要记住，"侈则多欲，君子多欲则贪慕富贵，枉道速祸"。换而言之，两者只取其一，要么从政，为民谋福祉；要么辞官经商，各有所能，各有所得，这样，才不愧为美好人生、奉献人生。

载《徽州社会科学》2014 年 8 月

"职责"的担当

职责，顾名思义，职务、职位之责任。

职责的分量，重于泰山，关乎生灵。这不是危言耸听，这关系到一个国家、一个民族、一个地方的兴衰、信誉，一个人的人格品行。

据报道，几年前驻扎上海外滩已历百年的外白渡桥按规接受"体检"。从桥墩上拆除全钢结构的桥梁，正在船厂全面检修。鲜为人知的是，外白渡桥当年是英国人设计制造的，今日老桥的"体检通知单"正是英国一家设计公司开出的。这家公司给上海市政工程管理局来信提醒，外白渡桥造于 1907 年，桥梁设计使用年限为 100 年，现已到期，请注意维修。

百年前完成的设计作品，居然在百年后还在服务客户，这种质量第一的责任意识坚守百年。百年间，时代变迁有多大，人事更替更不少，但责任却一代一代无限期地传承下去，而且还超越国界，这是一个国家社会文明的标志，这不是对职责重于泰山的最好注脚吗？

职责无期限，尽责利千秋。这使我想起某地县长"陵园凭吊"的故事：据说，几年前，这个县推行了一场殡葬大改革，改分散墓葬为陵园群葬，搬迁成千上万的老祖坟，涉及千家万户，动作巨大，阻力重重。正因时任县长敢说敢干敢担风险敢负责的精神，广大人民群众如醍醐灌顶，较为顺利地完成了这场殡葬改革。但这位县长的心情一直不平静。在事后的几年里，每逢"冬至"这一天，他都亲临新建陵园凭吊，向死者致歉："请别怪你们的子孙，为规范殡葬和节约土地，让你们迁坟不安，是我县长对不住你们，现在请入陵安息吧！"百姓们说，别看这点"小动作"，却体现了县长以"政德化民怨"的尽职尽责的精神，赢得百姓的信赖。在当年县人民代表大会上，他满票当选县长。也进一步说明，一个为官者，肯不肯干实事，能不能为民谋福祉，敢不敢承担责任，勇不勇于创造性开展工作，群众心中最清楚。

可惜，"性相近，习相远"。当今，确有些为官者，就缺乏这种敢于担风险、勇于负责任的精神，缺失应有的责任感，滋长了官僚主义和虚假作风。只想着"升迁"，忘了"职责"；只觊觎"权力"，忘了"百姓"；只窥伺"财利"，忘了"公仆"，有的为了明哲保身却丢了党的组织原则。工作不创新，经济不发展，常在增长比例上做文章，来掩盖实质。一旦工作上出点差错，竭力寻找借口、推卸责任；碰到难题、棘手问题，不愿去破解、做工作；

面对群众诉求，不闻不问，不理不睬，矛盾激化；为政以权谋私，文恬武嬉，工作塞责；热衷于抓工程招标权，置工程质量于不顾，从中索贿、受贿；凡此种种，全是私欲膨胀，失职失责所致。这与儒家一贯强调的明辨义利、主张明理节欲、追求道德理想相悖，给党和人民的事业带来不幸，这些"污点"玷污了干部作风，拉开了干群关系。

中国传统文化重视处理群己关系，强调群体利益高于个体利益。也就是说，职务、职位都是公位，个人利益是私位。孟子曰："自任以天下之重。"就是要把天下大事作为自己的责任。汉代以后的士大夫始终强调"以天下为己任""以天下之名教是非为己任"。北宋范仲淹自颂自志说："先天下之忧而忧，后天下之乐而乐。"清初顾炎武说："保天下者，匹夫之贱，与有责焉耳矣。"梁启超将其凝练成"天下兴亡，匹夫有责"这八字成语。这种"天下"的理念，指的就是为国为公为民的崇高职责。一个干部，特别是领导干部，对己所处的职位、职务之职责要敢于负责，敢于承担，才能尽到"官为民役"的己任。

敢于担当，是我们共产党人的政治本色、应尽职责。敢于担当，不是一句空话，而是必须直面问题，做到面对矛盾敢于触及化解，面对危机敢于挺身而出，面对失误敢于承担责任，面对歪风邪气敢于斗争，这样的党员干部才有人格的力量，说话才有人听，做事才有人帮。

敢于担当，体现党员干部的胸怀、境界、人格魅力。

我党有多少领导干部为党为国为民敢于担当，而牺牲自己、家人利益的？这些都是值得我们学习的光辉典范。

一位哲人说，"责任如生命"。把责任看成生命，珍惜生命，延续生命，重在养心。"治天下者先治己，治己者先治心。"治心就是治欲、治名、治利，把心治住了，就能"从心上起经纶"，才可正确认识自我，把握自我，不断超越自我，牢记责任和义务，自觉增强公仆意识和责任感，这样，才不会误国、误民、误事、误己。

载《徽州社会科学》2014 年 9 月

"良药"贵在"良心"

　　近日，有位朋友跟我讲了他亲历的一个故事：因肠胃不适多年，经人介绍找到知名的中医诊治开方，去 B 家中药店抓药，服了十多剂，始终不见效，此时，他便产生了许多疑窦：难道药方不对症？都说此名医有诊治疑难病症的高超医术，这不是徒有虚名？正当他疑惑不解之时，听人说"良医须良药"，深受启迪，于是经人推荐，他到了 A 家药店，先抓了三剂中药，服下后居然见效了，再服十多剂之后，病症明显好转。这位朋友非常高兴地对我说："服了良药，果真有了良效，关键是这家药店店主良心好，坚持'严把关、防假冒，进精品、卖良药'的经营理念，做到义利相济。幸亏朋友提醒，不然，差点错怪了良医！"

　　同一位中医，同一个药方，不同药店的中药，却有不同的药效。这正证实：良医须良药，良药贵在良心，才有良效。反过来也充分证实：伪劣中药，丧失良心，伤天害理。

难道卖伪劣中药的 B 店店主不懂得这个理？其实，B 店店主非常懂得这个理，据说，有一天，B 店店主的母亲生病了，找到一位名中医诊治开方，店主没有在本店抓药，同样也到 A 家药店去抓药。有人问他，自家开药店为何不在自家店抓药？店主直言不讳地说："自家店的中药没有 A 家药店的好。"一语道破，露出真相。无独有偶。听说，一天，有个菜主，收摊时把没有卖完的蔬菜扔掉才回家。有人问她，为何不把剩下的蔬菜拿回家喂猪、喂鸡呢？菜主说："不能拿回家给猪和鸡吃，农药太重。"你瞧，这样黑心的菜主还有人性吗？在其心中，一个人的生命居然还不如她家里一只鸡、一头猪。真乃天理不容。

当然，做生意要有盈利，需要赚钱，是天经地义。但更重要的是要赚良心钱。君子爱财，取之有道。如果是为了"钱"，为了利，竟连"良心"、人格都没了，虽然一时"得利丰厚"，久而久之，只会失去信誉，丢掉生意。

"行德则兴，倍德则崩。"行善积德，生意兴隆，缺德生意，失信于民。正如有副楹联所云："温良恭俭让，让中能取利；仁义礼智信，信内可求财。"说的是诚信为人，让人利己。失信，就是欺骗。杭州"老字号"胡庆余堂里有块匾："戒欺"。跋文由创始人胡雪岩写就："凡百贸易均着不得欺字，药业关系性命，尤为万不可欺。"

他规定："采办务真，修制务精。"员工有违反，不仅被褫夺饭碗，还要送官。为了取信于民，善待顾客，他在杭州胡庆余堂药号的店堂中心设置了一座大香炉，凡有顾客发觉质量有问题的中药，当场投入炉中焚毁，并给顾客另配药品，直至顾客满意为止。正因他良心好，积德行善，世代传颂。

由此我想到为政之心。为政者更要讲良心。所谓良心，据《辞海》注释："古谓本然之善心、仁义之心。"《孟子·告子上》："其所以放其良心者。"今谓存在于内心的是非、善恶之认识。那些被披露的贪官污吏，讲到底都是丧失了良心，坏了心，必然害党、害国、害组织、害民，遭千夫所指，到头来也会害了自己。

良心之仁者，仁之德也。据史书记载：白居易在周至县（原名盩厔县）做县尉时，曾写下《观刈麦》的名篇：他看到百姓"家田输税尽"，靠拾穗"充饥肠"，不禁"念此私自愧，尽日不能忘"。他的为政良心处处系着民心，当他看到守着西湖无法灌溉，无法保证城市居民饮用水，无法确保航运之时，即力排众议，率民众"修筑湖堤，高加数尺"，不仅确保"千余顷田无凶年"，还可保城内"井水常足"，深得百姓拥戴。从古至今，只有有良心的为官者，才能兴国安民，人民永远不会忘记。有的有良心、有爱心的领导干部，虽然离世好多年了，但他们的为政之德永远留在人民心中，是世人学习的楷模。楷模是榜样，犹如明镜。我们应犹每天早起洗脸一样，天天照照镜子，除黑心、洗私心，对照对照榜样，从榜样力量中汲取营养，滋养良心、善心、爱心，这样方可"百行德为先"，做好人、做好官、做好事。

载《徽州社会科学》2014年10月

思想胜于利剑

拿破仑说:"世界上只有两种强大的力量,即刀枪和思想;从长远看,刀枪总是被思想战胜。"换而言之,思想胜于利剑,可见,意识形态的力量万万不可小视。

无论是远古,还是当今,总有一股无形的精神力量在支撑着人类的生存、进步、发展,这就是思想。

孔子的《论语》是儒家思想的核心,孔子从《尚书》中整理出"民惟邦本,本固邦宁"的思想,对今天以人为本的执政理念,起到奠基性作用和历史性贡献。

春秋以降的400多位帝王,大多是孔子思想的践行者和注释者,得之者兴,失之者乱。

秦始皇打天下、得天下的战略思想是成功的,但守天下、治天下的思想是失败的。"焚书坑儒"毁了儒学思想,埋下了祸根,二世而亡。

汉高祖刘邦起初也是有打江山之勇,无坐江山之策。

但幸运的是他能得到陆贾、叔孙通两位儒生幕僚的辅助，从而发生了转变。陆贾苦口婆心地帮扶他读书学习，学儒学、学经典，经常向他灌输以秦为鉴、以儒安邦的道理；叔孙通辅助他用儒学礼仪规范朝廷百官的行为，使刘邦稳坐天下，成为中国历史上第一位祭祀孔子的皇帝。

汉武帝更懂得以一种先进思想统领四分五裂的社会何其重要，他接受大儒董仲舒"罢黜百家，独尊儒术"的忠言，用儒学思想统治民心，缓和了阶级矛盾，推进了社会和谐稳定，汉武帝成为中国古代第一位把儒家学说奉为正统思想的帝王。

大汉王朝前后历时长达 420 年之长，这与孔子思想奠基不无关系。孔子的讲仁爱、重民本、守诚信、崇正义、尚和合、求大同的思想，是奠定中华文化的基因，是引领中华民族实现梦想的强大精神力量。

而这种力量，已穿越古今，穿越时空，穿越国界。如今，孔子与犹太先知摩西、古希腊政治家梭伦的雕像并列镶嵌在美国联邦最高法院的东门上方。几十位诺贝尔奖获得者曾聚首巴黎，呼吁"以中国孔子的智慧帮助全人类应对 21 世纪的挑战"，这表明一个国家、一个民族具有什么样的思想非常重要，它关系到国家、民族的兴衰。可惜，有些人认为意识形态这东西摸不着，看不见，可说不可抓，它既出不了效益，又带不来财富。然而，平时，不读书、不看报，做事放空炮，以致造成精神"软骨病"，思想陷入误区。

学习、传承优秀传统文化，对于我们深刻理解和提升社会主义核心价值观具有很大帮助。从国家层面来讲，马克思列宁主义的中国化历程，就是与中国文化融合的过程；毛泽东思想、邓小平理论、"三个代表"重要思想、科学发展观和社会主义核心价值观，是对马克思列宁主义的继承和发展，也是对优秀传统文化的传承，是治国理政的先进思想体系，是兴国之魂。从个体层面而言，学习优秀传统文化对于帮助人们的科学世界观、人生观、价值观的形成，丰富人的思想有着极其重要的影响。

思想的力量，靠学习、传承、知识的滋养。怎么学？前不久，《人民日报》有篇《阅读是一种定力》的文章指出某文化学者的担忧："我既不希望中国回到孔子、孟子的时代，也不希望中国进入13亿华人躺在比尔·盖茨与乔布斯怀里看微博与段子时代。"这就告诫我们既要学习和传承优秀传统文化，更要认真学习马克思列宁主义、毛泽东思想特别是中国特色社会主义理论体系，这样才能全面掌握、深刻理解社会主义核心价值观。学习使人进步、明智，能提高学养、丰富思想。《吕氏春秋·尊师》一文说得再透彻不过了。"且天生人也，而使其耳可以闻，不学，其闻不若聋；使其目可以见，不学，其见不若盲；使其口可以言，不学，其言不若喑；使其心可以知，不学，其知不若狂。故凡学，非能益也，达天性也。"说的是，不学习，听觉上还不如聋子，视觉上还不如瞎子，言语上还不如哑巴，知觉上还不如疯子。学习虽然不能增强各种器官的感知功能，但能够通达人的天性，能够使自然赋予的天性更加完善而不致毁坏，这就是善于学习与滋养思想的密切关系。古时，子张原是鲁国见识浅陋的小人，颜涿聚原是梁父的大盗，他们都在孔子门下学习。段干木原是晋国的大商人，后在子夏门下学习。高何、县子石，原是齐国的暴徒，后来到墨子门下学习。索卢参原是东方的大骗子，后在禽滑黎门下学习。这六个人，原本是受刑戮的可耻之人，因拜人为师，改造了思想，而成为天下的著名之士和显赫人物，养成了优良的思想品行，受人敬重，这是儒学滋养了思想的结果。

载《徽州社会科学》2015 年 1 月

助人是助己

人们说："助人或许是助己。"这个观点，很有哲理性，但不同的人群有不同的认知，产生不同的结果。

《社会广角》杂志载：一天，某地一个出了车祸的孩子被人送入一家医院急诊室。院方要求救人的摩托车司机缴纳押金，之后才能抢救这个孩子。司机说，手头没有那么多的现金和支票，请院方通融一下，一定在第二天补缴。接诊他的护士说，当日不交押金，她就无权收治这个孩子，不过，她马上前去请示当晚值班的一位医院负责人。负责人没有点头，最终导致这个孩子不幸夭折。随后，这位医院负责人去确认孩子死亡的时候才蓦然发现，原来这孩子竟是自己的儿子。假如得到及时救治，孩子本可以获救的。

相反的是，安东尼奥有个幸福温馨的家庭。一天在下班回家的路上，他遇到了烦人的交通堵塞，发现有位中年男子开着车横冲直撞往前赶，把所有人的去路完全封堵了。当那人驱车靠近安东尼奥的汽车时，超车方式非常粗鲁，还差一点发生刮蹭事故。当时安东尼奥很想出言教训他，并且拦住他的去路。不过转念一想：可怜的人！他这么紧张急迫，天知道，他是不是遇到什么重大问题，需要尽早赶回去。带着这种想法，主动避让，让这位男子的车开了过去。安东尼奥到家之后得知，他3岁的儿子遇到一场严重车祸，被妻子送到医院救治，他火速赶到医院，到了医院，妻子一头扑向他的怀抱，并热泪盈眶地安慰道："感谢上帝保佑，幸好医生及时赶到救了咱们儿子的命，现在孩子已经转危为安……"在松了一口气之后，安东尼奥请求见见医生，以示感激。当他见到那位医生时，安东尼奥不禁大吃一惊，原来这位医生正是1小时前自己让路的那位急匆匆的超车人。

同是人命，两种结果。它告诉人们什么，有何警示？助人就是助己，损人就是损己。那位医院负责人不能宽容他人，结果误了自己儿子的性命；而安东尼奥能换位思考，宽容他人，结果救了自己儿子的性命。血的教训，何等深刻！

在现实生活中，有好多地方，别说是助人、提供方便，就是为了一点微利、脸面、权威，有多少人能为他人着想，为他人让利，为他人提供救助？有人竟说什么"一朝权在手，有金钱、美色，又有美酒；唯我独尊，心无他人，不可忘了我"；有的求他办点事，便是"无礼别登门，礼薄上不了门，无钱更没门"；有的只顾自己享乐，对民心、民情、民意、民瘼不管不问；有的手中掌握了一点经办权，摆着冷面孔、打着官腔、居高临下，别说提方便，就是该办的也让你难办；有的为了一己私利，竟大打出手，侵害群众权益，违背百姓心愿，干出了伤天害理的事，最终走上了反面；有的地方，社会矛盾突出，群众纠纷不少，各种案件频发，不是调解不到位，就是心无责任感，三年五年，一拖再拖，矛盾激化、性质改变，以致出了命案。

凡此种种，归根到底是心中唯有自己，没有他人和群众，又岂能帮助人、方便人呢？不知这些人、这些干部反思过没有，心中没有他人和群众，在群众心目中又哪有你呢？据报载：有位领导干部乘坐的小轿车翻下了田埂，车上的人都受了伤，不能动弹，唯有一位受轻伤者大声呼救，谁知路过的一些百姓瞥一眼就走了，没有一人伸手相助。为什么百姓对干部这么冷漠？后来这位领导干部在反思日记中写道："不是百姓冷漠，恰恰是我们对百姓太冷漠，干群关系疏远了……"从另一个角度来讲，说明我们有些党员干部为老百姓做的事太少了，太不够了。

《论语》里有"克己"一词，"克己"就是要克制官欲、权欲、色欲、私欲。"克己"的功夫到家了，才有爱人、助人、容人之心，助人为乐，解困为喜。要有这样的修养，当下，急需治疗一些领导干部患的一种怪病——"冷血症"，这种病的特征是，没有人情味，缺失责任心和恻隐之心。治疗"冷血症"需要用"心药"，"心药"就是放下架子、到群众中去，增强摘了"帽子"就没有为民服务机会的紧迫感，多接触实际，多体察民瘼，在艰难困苦中感化心灵，提升境界，远离低级趣味和靡漫之风，滋养爱民、爱人之心，这样心中才有群众。

载《徽州社会科学》2015 年 3 月

一篇作文的叩问

　　据悉，某地某小学四年级有个班的语文老师给学生出了一道作文题：二十年后的我。没想到，有位学生竟这样写道："今天天气不错，我和老婆带着我们一对儿女环游世界。突然，路边冲出一个浑身恶臭、满脸污秽、无家可归的老太太，天啊！她竟然是我二十年前的语文老师！"据说，类似现象时有发生。

　　读罢这篇作文，令人震惊、惊奇。奇的是一位仅十岁的小孩竟然对他的语文老师如此仇视、侮辱、丑化，似乎丧失了理性。这说明了什么？更为惊奇的是，这位语文老师也针锋相对，对其作文打了零分，并作出"这个星期你站着上课"的批语，把这位学生彻底推向了对立面。这不得不令人产生许多联想和疑问：一问，老师，你难道也失去理性了吗？二问，老师，你所教的学生，为何用刻薄的语言侮辱你？三问，老师，你的情和爱到哪去了？

"爱是教育的灵魂，没有爱就没有教育。"如果对这"三问"有了深刻的思考，也许就有正确答案。教师不光是教书、传授知识、启迪学生，更主要的是要用情和爱去育人。古人曰："养不教，父之过。"能不能这样说，"生不教，师之责"呢？说的是学生出现了极端思维问题，应在老师身上寻找根源。依照毛泽东著作《矛盾论》的论述来分析，老师是处在矛盾的主导地位，是教育者，而学生是处于次要位置，是受教者，万万不可矛对矛、盾对盾，否则必然适得其反。当然，人们也注意到，国家虽已实施了素质教育，但在应试教育的大环境下，有些学校，有的教师重智育、轻德育，重现实、轻师德，重形象、轻治学等问题仍不同程度存在，其客观影响不可低估。但从主观来讲，一般来说，学生是尊师听话的，即便有个别学生对老师的严厉有逆反心理，容易产生极端思维，身为老师能不能换位思考，辩证看待，想想"他毕竟还是个孩子"。孩子的心灵就像一张白纸，需要老师引领他去写、去画，画出精彩人生来。尤其在思想观念多元多变的时代，更需要情感和心灵相通，严爱相济，用包容之心去感化学生，也许会有"塞翁失马"之良教。

包容是胸怀、师德的体现。孔子曾和几个弟子准备经由郑国去陈国，在都城，他与弟子走散了，只好独自在东门等候，有人因此嘲笑他说，"累累若丧家之犬"。孔子不仅没有生气，反而欣然微笑着说："是这样！是这样！"孔子的包容获得他人的尊敬。老师也一样，对学生要有包容、宽容之心，要用爱生犹爱子的情怀，去矫正学生的极端心理。身为老师要率先垂范，以高尚的、规范的行为去影响学生的精神世界。

学为人师、行为世范，这是社会对老师的普遍赞誉，可是，在我们的教师队伍中，确有少数教师师德失范，品行欠佳。务必加强师德教育，把社会主义核心价值观融入到师德建设中来，强化教师队伍的理想信念建设，不断地提升教师自身的学养和修养，为从事着"仁而爱人"的事业多做贡献，争当人民满意的好老师。

孩子的教育，社会和家庭都有责任。当下，我们应抓住反"四风"、惩腐败深入开展，崇德向善大发扬的契机，以净化的社会风气去滋养孩子们的心灵，使他们看到社会的更多的阳光面。家庭是孩子思想道德的启蒙学校，家长是孩子为人处世的启蒙老师。我们要吸取有个别家庭因家教失当，造成孩子心理叛逆，竟以"白眼狼""母老虎""母夜叉"侮辱父母的深刻教训，端正家教、家风，做到因材施教，重在德育，以身教去影响孩子懂得尊重老师就是尊重知识、侮辱他人就是侮辱自己的辩证道理；要记住"一日为师，终身为父"的恩情。严格的家教、优良的家风对孩子良好的世界观、人生观、价值观的形成很重要。

据报载，一次，有位小学退休教师外出京城，正拖着笨重的行李箱登车之时，突然从背后传来一声"老师！我来！"回头一看，原来是他早年的学生，这么多年过去了，师生情没有忘，这朴实无华的小举动，对老师来说是多么的欣慰啊！从这个意义上讲，老师辛勤付出的情和爱，将会在学生心中生根开花结果，这对老师而言就是"宁可一思进，莫在一思停"的道理。

载《徽州社会科学》2015 年 4 月

"獬豸"之说

提起法治，令我想起"獬豸"，"獬豸"即是獬羊。殊不知，獬羊，竟是"法"的源流。

在古代，法官的帽子即被称作"獬豸冠"。獬豸冠，早在春秋时期楚国就形成了。秦统一天下后，侍御史仍戴这种帽子。汉朝的廷尉、御史都延续戴獬豸冠。隋朝沿袭，并在《隋书·礼仪志》中明确记载："法冠，一名獬豸冠，铁为柱，其上施珠两枚，为獬豸角形，法官服之。"说的是，头顶獬豸冠，即意味着将公平正义放在最高的位置。

那么，"獬豸"又有何由来？据乔忠延先生撰文所言：相传远古时距尧都平阳一箭之地的洪洞周府村，有户人家饲养的母羊生下一只怪异的小羊，一只角，特灵活，就是这只獬羊（獬豸），稍长大后，就爱管"闲事"，路见不平，就显神威。村里，哪里发生纠纷打斗，它就闻声赶去，用它那只尖利的羊角顶触无理取闹者，直至那人自知理屈、认错为止，否则，獬羊绝不罢休。久而久之，獬羊就成为村里平息纠纷的神兽。从此，周府村，家家和睦，邻里和谐，村里平安，谁也不敢无理取闹、打架斗殴。后来，村人把这只神兽赠送给了皋陶。皋陶曾被舜任命为掌管刑法的官。獬羊帮他分辨忠奸、区别是非，自此，皋陶断案不再费心竭虑，处理争讼件件公正，颇受赞颂。《论衡·是应篇》中记载："獬豸者，一角之羊也，性知有罪，皋陶治狱，其罪疑者，令羊触之，有罪则触，无罪则不触。"为了纪念獬豸，元代时，重修平阳府尧庙，庙中专门建了一座獬豸亭。周府村也更名为"豸村"，其村名一直延续至今。

《说文·廌部》里记载："廌"字代表的是獬豸。一角，古者决讼，令触不直者。獬豸，正是獬羊。《说文·鹿郡》解释："灋"，刑也。这个字就是今天的"法"字。从字源上看，它包含了两层意思，一是均平，二是正直，这正是"法"字的本义。"法"正是起源于獬羊，由此可见，獬羊的神威有多大。

世事变迁，古往今来，獬羊神兽独以公平正义贯穿至今。只是不知从何时起，獬羊的一角变两角，但羊的本性未变。其实，羊与人类的生存、发展密切相关。草原上的牧民们都以养羊为生，发家致富。羊，全身是宝，羊毛是高级纺织原料，羊皮可制皮件，羊角化为匕首防身自卫，羊肉实乃美味佳肴。每当入冬，人们都爱吃羊肉，因羊肉味美、助暖御寒，羊胎可治胃病。人们更多的是喜欢羊的性格，羊以温和而著称。不过人们对羊的个性也有错解，常常以老绵羊来贬损那些平庸之辈，实际上，羊的个性是柔里有刚，和善合群。但如对它有恶意者，它理直气壮地以羊角顶触你，这正是羊的可贵品格。

由羊，想到人们，羊的个性、品格，正是值得人们学习的地方。无论是做人、做官，都应像羊那样，柔里有刚，公平正义。公平正义正是"法"的起源，法律的本义。公平正义断案，保护人民，惩治违法者，是执法者的崇高职责。如断错案、办冤案者，同样受到法律惩治。春秋时期，李离因误听、误信判错了一个死刑案件，主动请领死罪。晋文公认为罪不在他，可以从轻发落。可李离坚持依照法律行事，"失刑则刑，失死则死"，毅然拔剑自刎，以身殉法。这个典故告诉执法者一个"理"：有权必有责，责重于生命。

同样，也告诫为官者，"言不中法者，不听也；行不中法者，不高也；事不中法者，不为也"。一事当前，要尊重法纪，问一问自己：法律对此是如何规定的，怎样才算合法？规范权力运行，维护法律权威，必有壮士断腕、刀口向内的坚毅。依法治国，从某种意义上讲，就是依法治权，依法用权，保护人民的合法权益。反过来说，人人都必须受法律的约束，社会才能得到治理、进步。

如此，想起西汉一代堪称英杰的羊倌们，能不能从他们身上学到点什么？或许得到点启迪？

横扫匈奴、拓展疆土、威震四海的大将军卫青，名垂千古、出使匈奴、囚禁北国、死不变节的苏武，放羊致富、爱国疏财、捐钱抗击匈奴的卜式，都曾是扬鞭的羊倌。卫青在放羊中得到历练，领悟到率领千军万马的精辟道理，屡屡击败匈奴，边地得以安宁。苏武在牧羊时领略到羊忠诚主人，听从"领头"的品性，他出使匈奴被囚禁，罚他放羊、劝他归顺，显示死不变节的气节。卜式，放羊致富后，汉武帝问他放羊之道，他回答道："赶走凶羊，安定群羊。"后来，经人劝说，卜式放下羊鞭去当了县令，当得不错，实干兴县，辅佐齐王去当相国，兴国安民，或许真是放羊与治国之道有相通之理。

羊年说羊事，企盼人们在羊身上学到"法"的知识，在羊倌身上学习以羊为伴、忠诚报国、无私奉献的崇高品格。

载《徽州社会科学》2015 年 5 月

"忍"的境界

忍，与不忍，自古以来，都是人们日常生活中经常碰到的一道考题。如何解答这道考题，却蕴含着许多哲理和学问。

传说，大文学家苏东坡为表示自己的自控能力，便写下两句诗文自勉："八风吹不动，端坐紫金莲。"意思是成佛了。名僧佛印禅师一看，便在苏东坡诗的下面写了两个字："放屁！"苏东坡一看，火冒三丈，这是什么意思？连夜过江去寺里质问佛印禅师，佛印禅师没有直面回答，同样也写了两句诗："八风吹不动，一屁去江东。"弄得苏东坡哭笑不得，自知中了计。

佛印禅师原名张瑞卿，文学素养很高，不知何故，去了开封大相国寺。佛印禅师的一句"玩笑"，却考验出苏东坡自控能力的真伪。这表明，一个人在气头上，有没有自控能力，关键看理智。

在现实生活中，因"小事不忍，酿成大祸"的血的教训还少吗？据网络报道，北京街头一男子驾车与一女子的车相撞，男子跳下车，对这位女子恶语相向、拳打脚踢。为了解气，竟把女子车上的小孩逮来当场摔死，惨不忍睹。合肥一青年与某医院发生医疗纠纷，指责为医疗事故，乘其不备，闯入医院，杀害了当班医生。广州，某位局长夫妇，携儿去某医院就医，为安排病房，竟然出手殴打护士。上海，某大学一学生，与同寝室的同学发生一点口角，竟然在饮水机中投毒，使该同学中毒身亡，害了两个家庭，也害了自己。

这活生生血的教训说明了什么？说明了因小事或误解而不忍，酿成流血事件，令人痛心。其实，不能忍的暴发力就在那几秒几分钟的瞬间，如果能把瞬间的暴发力压到最低点，也许可以避免事故发生。或者，换个角度去想，退让一步，不就海阔天空吗？这样的利己利他利国的典范在历史上也不少见。

苏轼《留侯记》有云："高祖之所以胜，项籍之所以败者，在能忍与不能忍之间而已矣。"刘邦做了许多项羽做不到的事情，其中非常重要的一点，就是克制欲望，入秦之后约法三章，秋毫无犯。比如刘邦入关中时，明明想占有秦宫的财宝、美女，也占有得了，他倾听贤臣的规劝，却自动放弃，战胜了自己的私欲，这是极其不易的，果然，稳坐天下。项羽恰恰相反，故失天下也。

忍，一般有两种情形：一种是在想做而又可以做的前提下忍住不做，这是一种超常思维的忍，必有抱负，定会干成大事业的，刘邦是属于这种；另一种是在强权强暴面前，不得不忍气吞声，这叫无奈的忍，也是明智，更是策略。但无论何种忍，都是一种克制，一个人能不能有克制能力，在很大程度上关系到做人做事的成败。越国被吴国打败后，越王勾践被吴王囚禁会稽劳役三年之久，受尽屈辱和惩罚，他强忍会稽之耻，卧薪尝胆，立志复仇，终于"残吴二年而霸"，这种无奈的忍不丧志，最终成了大业。

实际上，忍是一种修养，一种德行，一种境界。如果没有对痛苦和屈辱的忍受，没有一点牺牲精神，要想做成事是不可能的。古代青年韩信倘若受不了胯下之辱，也成不了后来八面威风的大将军。马弓手关羽倘若不强忍袁术之辱，挺身而出勇斩华雄，哪有后来威振华夏的汉寿亭侯？这些千古流传"忍成大业"的故事，今日读来多有启迪。

孔子一生命运坎坷，幼年丧父，少年丧母，晚年失妻丧子，生活清贫，颠沛流离，既受过座上宾的礼遇，也有过丧家犬的狼狈，吃闭门羹、受冤枉气，遭误打误抓，被撵得到处跑，被骂得满心伤；君王对他将信将疑、半用半弃，同僚的排挤、陷害、嫉妒、诽谤让孔子愤懑。但他以"三军可夺帅也，匹夫不可夺志也"的强忍和坚韧，终成我国的伟大思想家，流芳千古，受世人敬仰。

但事物都是辩证的，千忍万忍，有一种不可忍——国耻不可忍。日本侵略者辱我中华、侵占我国土、杀害我同胞，这一灭绝人性的法西斯暴行决不可忍。我中华儿女，在中国共产党倡导建立的抗日民族统一战线的旗帜下，万众一心，共赴国难，奋起反抗，与日本侵略者进行长达 14 年的艰苦卓绝的斗争，最终取得了抗日战争的伟大胜利。今日，日本军国主义死灰复燃，一部分日本人否认侵华历史决不可忍，以表明我中国人民的正义和态度，揭露日本军国主义侵华的罪恶行径。这所说的是可忍、不可忍的辩证关系，这个关系处理好了，正体现一个人的正气和骨气。

载《徽州社会科学》2015 年 7 月

宏村的"水"

　　立秋刚过，陪同省里一位老领导头次游览了著名世界文化遗产地——宏村。果真名不虚传，环境优美，地势独特，清一色徽式古民居错落有致，一村全是"四水归明堂，阳光照厢房；马骑墙头上，书香润柱梁"的古色古香景象，令人神往。

　　说真的，我最感兴趣的还是宏村的水。宏村背靠著名风景区黄山，坐北朝南，依山傍水。村西有条奔流不息的黟西河侧畔而过。村里水渠交错，街巷阡陌，水从门前过，人在水中行；村前有湖泊，村头有杨槐。水，真乃把宏村滋润得生机勃勃，栩栩如生。

　　水，是宏村的灵性，宏村之魂。那天，正是中伏高温时节，村前那广袤的湖泊依偎在古杨、古槐之下，凉风习习，人满湖畔；湖泊四周被树荫遮蔽的石阶上挤满了男男女女、老老少少的游客，他们一边在纳凉，一边在谈心说笑、论诗作赋，浓浓的人气和文气把湖水弥漫得波纹荡漾，构成湖畔一大景观。尤其是一些少女和年轻女士们手揽着花花绿绿的裙子和西式短装，把双脚伸入水中嬉戏、拍打，水花四溅，湖水倒映，宛如雾里看景，浪中看影，多"养眼"。

当你走进村时，各家门前的水渠，流水哗哗、笑声阵阵，响彻耳畔。许多游客不时地蹲下来戏水，搓毛巾，擦汗珠，降酷暑。走过一弄又一巷，村中出现小广场和池塘，广场人头攒动，池水充盈清澈，鸭儿自由游荡，荷花满池绽放，多美啊！游客们对准手机、摄像机、摄影机，咔嚓咔嚓地把美景摄入镜头，带回与家人、亲人分享，真乃一件快事。

在宏村，更体现了水"善利万物而不争"的秉性，据导游小姐介绍，宏村400多户，千多人口，在明清两朝竟出了28位进士，当今每年也出好多个大学生、研究生、博士生。由此可见，宏村不愧为人杰地灵的风水宝地，人才辈出，文化深湛。当你走进各家各户的客厅，悬挂在上堂的楹联耀眼夺目。如"迎门饮湖绿一线涟漪文境活，倚窗眺山峦万松深处讲堂开""立志不随流俗转，留心学到古人难""独乐不若与人乐，少乐不若与众乐""得山水清气，极天地大观"……一股股浓浓的徽文化气息扑面而来，令人陶醉。这不正是宏村的山水滋润了徽文化，徽文化又滋养着一代又一代宏村人吗？！

老子曰："上善若水。"宏村的水，把村风、民风洗练得格外淳朴。每走进居民家中，家家都笑脸相迎，礼貌相待。各家门前都摆有小摊，做些小商品生意，但都是和气生意，任你挑选。见到有位游客，挑选了半天，最终还没买成，店主没有丝毫怨言和责怪，仍然是笑脸相送，好言别过。更引人注目的是，各家各户门前那条水渠，多少年来，遵照村规，什么时间洗浣，什么时间用水，什么时间放水，户户遵守、家家做到，保持流水不腐，清澈透明。看似事小，但十年八载地坚持下去，极为不易。再看，千百年来的古民居、街巷、水渠、池塘、湖泊，至今仍保护得这么完好，这些都充分显现村民们很高的思想素质和村里的管理水准，令人敬佩。再说，今日宏村能得以开发、利用，应该看到当年县里的领导和有关部门的同志是很有眼光和远见的，值得赞赏。

水，是氢和氧组成的最普通的化合物。空气中含有水蒸气，土壤和岩石层中有时也积存着大量的水。水是动植物机体所不可缺少的组成部分，医学上说，成年人体中含水约 65%，可见，水与人的关系何等密切。

也正因此，人们领悟出水性的伟大：水性仁爱，滋润万物，生生不息；水性坚韧，水滴石穿，奔流入海，百折不回；水性柔和，合势而为，随物赋形，但又保持自身本色；水性豁达，虚怀若谷，包容一切，可谓大爱无疆；水性通人性，与人和睦相处、相互依存、相互获益。人离不开水，它给人生命的水分，它可以灭火、防火、保安全。老子推崇"上善若水"，说的就是这个理。

古人云"水能载舟，亦能覆舟""鱼无水则亡，水无鱼仍水", 道出了水的哲理性和个性。也就是说, 官民关系, 就好比鱼水关系, 顺应水性规律行事, 爱水、节水、养水、蓄水, 就是"水利", 反之就会变成"水害"。假如做人做事做官以水为镜, 以水为师, 那自然是个好人、好官。可惜, 有些人, 有些为官者, 就没有真正从鱼水利害关系上认识官民关系, 认识水的哲理性, 违背水性规律而被水淹没的教训不知有多少。

"一峰暗淡一峰明, 咫尺山容异雨晴", 至此, 我们再回过头来, 瞧瞧宏村的水, 品品宏村的水, 能否悟出点什么, 或有何新的理解和启迪? 无疑, 宏村的先人用心之良苦, 用意之深刻, 傍水建村、引水进村, 用水滋养, 以水为镜, 隐喻子孙后嗣, 清清白白做人做事乃至做官。我访问了一位老翁, 他说:"宏村的水能养人, 多健少病, 延年益寿; 宏村的水更能养性, 知礼明理, 多是少非, 村兴家睦, 正气旺盛。"归途中, 我在想, 这老翁的话, 不正是对宏村的最好印证吗?

载《徽州社会科学》2015 年 9 月

敬人有为

据说，某县来了一位黄县长，视事三天，办公室里就很难见到他。去哪了？一去认人。深入基层认人、认门、认路，不到两个月，跑遍了全县所有乡镇和全县大部分企业及机关单位。二去问计。礼贤下士，访贤问计。一天，他登门拜访了一位老干部，三次拒接手机，一谈将近三个小时，真心实意听建议。三去拜师。每到一处，都接触群众，听民声，看实情，拜人民群众为师，吸取民智。黄县长的"三去"，在百姓中引起热烈反响，不少干群异口同声地说：这位县长敬人爱民，是践行"三严三实"的体现，顺民意，得民心。果然，他很快就打开了工作局面，不到一年，政府工作大有起色，深受群众拥护。

"敬人有为，古今赞之。"历史上周公"一沐三握发，一饭三吐哺"的风范一直在后人中传颂。史书上说周公如吃饭时来了客人，他居然把吃到嘴里的饭菜吐出来去迎客；如洗澡时来了客，马上握起潮湿头发去接待客人。人们因此爱戴周公，曹操写诗赞誉他"周公吐哺，天下归心"。当年齐桓公不记追杀之仇，拜管仲为相，称霸中原。刘备三顾茅庐请诸葛亮出山，使得三分天下有其一。

"坐了江山，不忘功臣；手握权力，不忘百姓。"刘邦打败项羽后大宴群臣，席间他移樽就教手指张良、萧何、韩信对众臣说："此三者，皆人杰也，吾能用之，此吾所以取天下也。"唐太宗是敬重人才的典范，他不仅自己注意发现贤才，还要求群臣举贤，让贤能各尽所能，才有历史上辉煌的"贞观之治"。

"敬人有为，吸取民智"，是为政者的高明之举，更彰显了其旷达的心胸、崇高的思想境界。

相反，有些干部、有些为官者从来就没有这种敬人的胸怀和境界。有的"乌纱"不大，架子蛮大；有的年纪不大，脾气不小；有的年纪轻轻，"头"却"很老"；有的挺着"将军肚"，跷起二郎腿，打着官腔，令人无法接近。这些，讲到底其心中唯有自己，目无群众，高高在上，唯我独尊，习惯被周围人捧着、惯着、宠着，热衷在鲜花和掌声中"沽名钓誉"，哪有一点看低自己、敬重他人的思想意识，以致出现"天高皇帝远"，你讲你的，我干我的，我行我素的顶风现象。还有些机关、单位门难进、脸难看的老毛病未治，新毛病又患上了，问话不搭理，三问答一句，往往是目不视，头不抬，脸无情，两眼不是盯着手机，就是玩着电脑。如果你多说几句，就触怒了，语言更难听，脸色更难看，事就更难办了。可想而知，为了办成事，不少人出于无奈，只能忍气吞声、硬着头皮来求"无情女""冷血汉"。

齐国宰相管仲说过："善气迎人，亲如兄弟；恶气迎人，害于戈兵。"如此恶气迎人的风气，虽然出在少数单位、少数人身上，但影响却很坏。没了百姓情，伤了百姓心。殊不知，居然有人还觉得有"理"，说什么这不过是态度问题，比起贪腐分子好得多。这就错了，贪腐分子起初也是从"脸无情、目无人、心不善"起步，一步一步走向深渊的。不知持这些观点者，有没有听说过低调做人的典故。春秋战国时期，宋国的正考父被任命为士时，他低着头走路；被任命为大夫时，他弯下腰走路；被任命为卿时，他身体俯在地上，沿着墙边走路。正考父的这种谦恭、低调做人、尊重他人的风范值得我们学习。

要学习，就得找根源。为何有些机关、单位，有些人患有"冷血""硬心"症呢？其根源是没有摆正自己的"位子"。忘了自己是从哪儿来的，忘记自己也是从基层来，从群众中来的。基层、群众是养护我们的"土壤"和"水源"。要懂得，无土动植物无法生存，但土上无动植物仍是土；鱼无水则亡，水无鱼仍是水。说的是民是国之本，谁都离不开百姓。一旦离开了，就意味着其政治思想衰败的开始。

古人曰："善治必达情，达情必近人。"据史料记载，早年，延安下大雨，一个惊雷打死一老汉的儿子，老汉边抱头边哭边骂："老天爷不睁眼，咋不打死毛泽东？"中央警卫团发觉后立刻派人去追查，当即被毛泽东同志制止了，他说："不能怪老百姓，要怪怪我们的政策出了什么问题。"经过调查，原来是征粮任务太重，老百姓有怨气。毛泽东马上调减农户征粮任务，落实了惠民政策，老百姓高兴了，交口称赞共产党。伟人的关爱百姓、严于律己的旷达胸襟为我们树立了典范。联想到现实，我们工作上出了差错和问题，能不能从我们干部、领导者身上寻找症结？能不能从那位县长"三去"中得到一点启迪？如果做到做好了，相信许多事情就会顺当得多。

载《徽州社会科学》2015 年 10 月

鹭岛之美
——外地人看厦门

前不久，适逢秋高气爽、风和日丽好时节，千里迢迢来到鹭岛，观光游览了厦门城。所见所闻，哇！鹭岛真美！她美在环境，美在人居，美在心灵。真乃不虚此行。

也许正因美，引来一群群白鹭的钟爱。据传说，古时，有只白鹭飞至厦门岛，一见钟情，见此环境优美，口水滴下来，来年居然长出一株稻禾，一茎多穗，谷粒饱满，市民们无比喜悦，感激白鹭的恩赐。从此，厦门人与白鹭结成了好朋友，厦门也成了白鹭的家园。后来，市政府顺民意，以鹭岛作为厦门市的别称。听罢这则故事，令人感慨。可见，有灵性的白鹭也很爱美。

环境美，是鹭岛的魂魄。我曾到过不少大小城市，绿化都还不错，但像厦门这样高达 42.9% 的森林覆盖率还是罕见的。绿色是城市的生命，它如魂魄一样为鹭岛注入了青春活力。你瞧，鹭岛几乎是林荫覆盖，绿色茸茸。每隔一个地段，就有一座绿色公园，市民们步行 15 分钟即可到公园游玩；每隔一个区域，又有一大片绿地，椰林遍布，市花烂漫；街道两旁，古树林立，枝繁叶茂，每每伸向天际的枝丫在空中交握，宛如一顶顶雨伞，遮荫蔽日。走在街头，既有舒坦感，更有欣赏味。长达 30 多公里的环岛路又是一大景致，朋友自驾陪同我环绕一圈，嗬！简直是一望无际的绿色海洋，郁郁葱葱，重重叠叠，人在路间行，如在林中游，美极了。友人陪同我观赏了无际的大海，漫游了风雅的海湾公园，真有一种绿色满园之美，令我心旷神怡。鼓浪屿更是人间仙境，四面环海一孤岛，山水连天景色好；林荫遮蔽处处绿，空气新鲜是个宝。令人流连忘返。尤其值得一提的是，在鹭岛，到处可见热情、包容的"市树"——凤凰树，如凤凰展翅迎宾，四季绽放的"市花"——三角梅，鲜艳灿烂醉人，它们相互映衬，各领风骚，把整个鹭岛点缀得更加美丽可爱。厦门被誉为国际花园城市，果非虚名。

人居美，是鹭岛人的福气。厦门这个城市与众不同，她背依山、面朝海、身居园（林园、花园、草园），绿绿的城、清清的海、蓝蓝的天，构成优质的天然气候。生活在厦门的人都有一个共同感受：大热天，海风徐徐、不酷热、；大冷天，林木防寒、不阴冷。气候温和，城市洁静，生活舒适。生活节奏不紧不慢、不慌不闲，行驶不堵，人居不挤，人们似乎没有什么心理压力，即便是上班有紧张感，下班后也能得到轻松愉快的生活调节。舒适、轻松、安定的生活环境令人向往，真不愧为最适宜人居的城市，获得国际人居奖的殊荣。

心灵美，是鹭岛人的品格。接触到一些厦门人，给我的感觉是：热情、友善、诚信、感恩。不像有的城市的人，居高临下，歧视外地人，对生活总是不满足。打的遇到一位史师傅，20多年前，他从河南迁徙厦门，定居厦门。他说："如今一家五口人，儿子是公务员，儿媳妇在一家公司上班，小孙子念初中，老伴退休在家，论收入，一家人月工资2万多，生活安稳，其乐融融。"我问他现在还有啥想法，他笑眯眯地说："像我们这样普通人家能过上这样的幸福生活，很满足，很感激，感激现在的好社会。"我想，像史师傅这样心怀感激之情，也许正是厦门人生活的一个缩影。超市，是反映一个地方文明礼貌的窗口，那天我进超市选购，营业人员微笑相迎，文明待客，不厌其烦地介绍商品的优缺点和性能，供你参考选择。走在街头，遇人问路都很客气。一天晚上，我独自上街，返回时走错了路，一个年轻人指引我走了十多分钟，送我回到酒店。厦门人热情、诚信，令人感佩。我亲历的一件事，足以说明。这次在厦门离店时，竟把朋友送的一盒名优茶"铁观音"落在香草园酒店。回到家发现后，我抱着试试看的心理，打电话至酒店总台，说明缘由，没想到第三天就收到酒店的快递，

"铁观音"失而复得。我立即电话致谢，酒店人员却说：
"应该的，不用谢！"你说，这不正是厦门人心灵美的
体现吗？！

　　当然，我也知道，写厦门的人千千万，也写不完，
讲不尽，我这篇短文，或许微不足道，不过，作为外地
人，从不同视角、不同的角度来看，觉得这"三美"也
许能反映厦门的个性，很可贵。贵在改革开放的惠民政
策，奠定了厦门的显著地位，造就了厦门的优越环境，
改变了厦门人的思想理念。从哲学思维而言，也不可否
认厦门所处的依山傍海的独特优越地理位置所带来的恩
泽。存在决定意识，意识是行动的指南。更要看到，鹭
岛之美，不正是厦门市委、市政府坚持一张图纸干到底，
一任接着一任干，依靠厦门的广大市民，开拓进取，苦
干实干所结出的一朵奇葩吗？！

　　美丽的厦门，再见！

　　　　　　　　　　　载《徽州社会科学》2015 年 12 月

"相轻"不如"相亲"

"文人相轻"，自古积弊。"文人相亲"，古今使然。一字之差，天壤之别。

早在1800百多年前的三国时代，魏文帝曹丕在《典论·论文》中就谈到文人相轻的问题，他说："文人相轻，自古而然。傅毅之于班固，伯仲之间耳，而固小之，与弟超书曰：'武仲以能属文，为兰台令史，下笔不能自休。'夫人善于自见，而文非一体，鲜能备善，是以各以所长，相轻所短。"俚语曰："家有敝帚，享之千金。"斯不自见之患也。曹丕又说："常人贵远贱近，向声背实，又患暗于自见，谓己为贤。"可见，文人相轻的坏习气由来已久。

南北朝时候，邢邵与魏收都是有名的文学家，特别是邢邵，他坚持无神论，在哲学史上也有地位。邢邵佩服沈约而轻视任昉；而魏收恰恰相反，倾慕任昉而诋毁沈约。邢邵公开说:"江南任昉,文体本疏,魏收非直模拟,亦大偷窃。"魏收听了之后,也反唇相讥道:"伊常于沈约集中作贼,何意道我偷任昉!"

由于文人相轻,元稹、白居易的诗文曾遭人诋毁;戴震蒙乾隆皇帝的恩典特命一体殿试,列三甲授庶吉士,参加四库全书的编纂工作五年间,却受到了难以容忍的轻视和排挤,逐之出馆;文徵明被人耻笑没有经过八股考试的正途,被迫离开了翰林院。在现实社会中也如此。有的人,眼高手低,胸怀狭隘,对别人的文章老看不上眼,人家的作品在大报大刊上发表了,又在背后诋毁人家。可自己呢? 写不出一篇佳作,更谈不上在报刊上发表。最终是故步自封,亏了自己。

其实,文人相轻是轻不了的,诋毁也毁不掉。白居易、元稹的诗词世代传诵;戴震成了大学问家、大思想家;文徵明成了著名的书画家,令人景仰。从古到今,既有崇己抑人者,更有相轻易为相推者的好风气。

西晋著名文学家、《文赋》的作者陆机,天才秀逸,辞藻宏丽。张华曾经称赞他:"人之为文,常恨才少,而子更患其多。"可见是个很有才华的人。他本来打算写一篇《三都赋》,后来到了洛阳听说左思正写这一题材的文章,"拊掌而笑"。并且在给他弟弟陆云的信中,对左思极尽嘲笑之能事,说左思将来写成的文章,"当以覆酒瓮耳!"没想到,等陆机读了左思的《三都赋》后,却十分叹服,称没有人能再超过左思,便取消了原来的写作计划。

　　唐代大诗人李白，当年登上黄鹤楼，原想为楼写首诗，但一看那里已有崔颢的诗作，觉得其诗气格苍浑，莫可端倪，非常佩服，出口赞道："眼前有景道不得，崔颢题诗在上头。"其后，李白竟依照崔颢的《黄鹤楼》写作手法写了《鹦鹉洲》和《登金陵凤凰台》。其实，崔颢的诗是模仿沈佺期的《龙池篇》，李白又转而模仿崔颢。他们这种虚心学习的态度是难能可贵的。《黄鹤楼》曾被诗歌评论家严羽取为唐诗七律压卷之作，而历来评价《登金陵凤凰台》同《黄鹤楼》"格律气势，未易甲乙"，"今观二诗，真敌手棋也"。

　　与李白齐名的杜甫也是"易相轻为相推"的榜样。《十驾斋养新录》卷十八曾经指出：杜子美诗所以高出千古者，不薄今人爱古人也。王、杨、卢、骆之体，子美能为而不屑为，然犹护惜之，不来加訾议；且曰："尔曹身与名俱灭，不废江河万古流。"其推挹如此（所引的两句诗出自杜甫的《戏为六绝句》）。

　　作为文人而能推重同时代同辈分的同行，甚至拜之为师，更令人钦佩。宋朝大诗人黄山谷，在他已登进士第，当上国子监教授的时候，写了一封信并附了两首诗，给在徐州做太守的苏东坡，对苏表示钦佩。苏东坡和了他的诗，并复了信，赞美黄山谷说："《古风二首》，托物引类，真得古诗人之风！"由此缔交，至死不渝。

　　清代著名学者段玉裁，与戴震同辈分，且比戴震先考中举人，学术造诣已卓然有成，而戴仅仅是个秀才，但段很佩服戴的学问，"委挚师事，终身北面"。

古人的相互尊重、相互学习、拜师求教的优良传统在当今社会已得到发扬。当然，决不是那种虚假的相互吹捧，而是真心实意的好风气。笔者曾拜谒过一位年逾八旬曾任语文老师、中学校长的许先生，他的教学、写作水平令学生、世人敬佩。殊不知他案头却有一本文辑，是剪辑别人和学生发表的文章，不时翻阅。这是为何？他说："这些作品的文笔、文采、内容都不错，写得好，值得学习。"一次他写成一篇万言回忆老领导、教育界名人的记叙文，居然请一位小他近十岁的文人修改，这个人给他大刀阔斧砍去三分之一，调整了文字结构，制作段落小标题，形成仅六千字的修改稿，他看后满口称赞改得好，文字精练、逻辑缜密、主题突出，还在同仁、友人中到处传播。这种文人相亲、礼贤下士、向人学习的宽广胸怀令人感佩。据说，有位知名文人，担任领导工作之后，很重视文字工作，一次，其部属在大刊上发表了文章，他竟在会上大加赞扬，并给作者发了奖金。此举，一直成为"文人相亲"的美谈。

文人相推、相亲是一种美德，更是一种修养和人品，特别在文坛，相互欣赏、相互学习，学人之长、补己之短，是一个人的胸怀雅量的展现。随着社会的发展，时代的进步，传统文化的滋养，相信人们定能从"文人相轻"的旧习气中解脱出来，让"文人相推"的好风气充满文坛和社会。

载《徽州社会科学》2016 年 4 月

豁达犹"良药"

近日，从我友汪有源先生编著的《绩溪县抗美援朝史实》一书中，读到伏岭镇一位九旬高龄的志愿军烈士母亲汪有菊为"医患纠纷逆转"的故事，令人震撼。汪大娘共生养了五个儿女，老大牺牲于朝鲜战场，老二、老三在外地工作，老四在家务农。1987年老四患病，因村赤脚医生用错了药打错针不幸身亡。出了人命关天的大事震动了全村全镇，有人主张她打官司，严惩医者；有人主张她停尸闹丧，要赔偿。但汪大娘都不赞成这些意见，她含悲而坦诚地说："人都死了，再怎么也不能复活，何况人家又不是故意的，要是去告状，把人家弄得妻离子散，我们家人心里也不好受。就平平常常地埋葬了吧。"一场即将爆发的停尸闹丧事件，就被她豁达而诚恳的几句话语平息了。汪大娘怀着无比悲痛的心情却推己及人、替人着想，做出常人难以做到之举，令人感动。

感动之余，有人会问，汪大娘的豁达举动，难道是突发奇想吗？其实汪大娘年轻时就是个先进、模范人物、"三八"红旗手，曾当选两届县人大代表。正如村民们夸她："有菊大娘一贯思想先进，是个豁达的人，虽经多次磨难，但她都能想得开、放得下，所以健康高寿！"如果没有豁达的胸怀，她也做不出这样的举动，更没有健康的心态和体魄。

一位哲人说："乐观豁达的良好心态，是最好的保健良药。"当今，有不少中老年人很注重运动，每天早晚爬山或徒步七八里上十里路，应该说，这是好事，也许有益。有的中老年人热衷于购买服用保健品，耗资数万元，有无效果暂不论。不过，爬山、走路也好，吃保健品也罢，这些都是次要的，保持心态平衡，豁达乐观才是主要的。有的人心胸狭隘，受不了一点委屈、吃不了一点亏、听不得一句闲言，否则就垂头丧气，或耿耿于怀，或锱铢必较，睚眦必报；有的人对人对事对世道老看不惯，经常牢骚满腹，自寻烦恼；有的人整天在比东比西、比待遇、比地位、比房子、比车子，见不得人家比自己好，时存嫉妒心理；有的人背论人非，炫耀自己，贬低别人……你说，这样的人心态能体健吗？说实话，一个人，一旦心理失去平衡，你再怎么锻炼，怎么保健，恐怕也于事无补。

心理平衡，是人生保健中最关键的，它的作用超过一切保障作用的总和。有关调查资料显示：北京有很多百岁的健康老人。是吃得好，还是钱多？都不是。有的早睡早起，身体好；有的晚睡晚起，身体也好。有的人说自己不吃肉，所以身体健康；有的老人爱吃肉，专吃肥肉，身体也很健康。有的不抽烟不喝酒，有的既抽烟又喝酒；有的不喝茶，有的爱喝茶；生活方式五花八门，但有个规律是一致的：健康老人，个个心胸开阔，性格随和，心地善良，没有一个健康老人心胸狭隘，脾气暴躁，小肚鸡肠，钻牛角尖的；没有一个健康老人懒惰的。健康老人要么爱劳动，要么喜欢运动。这正应验了英国一个谚语："没有一个长寿者是懒汉。"

为何心理平衡这么重要？是因为心理影响到动脉硬化的程度，影响到血压的高低，影响到一个人的精神情绪。据美国报道，一个53岁的男子回家，一推开家门，就见儿子与母亲正在争吵，吵得很厉害，还没来得及张口劝说，儿子操起水果刀冲他妈妈心脏捅去，当场把他妈妈扎死。这男子见状，一下子就倒地死亡。法医解剖，发现这男子的动脉没有硬化，属于动脉痉挛闭塞，整个心脏处于高度收缩状态放不开，导致死亡。埃及报道，因医生玩忽职守，导致病人昏迷、瞳孔放大，以为病人死了，送进太平间，殊不知病人苏醒过来，发现自己躺在棺材里，吓坏了，就拼命顶开棺材盖往外爬，正一脚伸出时，竟被一护士看见。护士惊叫了两声，就往外跑，来不及跑出去就倒下死了。这病人倒活了……这两个真实故事正说明一点，情绪极度紧张，心理失衡，容易导致动脉狭窄，以致死亡。

据报载，百岁抗战老兵的长寿经验也充分证实，心态对保健的作用无可取代。陈廷儒，101 岁；黄胜庸，110 岁；周锡奎，99 岁；许世吉，100 岁；雅方廷，103 岁。这五位抗战老兵的生活方式、生活环境虽各不相同，但他们的长寿经验是相同的：乐观开朗，良好心态，生活规律，遇大事、急事，从容不迫，冷静应付，喜不大喜，忧不大忧，故能健康高寿。

再回过头来看，前面那位老母亲的高寿不也正如此吗？实际上，不光是老年人，中年人、年轻人也应该保持良好的心态，早醒悟、早修身，大有裨益。

一个人若能有"宠辱不惊闲看庭前花开花落，去留无意漫随天外云卷云舒"这样乐观豁达的心态，必然会长寿。张学良将军，1932 年就是国民党革命军副总司令、海陆空副总司令，仅次于蒋介石，1936 年，"西安事变"后成为阶下囚。如果心理不平衡，度量小，早就不在人世了。但事实恰恰相反，他忍受了巨大的委屈和挫折，自我调节，自我调控，维护心理平衡，竟活到 101 岁。

载《徽州社会科学》2016 年 7 月

品行的"活教材"

近日来，品读了由中共黄山市委宣传部与黄山市老新闻协会合编的《徽州楹联精粹》一书，令人兴奋，这不是徽文化的一颗璀璨明珠吗？闪闪发光，引人入胜。有人说，这是本品行修养的"活教材"，可奉为做人做事做官的圭臬。

自古以来，徽州人很重视楹联文化，从公共场所的祠堂、庙宇、路亭、戏台到有学养人家都有楹联，它是百姓自我"德育"的明镜，照出人的荣与耻、善与恶的真面貌，富有启迪性和地方风味。

书中的383副楹联，副副精彩，字字珠玑，各有特点。从爱国守法、敬业奉献、勤俭廉洁、明礼诚信、和睦友善、修身养性六个方面，突出弘扬社会主义核心价值观以达到"以文化人"这个主题思想，是将思想性、知识性、实用性和艺术性融为一体的读本，图文并茂，言简意赅，好记易懂，对今人很有现实的教育意义和思想价值。

《三字经》云："人之初，性本善；性相近，习相远"，俗话说，"千人千品，万人万相"。那么，用什么力量来凝聚人们的思想呢？唯有中华文化，而楹联，宛如净化心灵的春风，滋润素养的夏雨，更有感染力。

翻开书页，清末婺源人江峰青题婺源东山学社"有澄清天下之志，于大雅宏达为群"的名联，就深深吸引了人们的眼球，好比受到良师的教诲，仿佛开阔了胸襟，多了益友。又如徽州古城联云："揽六县风光，蕴千年灵秀，人间春意入佳境；交五湖朋友，通四海钱财，天下徽商源古城。"此联以开阔的视野、胸怀天下之大度，赞黄山景色，扬徽商之风，交五湖四海之友。我想，如那些胸襟狭隘、热交狐朋狗友的人，以及奸商、失信者，看到此联，不会没有一点感触吧？感触的内核就是接受教育的过程。

勤政廉洁，家国情怀的楹联是本书的一大亮点，绩溪周氏宗祠特祭祠内一联云："礼学渊源，濂水声华丕洛水；功勋缔造，歙州政绩绍庐州。"探索礼学渊源，追溯到宋代理学家湖南濂溪周敦颐和河南洛阳的程颢、程颐，赞颂清官廉吏的功勋，看到不少出于歙州（徽州）的名宦有着与宋代清官廉吏庐州人包拯一脉相传的可喜政风。那些心术不正、贪得无厌的为政者看到此联，难道没有一点自愧吗？又有联云："能济时难唯国士，不谈功赏亦高人。"黟县西递民居"锄经堂"一联云："种德槐应茂，锄经桂自芳。""国士"与"高人"都是有德有恻隐之心的人；"种德"与"锄经"者，才能像老槐树那样枝繁叶茂，闻到桂花的芳香。相比之下，正是对那些懒政者、惰学者、贪婪者、硬心者、"沽名钓誉"者的有力鞭挞。

家居的中堂联是徽州楹联一大特色。清代科学家、文学家、婺源人齐彦槐自书家居联"慷慨谈世事，卓荦观群书"，书法家汪肖石宿老手书中堂联"道德千古事，文章六经来"，绩溪兵坑村民方承泉居宅中堂联"多读书知礼明理，少饮酒多是无非"等，这些楹联写得多好。这对那些不读书、又失德、常酗酒、图享乐的为人为官者是最好的警示。

徽州楹联乡土味浓厚，贴近生活和百姓。如撰写裁缝联云："衣人德自暖，被世岁无寒。"刻字店店联云："操刀非动武，掌印不当官。"既形象又幽默，这是对德艺双馨的工匠们的高度赞誉，也是手艺人学习的样板。

再看"高阁逼云霄，举头红日近；远山收入画，回首白云低"的山川联，一语点缀了黄山的雄姿美景，点燃了游人的激情。

古人曰："人文化成。"文化一旦熔铸在人们的灵魂之中，就会产生很大的感应。品读徽州楹联，同样使人感受到是一种"精神享受"，给你带来恬静的心态，悠悠的美感，甚至能变愚为智。

相信《徽州楹联精粹》将会得到更多读者的喜爱。当今，在徽州，无论在城市还是农村，楹联文化已走进了千家万户，当你走进民居，就会见到蕴含着古今文气的楹联悬挂厅堂，以作家训、家教来滋养子孙后嗣，难能可贵。

载《徽州社会科学》2016 年 11 月

"饱满稻穗"的品格

有一年，秋收前夕，来到农村采访，一位老农先领着我到田畈看稻子。他挥手一指风趣地说："你瞧，那沉甸甸金灿灿的稻穗都低着头，迎候你去收获，多虚心啊！"我们边走边聊，忽而他走进稻田拔出另一株稻穗，对我说："你再看看，光长穗不长粒，干瘪瘪的反而头翘尾翘，傲气得很，你说怪不怪？"

讲者无心，听者有意。陪同的一位"乡村秀才"接过话茬说："这稻穗跟人很相似，比方说，那些肚子'有货'的，很虚心，又谦恭；有些肚子'没货'的，反而趾高气扬，仰头翘尾，多傲气。"

"乡村秀才"的隐喻，使我想起了有位裁缝师傅问官龄制"官服"的故事。据传，古时京城有位很有名气的裁缝师傅，无论何人，经他缝制的衣服没有一个不合身的。一天，一位当朝御史慕名找他做官服。这位师傅不是先量尺寸，而是先询问御史官龄。这位御史很疑惑，做官服与官龄有何关系？裁缝师傅说："初任高官意高气盛，身躯往往微仰，衣服应后短前长；任职稍久，在官场经过磨炼，意气微平，衣服应前后一般长短；如果任职久了，内心装着的是谦逊，身躯往往微俯，衣服就应前短后长。"裁缝师傅"问官龄制官服"颇有调侃讽刺意味，它隐喻官场的弊端再深刻不过了。

联系到现实，确有些官员与无谷粒的稻穗和裁缝师傅"制官服"很类似。其特征是，逢人有口不言，能理不睬，鼻子应声；两眼不视，傲气十足，目中无人；两耳不闻，拒听谏言，唯我独尊；两腿不勤，脱离群众，享乐懒政；腰杆不硬，对上奉承，对下无情。这"五不"恰好刻画了"高姿势"者的"官相"。要知道，这"官相"却坏了风气，伤了干群和气，丢了为政的底气。

有人这样问，这些官员为何傲气十足，仰天翘尾？这一问正如百姓所批评的那样，关键是缺少"仁义"二字。古文《冯谖客孟尝君》记载：一天，孟尝君拿出账本问门客：谁熟习会计的事，帮我到薛地收债？冯谖自告奋勇地领受了任务。辞行时冯谖问，债收完了，买什么回来呢？孟尝君曰："视吾家所寡有者。"冯谖到了薛地，把该还债务的百姓找来一一核验了借据后，假托孟尝君的命令，把所有借据当场烧掉，然后返回。面对孟尝君诘问，冯谖回答道："您曾说'看我家缺什么'，我私下考虑您家中积满珍珠宝贝，马房多的是猪狗、骏马，后院多的是美女，您家中所缺的只不过是'仁义'罢了，故我用借款为您买了'仁义'。"孟尝君听后，无言作答。一年后，情况突变，孟尝君遭齐王的排斥，辞官回到自己管辖的薛地暂住。令他万万没有想到的是，在前往的路途上，薛地的百姓扶老携幼，夹道百里迎接。见到此情此景，孟尝君感慨万分地对冯谖说："先生所为文市义者，乃今日见之。"说的是，"仁义"买对了。

古语曰："威行如秋，仁行如春"，"不以仁政，不能平治天下"。如果一个人心中有"仁义"二字，就能低调为官，热爱百姓。据曾任江西省委书记的万绍芬回忆，1985年11月陪同时任中央政治局委员习仲勋到江西革命老区井冈山考察工作时，"因为去井冈山前面在修路，凹凸不平，所以警车不时地鸣笛，两面红旗挥动着指挥，他（习仲勋）一看就皱起眉头对我说：'路上这样不时地鸣警笛，又红旗两面开弓，会吓到群众的，这样他们为了躲路，掉进山沟怎么办？大路朝天，各走半边嘛，后面坐的是老爷吗？'我当时心里很不安，就解释说，'前面在修路'。他说：'修路也不能影响老百姓的行走。'"

一位从人民群众中走出来的，与劳苦大众一起翻身闹革命的开国元勋，能时时刻刻把关乎百姓的小事放在心中，如此仁义，如此低调，难能可贵。可我们的有些官员，官阶不高，架子却很高，职位不大，脾气蛮大，哪有一点爱民之心，相比革命老前辈的仁政，不感有愧吗？奉劝"高姿势"的为官者多学学"饱满稻穗"的品格，多从裁缝师傅问官龄"制官服"中得到点启示。

载《徽州社会科学》2017年5月

"三滚泥巴" 的启示

　　一天，在一所小学校园门口，见到一位衣衫不整、汗流浃背的男子踩着自行车来接孩子，孩子见到父亲来接，喜出望外，欢快地爬上自行车后座走了。恰巧，另一天，同样在其校园门口目睹了一位孩子却责怨父亲说："你怎么骑个车（电瓶车），我不坐，小车子呢？"一脸无奈的父亲只好哄着他才勉强坐上。

　　不难想象，两个孩子的不同态度，反映不同的教养。前者令人赞赏，后者令人担忧。"性相近，习相远。""毛病"出在孩子身上，责任却在大人那里。现在有许多孩子都长在"蜜糖罐"里，从未吃过苦，更不知苦是啥滋味，以致连蜜糖也不甜了，这是个可怕的信号。

　　古语曰："宝剑锋从磨砺出，梅花香自苦寒来。"据报道，侗族"三滚泥巴"的教子法令人深受启迪。侗族是我国一个少数民族。此族有名言："从母亲那里学到善良，从父亲那里学到勤劳，从祖父那里学到耐性。"侗族的孩子成人要经过三次滚泥巴的磨炼。第一次是5岁。孩子要脱离母亲的怀抱，开始接受艰苦的磨炼了。所以，母亲会将孩子领到田边，让他从泥土地里滚过去，父亲在田的那边接着。第二次是10岁。父亲将孩子领到田边，让他滚泥巴，祖父在田那边接着，如果没有祖父，则请族中德高望重的老人代为行礼。孩子要向老人学习耐性，磨炼意志。第三次是15岁。祖父把孩子带到田边，但这一次，对面却不再有人接应。因为，孩子即将长大成人，需要自己去体验成长滋味。

马克思说："生活就像海洋，只有意志坚强的人，才能到达彼岸。"侗族孩子的"三滚泥巴"告诫人们，一个人必经艰苦环境的磨炼方可成才。现在生活条件好了，但教育孩子要知甘识苦。孩子的教养却又折射父母的修养。

据报刊披露：某地一对年轻夫妇带着孩子进了饮食店吃火锅。小孩子七八岁，从进店开始就一直没有消停过，不是拿筷子敲碗，就是搬弄椅子，还把桌上的餐巾纸捏成纸团往地上扔，孩子的淘气表现，父母见了不当回事，对人却盛气凌人。当他们吃到快结束的时候，一名服务员过来问："我是不是把火调小一点？"小孩的母亲从嘴里蹦出一句："调，调，调什么？你没看到我们还在吃？火调小了你用手把我们的菜烫熟？"这话让人听来刺耳，服务员忍气吞声，转身准备走开。就在这个时候，小孩用蘸了调料的餐巾纸往服务员衣服上抹了一把，沾上一道污渍。服务员瞪着小孩说了一句："你怎么能往人身上抹脏东西呢？"不料，小孩的母亲却说："你说什么呢？你哪只眼睛看见我儿子往你身上抹脏东西？……"她还从桌上拿起一团油污污的纸巾说："现在我手里也有脏纸，难道说是我给你抹上去的？"服务员气得瞪着眼说不出话来。小孩的母亲还不放过她，说："你瞪那么大眼睛干什么？你瞪眼把我儿子吓出毛病我要找你赔钱呢！我们坐在这里就是上帝，你要全心全意为上帝服务知不知道？你不仅污蔑我儿子，还凶巴巴地瞪眼睛……"最令人惊讶的是，这时小男孩竟也冒出一句："我们是上帝，你瞪眼睛干什么？"此刻，旁人看不下去了，纷纷指责这位母亲自己没修养，竟带出没教养的儿子……在众斥之下，一家三口只好匆匆离店。

人们不禁要问，像这样没有修养的母亲能有好教养的孩子吗？回答是：真乃"近墨者黑"。这位小孩的母亲的粗鲁行径受到周围群众的责备，正说明，违背公序良俗的行为令人痛恨，也没有市场。

实际上，在我国的传统文化中，从古至今，无论是官方或平民百姓都极为重视教养。《三字经》中就有"养不教，父之过；教不严，师之惰"的名句；《千字文》中曰："德建名立，形端表正；空谷传声，虚堂习听。""罔谈彼短，靡恃己长；信使可覆，器欲难量。"《弟子规》中讲到行为规范时细致到"晨必盥，兼漱口，便溺回，辄净手。冠必正，纽必结，袜与履，俱紧切"，以及"用人物，须明求，傥不问，即为偷"。这些经典，都是教人如何修身养性、做人做事的。

不知从何时起，"教养"一词被一些人渐渐淡化。透过孩子看成人，看社会。在人与人之间，那些优雅、儒雅、文雅渐渐少了，傲气、霸气、流气却多了。在公共场所，因一点小事，恶语相向，甚至大打出手时有发生。在官场上，唯我独尊、盛气凌人、颐指气使者大有人在。有的官员习惯于灯红酒绿、养尊处优地享乐生活，怕吃苦、怕群众、怕下基层。在日常生活中，过马路不走斑马线，闯红灯，乱丢纸屑果皮，随地吐痰。在公共汽车上，抢位子，争座位，互不相让。在公共道路上，车乱停，道乱占，杂物乱堆放。在网络自媒体上，污言秽语充斥，低俗之词流行。

这些现象的出现，归根到底，都出在家庭教养和个人修身问题上。修身养性关键在养心正心。心不正，影就歪。唐太宗年轻时爱射善射，他得到几十把好弓，得意地请制作弓箭的名师来欣赏。没想到师傅说都不好。唐太宗追问其故，弓箭师傅说："木心不直，则脉理皆邪。"故"非良弓也"。原理简单，道理深刻，一语点出了做人做事做官要"正心"这个真谛。

古人讲究修心，目的是正心。心正则身正，做事则正，才能"居上不骄，为下不倍"。

载《徽州社会科学》2017 年 6 月

山是吾师

　　山，是吾师、吾友。小时候，在农村老家，面对笔架山；城里的住宅，门对梓橦山；曾在《安徽日报》实习期间，邻近合肥大蜀山；供职《徽州报》时，曾住稽灵山；一度在京城被聘新华社《新华纵横》编辑时，毗邻燕山……一直备受山的养育、庇护、滋润，这种恩惠，令我留恋难忘。

　　当年，我参加农村"四清"和社教工作队，先后在绩溪、歙县、休宁农村的山里农家住了五年，开门见山，出门爬山，工作在山，汲取了好多山的知识；当记者那时，四上黄山，十下农村，八进深山，写了不少有关山里的新闻和言论；从政期间，跑山村、爬山头不少，结识了许多山里的农民朋友。我退休后，常爬爬大文学家苏辙畅游过的梓橦山，感觉真好！

　　当然，不是每个人都生长、工作在山里，但山对人类的恩惠是无形的，有不少名人、伟人都是从大山走出来的。如今的大小城市，郊外的山已成了离退休同志晨练、年轻人游览的"宝地"。因为当你登上巅峰定有"会当凌绝顶，一览众山小"的感慨，深有"江山如有诗，花柳更无私"的体悟，更有神思飞扬的豪情，拥有"耳无俗声，眼无俗物，胸无俗事"的心境，多惬意啊！

自古以来，山，是文人骚客赋诗作画的主要题材。如孟子的"登泰山而小天下"，李白的"泰山嵯峨夏云在，疑是白波涨东海"，杜牧的"南山与秋色，气势两相高"，陶渊明的"山气日夕佳，飞鸟相与还"，王维的"山中一夜雨，树杪百重泉"，苏轼的"不识庐山真面目，只缘身在此山中"，王安石的"不畏浮云遮望眼，只缘身在最高层"等名句，全是对山的赞美。

山川之美，古来共谈。祖国的大好河山，无处不美，无处不奇。山，是中国革命的摇篮，雄伟的井冈山、著名的庐山，令国人景仰，世界关注。红军爬雪山，过草地，走完二万五千里长征，每个红军战士都同山结下了不解之缘。

中国革命离不开山，人类滋养离不开山，山始终与人类相依相伴，伴你成长，伴你生活，伴你建功立业。山，又是每个人的最终归宿，你说，山与人类有多密切的关系？

近日，重温了毛泽东主席的诗词，使我加深了对山的理解和情感。主席发表的40多首诗词中，涉及山的素材竟然最多。真可谓"祖国山河尽是诗，浓郁诗意是吾师"。他专以山名篇目的，就有《西江月·井冈山》《忆秦娥·娄山关》《清平乐·六盘山》《七律·到韶山》《七律·登庐山》《十六字令三首》，是以山直接作题咏的对象："山，快马加鞭未下鞍。惊回首，离天三尺三。山，倒海翻江卷巨澜。奔腾急，万马战犹酣。山，刺破青天锷未残。天欲堕，赖以柱其间。"写出了山的突兀、峥嵘、峻峭的性格、神态，写出了革命豪情、崇高境界，古今名家无论怎样写都无与伦比。

毛泽东诗词中的"山句"，是不同时代的革命赞歌，战斗的号角，令人鼓舞。如"看万山红遍，层林尽染"的诗句，借用山的美景来隐喻革命大好形势。如"今日向何方，直指武夷山下，山下山下，风展红旗如画"的诗句，描写红四军勇往直前，取得战略转移胜利的情景。如"踏遍青山人未老，风景这边独好"的诗句，吟咏红军南征北战，艰苦卓绝的革命意志。如"从头越，苍山如海，残阳如血"的诗句，意味着遵义会议纠正了党内错误路线后的一片光明前景，含蓄着要从头部署长征大计，以及放怀所想。如"红军不怕远征难，万水千山只等闲""更喜岷山千里雪，三军过后尽开颜"的诗句，正是这一大进军的光辉写照和热情的歌颂，它集中表现了红军的英雄豪迈的气概，生动地描写了长征的壮阔艰险的场景。如"一山飞峙大江边，跃上葱茏四百旋"的诗句，以诗人的浪漫情怀描写了庐山的奇与险的地势，隐喻其深刻的政治意义。

毛泽东的诗词中随笔点到山的诗词名句还有很多。

借山为喻，来描写革命的艰难曲折和必胜的信念。其诗词气势磅礴，堪称千古绝唱。

纵观历史，观览群山。当年无论是开辟革命根据地，还是长征北上抗日，战斗生活的自然环境，都依靠崇山峻岭。山是革命的屏障，人类的依存。不怪，山的形象在毛泽东的诗词中占有着突出的地位，正如明末清初著名的和尚画家石涛所言"黄山是我师，我是黄山友"。

可惜，随着时代的进步，环境的优化，有的人、有的为政者对山缺乏感情了，甚至害怕山，怕山穷水尽受不了，怕大山里没出息被埋没了，怕山高路险吓倒了，怕进山易出山难走不了。这种极端思想要不得。要正确认识国情和山的意义，用以山为师、为友的情怀来改造自我。

我国是一个多山的国家，山区占国土面积的三分之二。山区的百姓，曾为中国革命、为游击战争做出了无私的贡献，新中国成立后，为林业建设和木材生产又做出了新的贡献。可是今日这山里有的还是贫困村、贫困户，于心何忍。我们应该为他们享受改革的红利，早日摆脱贫困多做实事，这是为政者应尽的责任和应有的担当。当年，从地委领导岗位退下来的杨善洲，毅然离城进山，风餐露宿，办林场、栽树苗，使万亩荒山变绿洲。当年福建东山县委书记谷文昌、山东寿光县委书记王伯祥，为改变山区贫困面貌，带领人民治山、治水，给百姓带来福祉。如今，他们先后离世多年了，但当地百姓一直怀念他们。海南鹦哥岭自然保护区管理站，一群年轻人在寂寞深山，与大山为伍，与野生动物为伴，无怨无悔献身生态环境保护和科研工作，把青春融入青山绿水间。这些典范是我们学习的榜样。

载《徽州社会科学》2017 年 8 月

学书心则正

当今，学习书法的人渐多，上自大人、离退休人员，下至中小学生。前几年，教育部下文作出"笔墨进学校"的规定，规定从小学生开始习书，真乃一件幸事。尤其在书写汉字的机会变少、提笔忘字的时候增多的状况下，习书更难能可贵。笔者曾在《安徽日报》刊文《喜见纸笔回归》予以盛赞。

然而，有人问，为何学书，如何学书？问得好，但要回答这个问题，会是仁者见仁，智者见智。不过，有书法名家认为，学书养心，用心字则正。不妨先学点书法史，也许对习书会有启迪。

学古鉴今，茅塞顿开。书法，特指用毛笔书写汉字的艺术。既然是艺术，必有功夫。中国文字从甲骨文、金文、篆书、隶书一路走来，经千百年演变、创造，发展至今，已形成以楷书为主，兼之行书、草书、隶书等多种书法艺术。东汉末年，因战事传输战报、发布军令之需要，改造了波磔过烦的隶体为"隶楷间文字"，既保留隶书的韵味，又创造了楷书的雏形。后来，"钟王"——"上承蔡邕，下启右军（王羲之）"，开创了正楷的先河。东晋书法家王羲之以钟繇等人为师，融汇众家之长，变钟书的翻飞为内敛，使楷书的基本笔法形成独特的风格。

到了南北朝时期，又有新的书体出现。洛阳南郊、伊河两岸举世闻名的龙门石窟的碑文，北朝碑版，墓志、造像题记等石刻书法均为魏体，被称为"魏碑"。北魏孝文帝迁都洛阳后，受几代太后笃信佛教的影响，大建寺塔、立碑刻，仅龙门石窟今存碑刻题记就有2800余品，其中《龙门二十品》是魏碑书法的精华。相反，南朝禁令立碑，以帖行世，崇尚王羲之和其子王献之的"二王"书风。此时的楷书得到长足发展，形成北朝遒健、雄强，南朝秀丽、清婉两种书风。

千百年来，书体无论怎样演变，但万变不离其宗，楷书为正宗。楷书结构严谨、规范，是一切学书的基础，点横撇捺一丝不苟，笔画端正，既便于百姓辨认，更适用于公文书写，又是古代取士所需。一旦楷书基础牢固了，进而学写隶书、行书、草书等字体就会举一反三，运笔自如。

隋开科举，科举考试的用字必须要规范，这就初步确立了楷书的正统地位。唐太宗是"好书帝王"，他曾征集王羲之的手迹达"三千六百纸"之多，对《兰亭序》更是"置于座侧，朝夕观览"，使唐代书法极其兴盛，并涌现出"初唐四杰"的欧阳询、虞世南、褚遂良和薛稷等书家，之后，唐代书法逐步走向雄奇豪放。颜真卿、柳公权的楷书就是杰出代表，誉称"颜筋柳骨"。有一次，唐穆宗向柳公权垂询书法之道，柳公权答道："用笔在心，心正则笔正。"唐穆宗听了虽有不悦，但深知臣子是借用笔之道向自己谏言。这是柳公权为人为书的"风骨"。

当下，有一种"书风"值得正视。有的习书者不是用笔在心，而是急功近利，没有基本的文化修养和"风骨"。习书三五年，旁人出于客气，随口夸了几句，就自鸣得意，处处以"书法家"自居，封闭自我，又缺少打磨，岂能创造出书法艺术呢？沈鹏先生曾不以大书法家为傲，而以诗人为荣，这是书家的修养。

"肃风通道义，墨池渡深情。"学书须有用笔在心、情感投入、学书养德的品格，方能练好书法的功夫。想必学书者都听说过"书圣"王羲之练腕力去河边用扁石"别腕"，练臂力带书童上山伐薪的故事。王羲之的书法不仅有技法上的精熟，更有情感投入，出水芙蓉、浑然天成的意境。大凡学书者须有"心无杂念，胸有情怀"的心态，习书才有可能出神入化。徐悲鸿曾说："书之美在德，在情，惟形用以达德。"这样，才会做到师法不泥法，善造化自然，师心自用，入古出新之良效。

书法，从古至今，备受人们喜爱，尤其受到老一辈革命家的重视。开国领袖毛泽东，就是杰出的书法家，他擅草书，诗人的浪漫情怀和书家的洒脱性情集于一身。从笔法上，线条圆劲流畅，精神外发，灿然一片神机；从笔意上，气势恢宏奔放，章法大起大落，开合聚散，变幻莫测，意境高远，可谓大笔一挥天地惊，独创一格千古传。

周恩来总理为天安门广场人民英雄纪念碑书写的150字行楷碑文，落笔沉稳凝练，中锋内裹，结体严谨自然，与毛泽东题字"人民英雄永垂不朽"八个大字组成完美乐章，阳阴、宽严、内外结合，可谓珠联璧合之作。

老一辈革命家的书法字迹是传世之宝，他们为社会发展而书，为修身养性而书，不仅仅书法艺术高超，更重要的是大大提高了书法的地位和影响。要说影响，书法遗迹在"丝绸之路"文化里也有着重要地位。从"丝绸之路"上出土的大量汉简书法遗迹来看，它生动、鲜活地记录了两汉时期我国与中亚、西亚、南亚地区的交往。可见，我国书法早就在海外产生了影响，这可是了不起的书法艺术成就。

从古至今，从国内到国外，可以看到，书法的历史地位崇高，影响巨大，它是我国优秀传统文化里的一朵奇葩，长盛不衰，永放光彩。对个体而言，它是修身养性、提高品质、陶冶情操的"磨刀石"。看来学点书法，必会受益匪浅。

载《徽州社会科学》2017 年 10 月

震撼的一幕

党的十九大闭幕仅仅一周，10月31日，习近平总书记带领新一届中央政治局常委同志，来到上海石库门和浙江嘉兴，瞻仰中共一大会址和南湖红船，寻根溯源，重温历史，在鲜红的党旗前举起右手，庄严宣誓。"心潮澎湃，热泪盈眶！""宣誓忆初心，红船主义真！""我爱你，我的党！"……这一幕，让人深深震撼，意义深远；这一幕，告诫全党，不忘初心，方得始终。

恩格斯说："一个知道自己的目的，也知道怎样达到这个目的的政党，一个真正想达到这个目的并且具有达到这个目的所必不可缺的顽强精神的政党——这样的政党将是不可战胜的。"中国共产党正是这样的政党。中国共产党人始终不忘初心和使命，为中国人民谋幸福，为中华民族谋复兴，赢得全国各族人民的拥戴。

党的十九大，是我党光辉历史上又一个重要里程碑，创立习近平新时代中国特色社会主义思想，标志着中国特色社会主义进入新时代、新征程，令人鼓舞，令人振奋。

迈上新时代中国特色社会主义新征程，我们一定要牢记党的宗旨，不忘初心，矢志不渝，锐意进取，埋头苦干，为民族复兴大业而鞠躬尽瘁。

"靡不有初，鲜克有终。"如果忘记初心，怕苦怕累怕担当，就会脱离群众，被人民抛弃。毛泽东同志曾告诫全党"共产党是为民族、为人民谋利益的政党，它本身决无私利可图。它应该受人民的监督，而决不应该违背人民的意旨"。古人有云："得天下有道，得其民，斯得天下矣；得其民有道，得其心，斯得民矣。"这就是说，得民心者，得天下；失民心者，失天下。一个政党，一个政权，其前途命运取决于人心向背。反观一些国家政党，之所以失去执政地位，一个根本原因就是背离民心，脱离群众，蜕化变质。回顾我国千百年的历史，从个体层面来看也是这样。唐玄宗迷色偏信，丢失江山；宋徽宗荒淫无度，被金兵所俘，后死于五国城；纣王贪色江山失；吕布戏貂蝉下邳亡……从唯物观点而言，这些帝王将相，不也曾是"王者西行三万里，归来一笑震九州"的显赫人物？后来，为何身败名裂？原因同样是背离民心，蜕化变质。

忆古鉴今，联想现实。在我们党内不也有些人，信仰不坚定，待民不诚心，思想不纯正，执政不勤廉，遇事不担当吗？这"五不"怪象，其要害是忘了初心，丧失了意志，有失民心，有害事业，如不及时悬崖勒马，恢复初心，回到入党宣誓的当初，必将成为党内渣滓，走向人民的反面。

有人说，忘记了初心，意味着背叛。此话并非危言耸听，却是警世通言。在中共一大会址纪念馆和南湖革命纪念馆里，有三幅相似的图片就是明镜：一幅，中国近代时事漫画《时局图》：列强瓜分，熊、鹰、犬、蛤蟆盘踞中国版图……一幅，清末给列强赔款的惊人数字，白银令人痛心地如开闸河水涌出国门。一幅，马克思视察中国国情写下的一段话："一个人口几乎占人类三分之一的大帝国，不顾时势，安于现状，人为地隔绝于世并因此竭力以天朝尽善尽美的幻想自欺。"习近平总书记凝视良久，深深感叹："多屈辱啊！多耻辱啊！那时的中国是待宰的肥羊。"

96 年前，中国陷入被人宰割，被"开除球籍"之危难境地，中国人民经历了战乱频仍，山河破碎，民不聊生的深重苦难的历史，又岂能忘记？习近平总书记的深深感叹，是警示，更是召唤，召唤我们要大力弘扬"红船精神"，让"红船精神"永放光芒。我党起于石库门，登上天安门；走过窑洞之门，迈向复兴之门……回望中国共产党 96 年来的 4 个重要历史阶段，透过历史的烟云，不忘我党艰苦卓绝的斗争历程，肩负着共产党人的历史使命，引领全国人民迈上伟大复兴的新征程。历经这"四门"，是多么的不易，又是多么的伟大！

当今，实现中华民族复兴的伟大梦想，必须进行伟大斗争，建设伟大工程，推进伟大事业。更要看到，实现民族伟大复兴，绝不是轻轻松松、敲锣打鼓就能实现的，全党必须准备付出更为艰巨、更为艰苦的努力。这是时代的昭示，奋进的号角。

列夫·托尔斯泰曾说过："人生不是一种享乐，而是一桩十分沉重的工作。"对我们党员、干部来说，不忘初心，是一生的坚守，艰苦奋斗是终身的职责。要奋斗，就要解决好权力观、地位观、义利观的问题，明确"我是谁、为了谁、依靠谁"这个大航标，方可经受住长期性和复存性的"四大考验"，防范尖锐性和严峻性的"四种危险"，伟大复兴事业才能早日实现。

载《徽州社会科学》2017 年 12 月

为中国喝彩

一个国家、一个民族，举什么旗、走什么路，关乎国家的前途命运、人民的幸福安康。

今日，中国走的是中国特色社会主义道路，无数事实证明，这是一条光明之路、成功之路、复兴之路。

今日，中国的发展成就，令西方国家感叹，令世界瞩目。

"中国的成就，离不开坚持中国共产党的领导。""一个强有力的执政党是中国取得成功的根本保证。"2017年11月16日，在"中共十九大：中国发展和世界意义"国际智库研讨会上，中国共产党的领导，成为来自世界各地观察者的一个"思想焦点"。

党的十九大期间，美英联合制作的纪录片《中国：习近平时代》首播，主动解读习近平领导下的5年。主创人员坦言，整部纪录片的核心是："所有这些变化的背后，都有一个最初始的力量源泉，就是习近平的治国理念和政策方针。"

2017 年 11 月 7 日，十月革命 100 周年。俄罗斯《真理报》刊发纪念文章《十月光芒指引未来》，指出，虽然"十月革命的主要成就"早已不复存在，但中国的成就让人们依然相信"十月的光芒"。另一篇《观点报》纪念文章，在分析"共产主义的幽灵"为何重新在欧洲徘徊时，明确指出"在很大程度上要归功于中国所取得的难以置信的成果"。

百闻不如一见，眼见为实。党的十九大期间，一位外国记者来到中国，偏见让他"主题先行"地想做一组报道，挖掘中国"贫富分化问题"，没想到稍一深入，就被中国扶贫的巨大成就吸引，最后他决定好好写写"中国的脱贫故事"。过去 5 年，中国的贫困人口减少5500 多万，相当于欧洲一个大国的人口，这场人类历史上前所未有的反贫困斗争，被联合国誉为中国对世界最大的贡献之一。

中国的奋斗，赢得了世界的尊重。来自东方的思想力量，正在改变世界。

哈佛大学肯尼迪政府学院曾对世界主要国家领导人形象进行全球公众调查，在受访者对本国领导人认可度，30 国受访者对 10 国领导人认可度，以及受访者对本国领导人正确处理国内及国际事务信心度方面，中国国家主席习近平都排名第一。国外学者评价，在国际舞台上，"习近平以有所作为的积极态度让世界各国重新认识中国，中国的国际地位大大提高"。

164 年前，马克思从"两极相联"规律切入，分析中国革命和欧洲革命，预言中国可能对世界产生巨大影响。160 年前，恩格斯分析中国人民面对野蛮的"文明贩子们"所进行的殊死抵抗，预言浴火重生的中国将带来"整个亚洲新纪元的曙光"。160 多年后，两位伟人的预言，在中国果然应验了。

今天，世界已经从与中国共享"经济发展红利"，走向了更高层次的"思想理念红利"。2013 年，执政坦桑尼亚的革命党被认为很可能丢掉 2015 年大选，观察中共反"四风"和践行群众路线的行动后，革命党也决心由总书记率领书记处全体成员"走基层"，与农民同吃同住同劳动，问责不作为的政府官员。其执政党和政府高级官员人手一册《习近平谈治国理政》，深信中共经验"能为坦桑尼亚的发展提供解决方案"。两年时间，革命党党员人数从 400 万增加到 600 多万，最终在"实行多党制以来竞争最为激烈的一次"竞选中获胜。

"有比较才有鉴别。"有国外经济学家感叹："当中国为了下一代而制定规划的时候，我们的一切计划是为了下一次选举。"法国前总理德维尔潘总结："中国所具有的集中力量和长期奋斗的决心是西方国家所经常缺乏的。"更有意思的是，有国外学者把西方的政党比作"政党有限公司"，为了各自代表的利益集团，互相攻讦、拆台、打压是常事，而在社会主义中国的治理体系中，党中央是坐镇中军帐的"帅"，车马炮各展其长，一盘棋大局分明，这就是中共与西方政党的本质区别。

更要看到，一个政党的核心领袖人物是决定政党兴衰的关键。回顾我党的革命历程。假如没有 1935 年那一次遵义会议，确立毛泽东同志在党中央和红军中的领导地位，挽救危亡局势，开启关键转折，也许中国的革命、中国的道路还在黑暗中探索。假如没有总设计师邓小平作出改革开放的决策，也许今日的中国没有这样的繁荣昌盛。党的十八届六中全会提出以习近平同志为核心的党中央，明确习近平总书记的核心地位，反映了全党的共同意愿。党的十九大确立了习近平新时代中国特色社会主义思想的历史地位，从此，中国的发展开启新征程。

英国剑桥大学一位教授感叹："作为有近百年历史的政党，不断调整的中国共产党不容易。"这表明我们中国共产党人勇于坚持真理，随时修正错误。5 年前，刚刚就任中共中央总书记的习近平就强调："打铁还需自身硬"，开展反"四风"斗争，下决心"猛药去疴"，警示"霸王别姬"，在党内和军内绝不允许有特殊党员，法治之下绝没有免罪的"丹书铁券"。这种自我净化、自我革命、自我完善、自我提高的非凡勇气和品格，使中国共产党永葆旺盛的生命力和领导力。

党的十九大后，德国的《明镜》周刊以汉语拼音"醒来"为当期封面标题，称"经过 40 年的发展，中国在政治、经济和科技等多个领域已越过'超级大国'的门槛"。几乎同时，新一期美国《时代》周刊以红与黄的中国国旗为封面，标题有四个汉字——"中国赢了"。这本曾经称中国为"狂妄的被孤立者"、曾断言中国"虚假繁荣"的杂志，近年来已经7次将习近平选为年度人物，并预言他"将成为中国第一位真正的全球领袖"。作为国人，多么自豪，值得喝彩，但我们很清醒、自知，"不要人夸颜色好，只留清气满乾坤"。

今天，我们充满自信，"中华民族以崭新姿态屹立于世界之东方"；明天，我们更充满自信，"中华民族将以更加昂扬的姿态屹立世界民族之林"。

载《徽州社会科学》2018年1月

人生二度春

"天时人事日相催，冬至阳生春又来。"这句古诗是对老年人生活的真实写照。

有人说，退休意味着人生第二春天的到来。不假，这象征着晚年生活丰富多彩。节后，碰到一位老年朋友，问他"双节"去哪儿？他说："最近很忙，无暇顾及。""忙什么？"他回道："正在筹办老年书画展。"我随口说，这好事啊，忙得值。

时隔几日，果然"老年书画展"开展，特邀我去参观指导。我说，指导谈不上，观赏观赏倒是一件赏心乐事。随朋友来到这家老年书画研究会举办的书画展展馆。一踏进展馆就令人耳目一新，一幅幅作品琳琅满目。有几幅老年农民朋友的书法作品很出众，尤其是临摹伟人毛泽东狂草字体的作品，提按使转、牵丝映带等笔法有模有样，有点精神外发的意象，值得点赞。据说，有几位老年女士原先没有书画基础，退休后进老年大学学绘画几年，绘画的"牡丹花"居然很出彩，色彩自然，技艺娴熟，值得欣赏。有一幅空心字体的书法作品有特色，有功底，引人入胜。一位从司法界退休的老年朋友画的山水画，有笔有墨，落笔生辉，墨色清幽，栩栩欲活，灿然神机。古人说，画龙画虎难画骨。老会长画的一幅《虎啸图》，就画出了骨气，形象逼真，活灵活现，有专业水准，令人赞叹不已。随后，当我的眼神随着一幅幅作品移动之时，立即被几位有深厚功底的老年朋友的书画作品深深吸引，其作品笔力遒劲，气韵生动，意境浓郁，情景交融，有含蓄之美。

观赏之余，我不由得发出真不愧为"老树春深更著花"的感慨。据汪会长说，许多作者都是新秀，大都是退休后进老年大学学习或进入老年期才开始习书作画的，可喜的是其作品大都已进入了艺术意境和一定水准。如果没有点毅力和钻劲是不可能的，真的很不容易，可喜可贺！

其实，水准高低并不重要，重要的是，习书作画能修身养性，涵养文明素养，提高思想品质，健脑又健体，这才是最大的益处。我曾收到一位友人送的一幅"能屈能伸"的《对虾》，她模仿齐白石的作品 20 多年，精神可嘉。我赞叹道，其艺术水准真的不亚于名家，难能可贵。她却说："名利对我来说并不重要了，重要的是得到了晚年艺术享受，使我'不知老之将至'。"

"人不思老，老不将至。"不错，一个人既有生理年龄，也有心理年龄，生理年龄反映自然规律，心理年龄反映的则是精神状态。此刻，我想起了美国人哈里·利伯退休后的生活。他退休后，经常去找棋友下棋。他80岁那年，有人建议他还可以借绘画来消遣，没想到这一试，竟使他与绘画结下了不解之缘。第二年，他又到一所美术专科学校学习，后来，竟成了一名很有成就的画家。他从81岁到101岁用了20年时间画了许多作品，声望很高的洛杉矶美术馆为他举办过22次个人画展。他从不想自己有多大岁数，而只想"能取得什么成就"。

外界评说，哈里·利伯退休后之所以这么有成就又乐观、高寿，这与他热爱绘画很有关系。这就是乐观精神的作用。

遗憾的是，有些老年朋友，没有调整好心态，退休后很不适应。不甘心"人走茶凉、人情不正常"的状况，不忘当年怎样的门庭若市，前呼后拥的时光，一时难以融入老年群体，多有失落感。有的对现实总是看不惯，只看到阴暗面，看不到阳光景，老发牢骚。有的热衷于攀比，比生活待遇，比职位高低，比住房条件，始终不满足，心理不平衡，整天没笑脸，失去精气神，陷入无穷烦恼之中。从心理学上来讲，自寻烦恼，实际上是一种慢性杀伤剂，对晚年养生有害无利。"笑一笑，十年少；愁一愁，白了头。"正如前面那些习书作画的老年朋友，既欢乐又有成就感，不仅丰富了晚年文化生活，而且增进了友谊，这不正是"人生二度春"的一个缩影吗？

古人云："莫嫌老圃秋容淡，犹有黄花晚节香。"我很欣赏许多老年朋友，退休后，乐观旷达，心情愉悦，继续发挥自己的爱好、专长，写作出书，习书作画，赋诗作曲，唱歌跳舞，舞太极、打腰鼓……自取欢乐。近年来，我出行到过合肥、杭州、南京、厦门等大中城市，所到之处，见到那些公共文化场所，如文化宫、广场、公园、湖畔，都充满文化气息，不是书香味（书画展等文化活动），就是歌舞声。每逢早晚和双休日，哪里有广场、公园，哪里就有歌舞声，真乃笑声朗朗，一派生机勃勃。

《三国演义》卷首语写得好，"……是非成败转头空，青山依旧在，几度夕阳红。……一壶浊酒喜相逢，古今多少事，都付笑谈中"。这是对老年朋友最好的慰勉。

载《徽州社会科学》2018 年 2 月

《人民日报》七十华诞感怀

今年，是党中央机关报——《人民日报》七十华诞，在这个喜庆日子里，有多少话想对您说……

我是《人民日报》的评论作者，为其投稿 30 多年；我更是《人民日报》的忠实读者，坚持阅读《人民日报》40 年（含自费订阅《人民日报》十多年），写下读报笔记 30 多万字。今日回首，深感《人民日报》是我师，是我友，是缘分。

我和《人民日报》结缘，与 1981 年 11 月 27 日发表在《人民日报》头版《今日谈》栏目的第一篇评论《别滥用"黄山"的名义》有关。当时，此文在我所在的工作地徽州产生很大反响。其历史背景是，新华社发了一条简明新闻"黄山通火车了"。虽只百字，关注度却很高。原是黄山风景区离铁路 50 多公里的岩寺镇定名为"黄山车站"，于是我联想到有一些工厂远离黄山，为了出名，却纷纷以黄山命名，造成名称混乱，联系工作不便，便草成此文。没有想到，一篇小言论，却惊动了铁道部，三个月后，黄山站更名岩寺站，受到广大乘客的称赞，可见党报的舆论力量之大。

欣喜之余，我在想，《人民日报》的评论要求很高、很严，是舆论导向，文字短小精悍，论点鲜明，论理深刻，如何把握？说实话，当年我虽然在《徽州报》当记者，任编辑副组组长，但自知写评论的功底还很浅薄，就这篇评论而言，当时我写了500多字，发表时竟"压缩"至仅350字，文字精练，主题突出，笔触锋利，很有针对性。后来，才知道是李仁臣副主任编辑的，这就是学问。从此，我就拜李仁臣等编辑们为师，多阅读《人民日报》，多看修改稿，进行比对，从中悟出点真谛。

古人说："自古圣贤，盛德大业，未有不由学而成者也。"我深知，唯有学习，才能提高自己；我懂得"学以增智，学以长才"的深刻道理。哪怕工作再忙或工作岗位变动，我每天都坚持阅读《人民日报》不间断，尤其是社论、评论员文章，及《人民论坛》《今日谈》《思想纵横》《金台随感》等名栏目的文章，几乎篇篇阅读，并兼学一点古文史哲，做好学习笔记，增强记忆，并结合"行万里路"，多深入基层，多接地气，多捕捉素材，多写多练。30多年来，我先后在《人民日报》的"今日谈""人民论坛"和大地副刊"金台随感"等栏目，发表了30多篇评论、随笔、杂文。其中一篇《从中学生作文想到的》，点出了学风与党风的辩证关系，引起了社会的共鸣。另一篇《催一催不如推一推》获征文二等奖，此文是从赞扬皖南山村有两位领导干部和司机主动下车帮助农民兄弟推板车上坡的故事，延伸到干群关系展开评论。20多年过去了，还时不时在群众中传播，这是《人民日报》的权威性和影响力的作用。

后来，我先后出版了《山下漫笔》《纵论集》《京华缘》几本文集，都是我的老师、《人民日报》高级记者张振国，《人民日报》原副总编辑李仁臣，时任《人民日报》副总编辑米博华为文集作序，大大提高了文集的知名度，我真的很感激这几位领导和大家对我的抬爱。米博华在《京华缘》的序言中写道："怀銮是一位言论作者，这倒不奇；奇的是他三十年来不间断地为《人民日报》投稿。作者多矣，能坚持写到如今的，极少。怀銮的名字评论部的同志大都熟识，这也不奇；奇的是历任评论部的领导都称赞他的人品。这样的作者，不多。"怀銮的"杂文随笔清丽典雅……虽然其中有些观点还可以再推敲，但他的文章使我们懂得，无论时代怎样变化，总有一些永恒的东西值得我们在重温中获得新的理解"。这是米副总编对我的鼓励，令我其实难副，不过我一直努力以赴。我常说，李仁臣和米博华两位大家是指导我写评论的导师，张振国、李德民、卢新宁、王义堂是常点拨我的名师，刘成友、虞金星是指导我写论文、杂文的良师，如果没有他们的精心编辑和指教，也许不可能在《人民日报》的"今日谈""人民论坛""金台随感"发表文章，这份情谊我永远埋在心底。

还有为作者解惑也使人难忘。记得有一次，我给《人民论坛》写了一篇《传承徽商守信精神》的评论稿，评论部已编发，传至夜班部待发，不知何故，迟迟未见报，我在电话中请教米副总编，没想到，他竟然给我写信解释未发表的原因，他说："徽商精神这个主题很好，值得宣传，但文中涉及胡适和胡雪岩的言论不宜见报，请见谅。"米副总编辑的点拨，使我懂得中央党报的办报准则，更使我感受到中央党报领导的严谨作风和尊重作者的精神，何等可贵，十分难得。

更难得的是，我的故乡——绩溪，曾要在人民出版社出版一本《徽溪情》，介绍人文掌故、风土人情。我特地进京冒昧地请求《人民日报》总编辑范敬宜为本书作序。殊不知，一见面，范总编是那样的和蔼可亲，平易近人，我的矜持感顿失，当我报上名字时，他思索片刻即说："你的名字我有印象，在《人民日报》头版发表过文章。"当时我一惊，一位中央党报总编辑，审签文稿千千万，居然把一个作者的名字记在脑子里，如此惊人的记忆力和亲和力，令人感佩。过了不久，一篇仅700字的古文体的序言写就，点出"绩溪之名，远播天下"的气势，为本书添色增辉，成了传世之作，被世人广为传诵，更是我们学习的范文。此后，我常聆听到他的教诲，点点滴滴在心头。如今，范敬宜恩师已故七八年了，但这份浓浓的师生情我没齿不忘，时常怀念他，重温他的文章，从中多汲取点学养。

要说我与《人民日报》的感情，真的是"根深叶茂"，不是一年半载，而是 40 年的友谊。我深深感受到，《人民日报》是我的恩师、思想的指南，是丰富我的学识、提高我的写作水平的富矿，取之不尽，用之不竭。每每想起与《人民日报》的情谊，我永不忘怀。

载《徽州社会科学》2018 年 7 月

为"去盾持剑"者护卫

　　西晋时代，有个叫刘弘的人，手下有位将领叫陶侃，为人忠勇，敢作敢为，因此得罪了一些人，常常被人诬告。刘弘不信这些谣言，对陶侃予以信任和重用。陶侃出征前，将自己的孩子送到刘弘处以示忠心。刘弘深知陶侃的心思，却表示，你父母年迈，身边需要孩子照顾，送到我这干什么？匹夫之交都不相负，何况你这样堂堂的大丈夫呢？一席话说得陶侃哽咽不止。后来，他果然不负信任，屡建奇功。由此可见，对干事的人充分信任，为担当者勇于担当，能使其消除后顾之忧，敢于冲锋陷阵。

　　担当，是一个为政者应尽的职责，尤其在遇到困境、险境之时，能发挥其施政智慧，挺身而出，迎难而上，最终会迎刃而解，这就是担当，能为担当者勇于担当，体现了一个领导者的胸怀和胆略。

范仲淹执政杭州初年，遇上大灾，谷价飞涨至"斗钱百二十"。这时候，本该平抑物价、稳定市场。相反，范仲淹却发布政令：每斗谷增至一百八十钱，且让人到处散播这一消息。有人费解，企图上书弹劾他。时过不久，政令的效果出来了："商贾闻之，晨夜争进，唯恐后。"而随着运米船只大量涌进杭州，谷价日渐回落，最后，"斗价一百，商旅辐辏，民赖以生"。此时，范仲淹才揭开其"秘密"："若价贱，则商船不复来，益困矣。"范仲淹敢于担当的智慧施政，德政在人心，受到朝廷褒奖。

但是，不为敢作敢为有理想者而担当所造成的"楚国大夫沉汨水，洛阳才子谪长沙"历史悲剧，遗憾千载。楚国大夫屈原，主张彰明法度，举贤授能，东联齐国，西抗强秦，振兴楚国。屈原的一些政治主张得不到采纳，反遭谗去职，过着放逐流浪的生活，而忧愤国事，自投汨罗江而亡。西汉年轻的文学家、政治家洛阳人贾谊，少有才名，曾为汉文帝大臣，因力主改革，受到守旧势力的毁谤，被汉文帝贬为长沙王太傅。

习近平总书记曾在《知之深 爱之切》一书中对一位农民企业家进行描述："一只手持剑向前开辟道路，另一只手还要拿盾防卫身后。"身上背着包袱，手中拿着盾牌，心里想着如何防身，怎能付诸全力朝前冲？今天，为政一方的领导干部们都应思考：在我们身边，还有没有"一只手持剑，另一只手拿盾"的现象？如果有，就应尽快扭转过来，那些敢想敢为敢担当的为政者才能逐渐多起来，风气才会逐渐好起来，才能创造"海阔凭鱼跃，天高任鸟飞"的优越环境。

古人曰："士之气节全在上之人奖激，则气节盛。"意思是说，上一级领导者要为敢于担当的下属撑腰，为敢为者"打气"，这样政风才兴盛得起来。据《人民日报》载，某地，在一次干部考核中，有一名环保部门干部得到了一些反对票，考核组不武断，不唯票论，而是经过深入调查发现，这名干部原则性强不怕得罪人，在他任职期间，依法依规一举关停1100多家污染小企业、小作坊，引来一些反对和争议，却得到大多数干部群众的认可，最终，这名干部在考核中得了高分，受到了组织信任和重用。

载省委机关刊物《江淮》2019年2月

劝君

　　《吕氏春秋·先己》一文载，汤问于伊尹曰："欲取天下，若何？"伊尹曰："欲取天下，天下不可取；可取，身将先取"，"凡事之本，必先治身"。为政者，先己顺民是根本，是第一位的。如果自高不治身，全凭着官职和权势，一旦失去这些，将会成为孤家寡人。

　　从古到今，凡事"先己"或"先人"，"得民"或"失民"，都取决个人的治身修养和境界，故劝君，先己，才能认清自己。

　　南朝宋庐江潜县有位官员叫何尚之，他心系百姓，百姓称赞。他在建康（今南京）任职时，修建学院讲学，培育人才，为地方发展注入后劲。后来，何尚之担任吏部侍郎，虽然官阶不高，但却掌管着诸多官员任免、调动大权，因此，前来巴结讨好他的人很多，何感到非常得意自豪。一年夏天，何尚之告假回家探亲，许多官员特赶来为他送行，一时间，大大小小好几百的官员挤满了码头，拥挤不堪。很快，"百官送行"的消息传到了他的老家。回到家后，何尚之的父亲何叔度问他："听说你这次回来，因官员们为你送行，把码头都给堵了，有这回事吗？"何尚之回答说："是的，大概来了好几百人吧！大家是同僚，也不好意思拒绝人家呀。"何叔度严肃而和气地说："东晋有个官员叫殷浩，你该知道吧？他赴任豫章太守的时候，为他送行的人很多，也把码头堵了。后来，他被贬为平民流放到东阳信安的时候，却连一个送行的人都没有。"随后何叔度把话锋一转说："这次表面上看是送你，但实际上他们送的是吏部侍郎这个官，而不是送你啊！"父亲语重心长的一番话使何尚之幡然醒悟，懂得"官"与"人"的区别，从此之后，他看低自己，凡事先己，谦恭为人，一心为民，并极力劝阻宋文帝在玄武湖中修方丈、蓬莱、瀛洲三山，避免了劳民伤财，深受百姓拥戴。

古训和典故告诫我们，无论做人还是做官，绝不可"自高""自满"，更不可自以为了不起。要知道，"自高必危，自满必溢""了不起必衰"。

学史鉴今，鉴古知真。我们共产党人是人民的公仆。毛泽东同志早在1944年9月8日发表的《为人民服务》中指出："我们的共产党和共产党所领导的八路军、新四军，是革命的队伍。我们这个队伍完全是为着解放人民的，是彻底地为人民的利益工作的。"习近平总书记强调指出"做官先做人，从政德为先"。这些谆谆教导，正融入我们共产党人的血脉里，践行在工作中。像焦裕禄、孔繁森、谷文昌、王伯祥、廖俊波等一大批"谦恭为人、廉洁奉公、执政为民、鞠躬尽瘁"的做人做官楷模，是我党干部队伍的一个缩影，这种崇高品格正一代一代传承下去，发扬光大。

可惜，在现实中，有的人却没有摆正"做人"与"做官"、"权力"与"职责"的关系，把职务等同于个人化身，把地位等同于个人权势，把权力等同于个人资本。正如百姓所说，这些人只不过是"瓦釜雷鸣""文恬武嬉"罢了，根本没有一点执政为民的心思，有失民心。民心是最大的政治，民心是执政之标杆。"舜布衣而有天下，桀天子也，而不得息，由此生矣。"这都是能否得民心所致。要懂得"民，善之则畜也，不善则雠也"的"民本"思想。

有人劝君：为官不可失民心，得意莫忘形。"人间有道，天地可鉴。"从古至今，凡失民心、忘形者，最终都不会有好结局。

据报载，某贪官的忏悔词令人深思："想当年，手握大权，自高自满；傲气十足，目中无人；声色犬马，歌舞升平；纪律脑后，德行失道；谁敢批评，压制报复……最终成了阶下囚，愧对党，愧对家人，追悔莫及，罪有应得。"

另一位退休干部也抒发了自己的感悟。他说："当年在位时，位高权重，奉承人多，前呼后拥，风光体面，得意忘形……甚至找不到北。退休后，头顶无'帽'，手中无权，风光不再，台上台下的巨大反差，令我猛醒：并不是你有多大能耐，而是靠'乌纱'的光环。劝君别被官位蒙蔽眼睛，被权力麻醉灵魂。今日无职无权，虽醒悟晚矣，但回归了人的本真。"

载《徽州社会科学》2019 年 1 月

说 "交友"

人无友，如身无手足，树木无根。但友中有异，何以应之。

朋友之交，应不分贵贱、贫富，贵在忠信，一有狐疑，便生嫌隙，也就是说："识人不可不真，疑心不可不去，小嫌不可不略。"真正"君子之交"，诚应"大行不顾细谨，大礼不辞小让"，着眼大处，不拘小节，求同存异，才能友谊长久。

毛泽东同志曾讲过一个交友经典：1961 年 10 月 26 日，是毛泽东主席 68 岁诞辰。那天，身边的工作人员给主席过生日，陪他吃了一顿极为简单的生日饭。饭中，主席给他们讲了这样一个故事：战国时候，张仪和苏秦是同学，又是好朋友。后来，张仪在秦国当了丞相，就是等于国家总理吧。可苏秦还是个穷光蛋，还没找到工作。苏秦想，既然好友张仪阔了，是个大官了，为何不去找他呢?

　　苏秦便来到秦国首都,打听到了丞相府,找门官,见到了张仪。张丞相对老友苏秦说,住下吧,一送送到一家饭店,这等于今日的北京饭店。苏秦一住就是两个多月,张仪也不见他。苏秦心里火了,好啊!张仪你不讲交情,不见就不见,不求你了,老子回家了!店老板送苏秦回家,到家一看,房子也修了,也有饭吃了。此时,店老板告诉苏秦,张丞相的意思是怕你留在秦国没出息,所以不见你。主席接着说:"我讲这个故事,是要说明,再好的朋友,也不能靠着人家过下去。自己要努力,打开出路,互相配合,才能成功。看来人就是要锻炼,不要怕。人就是要压的,像榨油一样,你不压,是出不了油的。人没有压力不会有进步。"

　　毛泽东讲的这个故事从另一个角度来说,像张仪这样的朋友才是真诚的朋友,他没有利用手中的权力为友谋职,而是既帮助朋友解决眼前的宿食困难,又用激将法去鼓励朋友靠自身的努力生存发展。

　　这个典故,还道出另一层意思。"结交须胜己,似我不如无。"更要知道"相识满天下,知心能几人"的深刻道理,略有不慎,如泥牛入海。听说,有一个孩子,聪明伶俐,勤奋好学,中小学时学习成绩一直名列前茅,多次受到学校嘉奖,后来,不知何因,高中结识到几位平时不爱读书、成绩低下、游手好闲、热衷打架斗殴的同学,从此这个孩子的学习成绩渐渐后退,最终导致高考落榜,步入"近墨者黑"的险境。

《论语·季氏》："益者三友，损者三友。友直，友谅，友多闻，益矣；友便辟，友善柔，友便佞，损矣。"意谓对自己有益的有三种人，有损的有三种人。"与善人居，如入芝兰之室，久而不闻其香，即与之化矣；与不善人居，如入鲍鱼之肆，久而不闻其臭，亦与之化矣。"与不善人之交，等于雪入墨池，虽融为水，其色愈污。现实生活中，有些人、有些官员的"朋友圈"里，有不少是"择权而交""择利而交""择富而交"的朋友。据报载，有位官员，起初主政一方，勤政廉明，造福百姓，深得拥戴。但他有个热衷古玩的嗜好。后来有人从送古玩请其欣赏，到送女人让其享乐、送房子供其享受，使他渐渐地卷入"权利交易"的朋友圈，最终走上不归路。他在狱中懊悔地写道："因我意志不坚，私欲膨胀，认'小人'为友，有眼无珠，悔之晚矣！"正如一哲人所说：友谊好比行驶江海的船只，一旦友谊失去真诚，犹遭浪潮，说翻就翻。

"易涨易退山溪水，易反易覆小人心。"像这样的反面典型并非一例，凡揭露出来的贪官中，有相当部分都是交友不慎被"小人"送进了监狱。正如《论语》所云："君子怀德，小人怀土；君子怀刑，小人怀惠。"这些古训应奉为识人交友的圭臬。

《三国志·蜀志·诸葛亮传》讲得很透彻，"亲贤臣，远小人，此先汉所以兴隆也；亲小人，远贤臣，此后汉所以倾颓也"。说明交友一定要识别。春秋战国时期魏国著名政治家、魏国丞相李悝的"识人五法"值得借鉴。

一是居视其所亲。二是富视其所与。三是达视其所举。
四是窘视其所不为。五是贫视其所不取。

"识人五法"同样适用于"识友"。无论做人为官，
应多结交贤友，远离小人，一生才多益安康。

载《徽州社会科学》2019 年 2 月

他们是可敬的人

日常生活中，在我们身边有群令人可敬的人，也许被人们所忽略——他们是环卫工人。

"细雨湿衣看不见，闲花落地听无声。"他们默默无闻，常年累月，风里来，雨里去，顶烈日，冒风寒，穿行在大街小巷，清扫大地，装运垃圾，一车车地装运，一巷巷地清扫，大地干净，人居环境优良了，而你可知道，干净卫生环境的背后，环卫工人付出多少艰辛和汗水？每到夏秋季节，高温闷热，一桶桶、一堆堆垃圾，臭气熏天，他们却不顾满身异味、满手污秽，竟贴身抱起垃圾桶装上垃圾车；每逢天寒地冻的隆冬，他们冒着严寒，踏雪迎风，不停地清除垃圾。尤其逢年过节，家家洒扫庭除，清出各种垃圾堆积如山，他们就更辛苦了，人们在轻松休假或外出游览之时，他们却在忙碌着。

如果没有他们的辛苦、辛勤、辛劳的付出，如果没有他们的一身脏兮兮的忍耐，哪来清洁、清新的人居环境？凡事都要推己及人，想想他们、看看他们，该不该敬佩？该敬他们的不怕苦、不怕累、不怕脏的精神！

可惜，有的人把自家垃圾堆积在家门口的街巷边，就那么几步路也不愿去丢入垃圾桶；有的把垃圾像打球投篮那样，远远就一丢，散满地；有的烟蒂、手中废食品袋街巷乱丢，没有一点环保意识；有的见到环卫工人避着走，嫌他们身上有异味，这些现象，实际上是无视环卫工人辛勤劳动的表现，讲到底，是不尊重他人的劳动。

这里有个故事《欣赏他们的独特性》：有位老师给他的学生布置一项作业，每人出去找一朵不引人注意的小花，然后花时间，认真地观察它、欣赏它。学生很认真，都圆满地完成了任务。事后，这位老师向学生讲出了完成这项作业的特殊意义："记住，要是没有你们的发现和观察，这朵花就可能被忽视，无人欣赏，人也是这样，每个人都各有所长，独一无二。但是你们必须花时间跟他们在一起，去了解他们，所以说，许多人没有受到重视和赏识，是因为从来没有人花费时间去用心地欣赏他们的独特性。"

环卫工人何尝不是这样？你发现和观察过他们吗？你了解他们是怎样劳作的吗？我曾看到一个环卫工人的劳作：为清除街头巷弄里的杂草，他蹲在地上劳作了一个多小时；为捡路旁悬空处两只废塑料袋，他竟俯身伸手捞了十多分钟；为清除街道两旁每时每刻都在掉落的树叶，他从早到晚不停地一遍遍、一天天地清扫，可他们的报酬却低下。我问一个环卫工人，他说："做点有意义的事，低点也值。"你们听，多高的境界！

此刻，我想起清代诗人袁枚的《苔》，他写道："白日不到处，青春恰自来。苔花如米小，亦学牡丹开。"描写自己虽小，也许被人忽略，但只要珍惜自己，不怕风吹雨打，最终也会像牡丹一样美丽盛开。这不是对环卫工人的真实写照吗？

据了解，原十一届、十二届全国人大代表、航佳集团总经理姚民和，先后两年请全城环卫工人吃年饭，答谢他们的辛勤劳作和无私奉献精神。这是一顿特殊的年饭，时任黄县长欣悉特赶来陪同，这是对环卫工人的敬重。

载《徽州社会科学》2019 年 6 月

"妒"不如"赏"

　　《水浒传》中有位白衣秀士王伦，是个嫉贤妒能的"小人"，他自己没有多大能耐，却偏想坐第一把交椅。林冲来了，他故意刁难；晁盖来了，他处处排斥。在他手下，决不允许有人超过他。

　　现实中，王伦式"小人"仍然存在。虽然这种"小人"干事没有什么能耐，但对付别人的"本事"却特别高明。搬弄是非、百般阻挠、刁难暗算，是这种"小人"的一贯伎俩，其目的是打击别人、高抬自己、争得位子。

　　嫉妒是心灵腐蚀剂，腐蚀了自己的灵魂，丧失了人的理智，只会是害人害己。古语云："宽宏豁达高皇量，叱咤喑哑霸王威。"项羽仅有一位谋士范增，称他为亚父，而项羽暗地里又疑心重重，不信任他，过于自负，最终落到"兵败自刎"的下场。相反，才华不如项羽的刘邦，宽宏大量，欣赏贤能，大胆起用才华卓著的萧何、张良、韩信，最终得了天下。

　　"赏"与"妒"，一字之差，天壤之别。被毛泽东评价为"千古一人"的南宋宰相虞允文是位光明磊落、胸怀大志、勋绩卓著的贤臣。一次，御史萧之敏为"采石战"一事弹劾虞允文。孝宗帝拜见太上皇高宗，弄明白了事实真相。虞允文不但没过，反而有功。孝宗遂以"妄奏之罪"罢黜萧之敏，而对虞允文信赖有加。虞允文立刻上书谢恩，并明确表示：萧之敏是个品行端正的君子，他弹劾我是其职责所在，请求孝宗将萧召回宫中，以广开言路。虞允文的高风亮节和博大胸怀感动了孝宗，命人将此事载入《时政记》，以旌表贤臣，遗泽后世。名儒朱熹对虞允文坚持抗金、力主北伐颇有微词，说他是"轻薄巧言之士"，又说他"谬为恭敬，未必真有信用之实"，虽然朱熹所言不实，但虞允文没有记恨，仍信任和敬重朱熹。当孝宗向他征询朱熹的德才时，虞允文给予高度评价，说朱熹人品正，才华不在程颐之下。很快，朱熹被朝廷召见入京，予以重用，《宋史》赞虞允文"慷慨磊落……为任重之器"。毛泽东评价虞允文"伟哉虞公，千古一人"。

　　虞公的"以德报怨"，充分体现他"道大能容，厚德载物"的博大胸怀和有容乃大的境界。虞公认为这些人并非心术不正的恶劣"小人"，而是在某些方面有过人之处的能臣干吏，用人者要有肚量，不因私怨而蔽贤能。

　　博大胸怀，有容乃大，是为人处世的崇高品格。有家跨国公司，新任总经理都会从总裁那里得到木制套娃，其中，小木娃上有张字条："如果每个人都只能用比自己小的人，公司就会变成矮人；如果每个人都用比自己高大的人，我们就会成为巨人。"对管理者而言，善用"高大者"，便是有容乃大的胸怀。赤壁之战之前，张昭主和，周瑜主战，两人在大堂之上争得面红耳赤。当孙权采纳周瑜的意见后，张昭没有使绊子，而是积极支持周瑜共辅孙权守土。

敢于用比自己强的人本身就是气度恢宏的高士，容纳他人成就的雅量是我中华传统美德。解放战争、朝鲜战场上功勋卓著，被誉为"将圣"的铁血军人李聚奎，当年他手下的团长、政委邓华、杨得志在 1955 年已授衔开国上将，显然其资历在上将之上，可大将军衔仅有10 人，组织上正犯愁难以启齿跟他说之时，他竟传话来，"就低不就高，上将就行"。不仅没有嫉妒心，反而主动谦让。回望党史，多少优秀同志在功名面前豁达大度，让贤让衔，品德何等高尚。

话又说回来，凡事都要有哲学思维。正如古人所云："能受天磨真铁汉，不遭人妒是庸才。"从这个意义上讲，被人嫉妒并非全是坏事，关键是辩证看待，发挥优势，做一个有骨气、有志气的坚强者，不被嫉妒的心灵腐蚀剂所腐蚀。

载《徽州社会科学》2019 年 7 月

理想最高境界

近一段时间来，在百姓中、手机里、电视报纸上，出现的频率最高，听到、看到最多，最震撼人心的英名——李夏。

他，是一个虚心好学的大学生，在基层能甘当小学生，拜群众为师。

他，是一个事业心很强的人，在基层处处为百姓着想办实事。

他，是一个敢担当的纪委干部，在正风肃纪第一线严明执纪执法。

他，是一个勇于奉献的青年，在关键时刻却做出惊天动地的壮举。

李夏同志，生前是绩溪县荆州乡党委委员、纪委书记、监察专员。2019 年 8 月 10 日下午，在抗击超强台风"利奇马"的抢险救灾中，不幸遇难，献出年仅 33

岁的宝贵生命。中共中央宣传部向全社会宣传发布李夏的先进事迹，追授他"时代楷模"称号。中共安徽省委追授李夏同志"安徽省优秀共产党员"称号。省委书记李锦斌来到李夏生前的荆州乡，察看了现场，听取了汇报，赞扬李夏同志是一个有血有肉、有情有义、有信仰、有操守、有担当、有作为的先进典型。

李夏，生长在黄山市屯溪城区，工作却在最边远、最偏僻、最艰苦的山区。这对李夏来说，是一种严峻的考验，更是一种挑战。但他无怨无悔，肯吃苦，敢担当。用他自己的话说："我就是喜欢跟老百姓打交道，在基层工作，感觉很踏实，能为老百姓做点实实在在的事，内心充满成就感。"此话说得多好啊！

一个哲人说过："平凡人能干出不平凡的事，必定是优秀品质。"是的，李夏短暂而光辉的一生干出了不平凡的业绩，书写了精彩的青春华章。

他热爱事业。为改变乡村换届选举的陋俗，李夏抓住 2018 年长安镇村级"两委"换届选举这一契机，利用典型案例，结合打黑除恶斗争，进村入户到人，没日没夜地疏导，有效地整治了不良风气，确保了换届工作。高杨村村镇公路拓宽改造，因征地受阻，他和村干部挨家挨户做工作，苦口婆心地劝说，村民们被李夏的真情所打动，村镇公路顺利建成。路通了，又帮助解决污水乱排放问题。村干部说："是李书记帮忙申报中心村污水处理工程项目（争取到资金 260 万元），解决了排污的大难题。"工作变动，他从平川的长安镇调至全县最边远的山区荆州乡，离家更远了，妻子不无怨言。李夏对妻子说："工作总得有人去干，咱们不能辜负组织的培养。"一到荆州，他很快投入工作，进村入户，了解民情，拜民为师。周末回家，他总带两个包，一个背包装衣服和生活用品，一个包装公文、工作和学习资料。在家里周六上午他雷打不动地专心工作或学习，直到下午才陪女儿出去玩。曾与李夏共事多年的章毓青感慨地说："李夏几乎把全部精力都放在工作上。"

他热爱村民。高杨村如何脱贫？一直记在李夏心中，他从黄山市家乡请来技术专家，帮助开展"黄山贡菊"种植，村民已尝到甜头。现今已由400亩扩展到1400亩。村民葛洪亮跌伤致昏迷，送至黄山市医院抢救，李夏获悉立即从荆州驱车150多公里赶到市医院看望、慰问、解难。在荆州，8月10日，9号强台风咆哮肆虐，暴雨如注，敬老院进水了，李夏与乡干部等3人，冒着暴风雨第一时间赶到，火速把18位老人转移到二楼。途中发现村里一对老夫妇还滞留在家中，李夏等3人忙赶去帮老人家搬物品，转移老人到安全地带。此时，大雨倾盆，山洪暴发，告急电话一个接一个，李夏等3人奋不顾身，跑东奔西，排险救灾，保护群众。此刻，暴雨倾泻，险情突袭，瞬息间，李夏却献身于山体塌方灾难之中，再也没有回来。

他热爱生活。李夏的生活很节俭，公务到县城，他夜宿40元最便宜的旅店，同事劝他住好一点的，他说："作为纪委干部要以身作则。"在乡里，他住的宿舍又矮又小，很简陋，他穿的衣服几年换一件，很简朴。李夏在《工作日记》扉页上写道："极耐得苦，故能艰难驰驱。"他以苦为乐，以奢为耻。李夏很爱家，每晚必与妻子、女儿视频一两个小时，享受亲情之乐。他妻子宛云萍含泪说："一般都在他走访村民回来后，一边洗衣一边视频，最后都是在女儿'爸爸，我爱你'的结束语中依依不舍地挂断视频。"李夏曾对妻子表示：自己要当个好丈夫、好父亲，更要当个好干部。他用行动实现了自己的诺言。

毛泽东同志《为人民服务》一文中指出："人固有一死，或重于泰山，或轻于鸿毛。"李夏同志为人民安危而死，他比泰山还要重。

古人曰："临难忘身，见危致命。"李夏同志不忘初心，不忘自己是纪委干部。他答出了让党和人民满意的答卷，答出了人生最高理想境界。

此刻，使我想起了相似的情境：前一段，广西百色市委宣传部派驻百坭村原第一书记的女大学生黄文秀，工作中突遭山洪暴发，不幸殉职，年仅30岁，令人痛心，中宣部授予她"全国优秀共产党员""时代楷模"称号。黄文秀、李夏是青年人的一个缩影，今日，我们从黄文秀、李夏身上看到了广大青年能吃苦、敢担当、忘我工作、勇于奉献的影子，这些有信仰、有追求、有远大理想的青年，是中华民族伟大复兴的希望所在。

一代人有一代人的使命，每一任有每一任的担当。在新时代、新征程中，我们不知会遇到多少坎坎坷坷、多少艰难险阻，但有习近平新时代中国特色社会主义思想武装起来的亿万青年，必定能打开天空海阔的崭新局面，成就气象万千的人生愿景。

载《徽州社会科学》2019 年 9 月

爱民情怀

上月，绩溪县荆州乡纪委书记、监察专员李夏同志，在抗击"利奇马"超强台风中，突遭山体崩塌，不幸殉职，年仅 33 岁。李夏同志牺牲，一直牵挂着省委书记李锦斌的心。

9 月 2 日，李锦斌书记从省城深夜赶到绩溪县城，次日一早，驱车百里沿着"皖浙天路"进山，来到李夏同志生前最边远、最偏僻的工作地荆州乡，体察李夏同志遇难现场，倾听干部群众对李夏同志敢于担当、奋力排险救民的赞扬声，目睹了干群为李夏同志牺牲的悲痛心情。他走进李夏同志生前办公室和宿舍，当看到办公桌上和床头柜上摆放着《习近平新时代中国特色社会主义思想学习纲要》等书籍时，李锦斌感慨地说，"李夏同志确实是用习近平新时代中国特色社会主义思想武装起来的年轻干部"，指出"李夏同志确实是一个有血有肉、有情有义、有担当、有信仰、有作为的先进典型"。下午，李锦斌书记又驱车2个多小时，来到李夏同志曾工作过的长安镇高杨村，听到村干部、村民动情地回忆起李夏同志为民办实事、解难题的点点滴滴、件件实事。李锦斌深切地说，只有干部把群众当家人，群众才能把干部当亲人。傍晚，李锦斌专程赶往黄山市屯溪区李夏同志家中，看望其母亲，代表省委向其家属表示诚挚慰问。李母说："李夏受党的教育培养多年，为人民牺牲是值得的。"李锦斌对其母亲能含悲化痛、顾大局的思想境界和优良家风深表称赞，并要求当地党委、政府妥善照顾好李夏同志家属的生活。

省委书记体恤民间疾苦，抚慰其亲人哀伤，亲自躬行，深入农村、实地体察、登门慰问，这种爱民情怀、恻隐之心，对逝者亲人是极大的慰藉，是"不忘初心，牢记使命"主题教育的表率，使党员干部深受教育，在群众中引起热烈反响。

为政之要在得民，得民唯在得心。我们党的干部，与人民群众血肉相联，鱼水关系，人民群众的疾苦、悲伤，就是我们自己的疾苦、悲伤。今日，人们看到各级领导干部都牢记习近平总书记"以百姓为心，与人民同呼吸、共命运、心连心，是党的初心，也是党的恒心"的教导，纷纷走出机关门，深入农门，为民排忧解难，谋发展，深受群众的拥护。

可是，有些人，忘了初心，心硬化，思想僵化，对人民群众缺乏感情，对民间的疾苦无动于衷，对百姓的哀伤冷若冰霜，这样，必然失去支撑点，要知道，我们任何工作、任何强大力量，都有人民群众的支持，一旦失去群众的支持，就什么事都办不成。

古人曰："居庙堂之高，则忧其民。"为官者，应时刻不忘百姓，把百姓利益、疾苦放在心上，方可"处江湖之远，则忧其君"。正如前面李锦斌书记说的，只有干部把群众当家人，群众才能把干部当亲人。一个领导干部只要心不离群众、身不离大地，就能从大地母亲那里汲取民智和力量，深受人民群众的信赖和爱戴。

载《徽州社会科学》2019 年 9 月

大地之力

　　传说，出生在古希腊的安泰，是位英雄，力大无比，只要不离地，就能从大地母亲那里获得无穷力量，所向无敌。但他一旦离地，就立刻失去力量。而仅次于他的另一英雄赫拉克勒斯，发现了他这一致命弱点，两人在搏斗中，赫拉克勒斯乘其不备，一把将安泰高高举起，使其双脚离开了大地，安泰当即失去了反抗能力，最终被赫拉克勒斯杀死。任何强大的力量，都有坚强的后盾在支撑，如果失去支撑点，就会不堪一击。

　　非洲有一种叫尖毛草的植物，长得特别高，被誉为"草地王"，但它生长过程特别慢，在最初半年里只长一寸高，雨季一旦到来，三五天就长到一两米高，而且扬眉吐气，充满活力。原来雨季前，尖毛草不是不长，而是向下长，半年里它的根系在地下竟长到 28 米之长，实际上，尖毛草向下长竟是为向上长积蓄力量。

　　"安泰之死"和"尖毛草"的成长，隐喻了一个深刻道理：只有扎根大地，才能根深叶茂。换而言之，只有扎根群众，根基才能稳固。植物是这样，为官也是这样。

　　大地是万物之本，民众之力量无穷。孔子曰"民不信则国不立"。隋朝本是一个富强的朝代，统一南北朝，完成了大一统的历史使命，如此富强的隋朝，却在人民反抗面前，迅速土崩瓦解，可见人民的力量之大。历史是发展的，今日，我们中华民族之所以能走向繁荣富强的新时代，关键是我们共产党人始终坚持以民为本，坚持人民主体地位，民惟邦本，本固邦宁，这是颠扑不破的治国理政的真理。

　　荀子则把人民与君主的关系喻为"水与舟"的关系，认识到"水则载舟，水则覆舟"的历史规律。可有的干部却忘了这个规律，一接触实际就很难做到诚心为民，正如一位老县委书记在谈干群关系时所说："干部下农村做群众工作，好比烧开水那样，水沸腾了，热气才会冒出来，才有温度。如今有的早出晚归，与百姓没有亲热感，哪来的温度，地气岂能冒出来，又怎接地气？"没有地气，就会失去支撑点。

　　古人曰："地不平均调和，则政不可正也。"说的是，地者，政之本也，故地可以正政也。政不正，则事不能理也。永葆初心，慎终如始，即可正政。但有人却说，现在时代不同了，交通、通信方便，老传统该变变了。不错，现今已进入新时代，环境好了，条件优越了，理应干得更好才是，并非要人们的日子重新回到那个苦寒年代去，但艰苦奋斗的坚强意志不可懈，勤政爱民的优良传统不可丢。从古至今，民为国之本。"唐宋八大家"之一的苏东坡，一生坎坷，仕途遭贬，因"乌台诗案"被关押在一间"举动触四壁"的死囚牢房，差一点送了命。在逆境中，他靠的是坚强的意志力和百姓的支持，在多地为官，处处为民造福，深受百姓拥护和支持，还写下不少千古不朽的诗文，滋养后人。廖俊波，从乡镇长一直干到县委书记、地市领导干部，地位高了，官当大了，但他扎根群众、立足基层的优良品质始终不变，这是他为官的定力，更是我们学习的榜样。

载《徽州社会科学》2019 年 10 月

"下不为例"同志传

　　人们可知道，全国各地都有一位遐迩闻名的人物，他姓"下不"，名"为例"。"下不为例"同志很有才干，为人很机灵，处世很圆滑，处理棘手问题，他有一个"法宝"："下不为例"。不少人都学着他样子干……

　　"下不为例"同志早先在某地任职，为官清廉，勤政爱民，受到当地群众拥护，称赞他是"世纪好官"。

　　"下不为例"同志事事不计较，处处有人缘，上级肯定他，百姓信任他。赞扬声有之，恭维者有之，奉承者有之，投其所好者有之……久而久之，"下不为例"同志飘飘然了，放松自警。一次，有人知道他自高、自信、爱好古玩的特点，便送上一幅古名画给他。他开始想拒之，但爱不释手，于是便灵机一动：说，"好耶，就收下，下不为例呀！"

　　不久，"下不为例"同志被调至某县任副职，分管组织、人事。权力大了，奉承人多了。此间，经"下不为例"的提名提议，先先后后，一些干部被提拔使用。有人为了感激"下不为例"领导，登门送上五粮液、大中华等名贵烟酒。起先，他批评当事人说："这样不好，干部任用本是集体研究，组织决定，并非个人恩惠，不该送礼。"当事人说："虽是组织决定，但没有你和你分管部门的提名，怎能决定到我头上呢？何况，自古以来，就有烟酒不分家礼俗，领导你何必太认真呢？""下不为例"同志一听，觉得也有道理，于是便来了个托词，说："那好，下不为例。"扬扬自得地收下。

逢年过节，是社会上送礼交往的良机，也是官员收受"礼物"的好机会。有一天，有人夜间登门给"下不为例"领导送来感恩礼两万元。当时，"下不为例"同志既吃惊又心动，说："中央三令五申，不许接收礼金，八项规定写得清清楚楚。"送礼人说："我国是礼仪之邦，逢年过节送礼是惯例，谁家大人不给孩子发压岁钱，亲朋好友谁不礼尚往来，这与八项规定是有区别的，算不上贿赂。""下不为例"同志被送礼人说服了："那好吧，破例一回，下不为例。"钱名正言顺地进了腰包。

"下不为例"同志做人圆滑，政绩显现，很快进入了上级领导的视线，经考察，全是满分，被提拔重用，调至某地主政一方，担任一把手。从此，"下不为例"位高权重，心高气傲，生活品位也高起来了。

一次，有位房地产开发商为拿得一块"黄金地"，经友人牵线，与"下不为例"交上了朋友，便请求他帮忙。开发商很快拿得这块"黄金地"。开发商为了"报答""下不为例"领导,不送钱,不送物,便给他送来一位"美女"。"下不为例"幽幽地对开发商说:"这种事,你知我知,只准一次,下不为例啊。""美女"投怀送抱,让"下不为例"过上了鱼水之欢的美滋滋生活。这样,一个爱其手中的权力,一个图其美色,相互利用,各得其趣。一次,"美女"要求"下不为例"替她丈夫安排个好工作。果然,"下不为例"满足于其要求,将其丈夫从企业调进行政事业单位,当了单位办公室副主任。过了不久,"美女"要"下不为例"为她借款20万元,因为购置新房缺点资金。"下不为例"虽然手头一时拿不出这么多现金,却变着法子,如数送到"美女"之手。

这样一来,"下不为例"同志的经济压力就大了,加上儿子大学毕业,在上海就业要买房子,急需一大笔资金,"下不为例"不得不考虑寻找资金来源。于是,他便以视察、支持之名,与企业老板、开发商走得很近,关系很密切,竟然罔顾党纪国法,在土地开发、工程承包、私企减免税赋、人事安排等方面,突破政策底线,给予特优条件,也为自己打开了"资金"来源的渠道。当他一次次接受贿赂之时,嘴里却默念着"下不为例""下不为例"……一次又一次的"下不为例"却成了无休止符。

《吕氏春秋》有文说:"位尊者其教受,威立者其奸止","王也者,势无敌也"。一个为官者要明知,个人的能耐是有限的,而主要是凭着地位的尊贵和权势的威重来行政，一旦失去这些，就会处于危险境地。终于，这一天来临了，"东窗事发"，"下不为例"锒铛入狱。刑事判决书指出："经查明，被告'下不为例'，受贿人民币××××万元，不明资金来源××××万元，与多位女性有不正当关系，因认罪态度较好，积极退赃，并有立功表现，符合从宽处理法定条件，判处有期徒刑八年，追回赃款××××万元。"

　　"下不为例"在自悔书里写道："'下不为例'是为自己开脱错误的托词，实际上是为自毁埋下'定时炸弹'，殊不知昨日是'世纪好官'，今日成了阶下囚，悔之莫及也……"

载《徽州社会科学》2020年1月

生命重于泰山

一个国家、一个政党，能不能以民为本，关爱生命，是决定国运兴衰的关键。

突如其来的新冠肺炎疫情一发生，习近平总书记即刻就明确指出，要把人民群众生命安全和身体健康放在第一位。党中央采取的所有防控措施都首先考虑尽最大努力防止更多群众被感染，尽最大可能挽救患者生命，做到不计成本，不惜代价，不分老幼，不漏一户，不漏一人。果然，30天就遏制疫情蔓延的势头，76天取得武汉·湖北保卫战的决定性成果。这就是中国特色社会主义的制度优势，是中国共产党坚强领导的结果。

人民至上，生命重于泰山，这是我党一贯的爱民情怀和执政理念，从唐山、汶川大地震，抗洪灾，战"非典"到防控新冠肺炎疫情，无不把人民健康、生命安全放在首位，伤者、患者的一切医疗费用由国家全部承担，并以国家名义举行全国哀悼活动，对逝者表示尊重和敬畏。

"民惟邦本，本固邦宁。"没有民，哪有国？而美国是世界疫情最严重，病例、病亡最多的国家，至 5 月 10 日，确诊 130 多万人，病亡 7.9 万人。这意味着什么？意味着美国已到了严重威胁着人民生命安全的时刻。然而，没想到的是，美国总统和一些政客们却熟视无睹，置人民健康、生命安全于不顾，一头钻进死穴，玩弄栽赃陷害、倒打一耙的伎俩，把疫情"甩锅"中国，以达到转移视线、推卸责任、掩盖真相、逃避人民对他们追责之目的。"缘木求鱼"，是逃脱不了美国人民的法眼，拯救不了美国疫情危机的，到头来，只会自食苦果。更不可思议的是，美国一向自诩"世界人权卫士"，把中国抗疫最有效的居家隔离等举措诬陷为"犯了最严重的侵犯人权行为"，这是对中国人民抗疫斗争的亵渎，天理不容。请问美国的政客们，漠视"生命至上"，何谈人权？世间万物，生命最可贵，没有生命，没有健康，何谈人权？生命是关键人权，面对凶险疫情无视生命，抛开"救人第一"，空谈"人权"，企图何在？有人说，美国一些政客是"世界践踏人权的狂徒"，冠以此"帽"再合适不过了。

据报道，例如美国的一些西方国家，疫情发生后，为节约医疗资源，放弃对老年人的救治，这还有人性可言吗？而中国是"生命至上"，这就是国家体制、社会制度的区别。

　　"治天下者当用天下之心为心。"再看看中国抗疫，采取早发现、早报告、早隔离、早治疗的防控和集中患者、集中专家、集中资源、集中救治的"四早四集中"的举措，着力提高收治率，降低感染率和病亡率。从广大医护人员白衣执甲、逆行出征，到科研工作者研机析理、奋力攻关；从武汉火神山医院、雷神山医院争分夺秒、不分昼夜的建设，到基层党员干部和社区工作者坚守岗位、日夜值守，"生命重于泰山"的价值理念得到充分彰显。疫情重中之重和决胜之地的武汉，总体治愈率达到94%，重症患者治愈率超过89%，上至108岁的老人，下至出生仅30个小时的婴儿，不放弃一个患者，不放弃任何希望，正是这样珍惜生命、爱护生命、尊重生命的追求，中国创造了一个又一个"生命奇迹"。

　　相比之下，有人问，同一个太阳下，同一个地球村生活的村民，为何过着天壤之别的生活？英国伦敦市经济与商业政策署前署长罗思义撰文作出了回答：中国在疫情面前捍卫了"最关键人权"——人的生命。世人又问，中国为何能？最核心一条是，有中国共产党的坚强领导，有中国特色社会主义制度的优势。

　　"踏平坎坷成大道，斗罢艰险又出发。"无论美国政客对中国关爱生命的抗疫举措怎样毁谤和攻击，今日中国，宛如黄山顶上一青松，八千里风暴撼不动，九万里雷霆轰不倒，她将永远屹立世界舞台中央。天理和正义在中国，玷污不了中国"关爱生命"的人性光辉。

　　天理永远压倒歪理，正义终会战胜邪恶。人民至上，生命至上是天理，是正义，一切违背天理和正义，不顾人民健康和生命安全、丧失人性者必将遭到苍天的报应。

载《徽州社会科学》2020 年 5 月

思想"解剖刀"

——漫谈杂文写作

一天，突然接到黄山市老新闻协会会长朱世良电话称："怀銮，你的杂文写得不错，老新协要出本书，请你写篇怎样写杂文的文章，好吧？"这个题目不太好作，既然会长开口了，我回答说："试试吧。"

杂文，被鲁迅先生誉为"匕首"，也有杂文家称之为"解剖刀"。显然，杂文，是一种锐利的思想武器。有人说，评论似杂文，没错，它们是孪生兄弟，有其共性，但在写作手法上又有些区别。简单地说，杂文的特点是，揭微显隐，针砭时弊，嬉笑怒骂，扬善抑恶。评论是直接阐明其观点和主张，揭示社会矛盾，歌颂先进，鞭挞后进。回顾40多年来的笔耕生涯，发表杂文数百篇，不算多，不算少，得过奖，受过褒，但觉得如何写好杂文还刚刚摸到点门道，现仅从感性到理性认识上谈点浅见，或许是一家之言。

文学政论

杂文，文学体裁之一，散文的一种，思想性、哲理性很强，是直接而迅速地反映社会事变的文学性论文。杂文巨擘瞿秋白曾说过，"杂文是文艺性政论"。以短小、活泼、锋利、隽永为特点，是一种战斗文体风格。以内容广泛、形式多样、观点鲜明为个性，用婉约、幽默、讥讽的笔触，对有关社会生活、文化动态以及政治事件进行抨击的杂谈、杂感、随笔都可归入这一文体。回顾历史，中国自战国时代以来诸子百家的著述中就多有这一类文体。五四以后，以鲁迅先生为代表的革命作家，为了战斗需要，对于有害事物，揭微显隐，痛下针砭，运用杂文的嘲、讽、骂这一手法，投枪刺向拿枪的敌人和不拿枪的敌人，对艰苦的革命斗争表现了坚强的战斗力，为人民、为社会进步鼓与呼，都起到无可取代的作用。在艺术上，感情饱满，形象生动，具有高度的艺术感染力；在文笔上，语言锋利，笔端奇趣，深中肯綮，形成了杂文特有的个性和风格。中华人民共和国成立以后，特别是进入改革开放新时代，广大杂文作家、作者继承了战斗文体的传统，又富有时代感和新的思想内涵，对社会、政坛、民生等领域的有害事物给予针砭抨击，对新生的进步事物给予热情支持和歌颂，成为新型的文艺性政论，具有强烈的影响力和可读性。

令人可喜的是，当下报刊的不少言论都运用了杂文手法来写评论性文章，显得更加生动、活泼，这也足以表明，杂文文体，从古到今都深受伟人、名家和读者喜爱。毛泽东同志曾对《新民晚报》时任总编辑林放（赵超构）说："我爱读杂文，假如让我选择职业的话，我想做个杂文家，为《人民日报》写点杂文。"还说"杂文家难得"。鲁迅先生是写杂文的旗手。瞿秋白、吴晗、邓拓、夏衍、王力、范敬宜、余心言、李仁臣、米博华等大家、名家都乐于写杂文，而且写了大量的传世之作，都是我们学习的典范。可见，杂文的作用不小，影响很大，位次很高。

当今，我们正处在大变革、大发展时代，政治民主、言论自由，为杂文创造了良好环境，尤其是改革开放，涌现出许许多多新生事物，当然声色犬马也跑了出来，这又为杂文提供了丰富素材。但有一点须注意，今天我们所面对的是人民内部矛盾，与鲁迅的时代不同，这是我们写杂文应把握的"度"。

把握"四要"

那么如何写好杂文呢？据我的体会，应把握"四个要领"。

一要以小见大。杂文是有感而发的产物，在选题上一定要小中见大，不可"大中见小"，题目庞大，漫无边际。有人形象地说，那种"天上攀不着，地上挖不出"的"全国流通"选题是废品。换句话说，选题一定要捕捉事物矛盾的细微焦点，也就是抓住事物的苗头性、倾向性或特殊性的问题，然后用"放大镜""显微镜"观察、选角度，用"起吊机"的力量来提炼主题，才能起到"滴水见太阳"的效果。举个例子，有一天，我偶尔发现某地山村公路陡坡上，一辆小轿车被两位农民兄弟拉的板车堵了道，司机同志正准备按喇叭催促之时，只听到一声"不要催，下去推一把"。车上下来三位官员主动把前方两位农民的板车推上了坡，前后不过十多分钟，两位农民十分感激地与他们握手言谢。其实，这是一件很平常又举手之劳的小事，可是某些坐惯小车的官员却很难做到。我产生了联想，便抓住这一对矛盾，从干群关系这个角度，写成了一篇杂文《催一催不如推一推》，于 1994 年 10 月 24 日在《人民日报》头版显著位置发表，被该报评为征文二等奖。一篇杂文仅三四百字，为何产生这么大的社会影响？关键是使人从"干部推板车"的小事中看到干群关系的大课题，言必有中、见微知著，这就是"小中见大"的道理。

二要针砭时弊。一篇杂文，它的战斗力、感染力就在于针对群众最关注的焦点问题，运用形象比喻、幽默讥讽、讴歌颂扬等手法来写作，也就是说，提出问题，揭示矛盾，回答解决矛盾办法，这是杂文的作用所在。1981 年 1 月 27 日，我在《人民日报》头版"今日谈"栏目发表杂文《别滥用"黄山"的名义》，就是例证。

一天晚上，皖赣铁路临时营运，我头一次从绩溪乘车回徽州报社（屯溪），当列车刚驶过歙县站，就听到列车上播音员的播音，"前方到达黄山站，到黄山站的旅客请准备下车"。我好生疑惑，明明是岩寺，它距黄山景区还有50公里，怎么变成黄山站了？时隔不多日的一天晚上，在列车上遇见一位来自江苏高淳的老年旅客去岩寺做工，同样遇此问题，虽然，我为其解了难，但问题仍然存在，有些企业，远离黄山，同样以黄山命名，给工作带来不便。针对这一矛盾冲突，我正面揭示，旁敲侧击，写了这篇杂文，发表后不到三个月，铁道部接受了党报的批评，更名为岩寺站，应该说，收到匡正时弊的效果。当然，杂文又是号角，一次，在一个偶然的场合，捕捉到省计生委抽调一批干部"秘密行动"，深入全省90个不同类型乡村，暗暗查访，摸到了实情的题材，我有感而发，立刻写了一篇《不妨来些暗访》的杂文，发表于1994年8月15日《人民日报》头版，为其讴歌、颂扬，并受到省直机关同志的击节称叹。

三要借题发挥。 借题发挥是杂文的惯用手法，会起到旁敲侧击的作用，当然也不能漫无边际，远离主题，应紧扣主题来发挥。2001年1月19日，我在《人民日报》的"人民论坛"栏目发表了一篇《从中学生作文想到的》的政论，由头是某县初一学生统考，作文题目是《二十年后的我》。近两千人中，除少数学生选择当教师等职业外，绝大多数学生选择当县长、市长，还有的要当总经理。为的是"自己拥有高档小轿车，住高级别墅，把父母接到城里好好享受，把兄弟姐妹的工作安排好……"
中学生的心理不正是一个警觉信号吗？正民风先正党
风。我以此立论，借题发挥，纵深发展，点出问题虽然
发生在中学生身上，根子却在我们党内不正之风的影响，
抨击了少数领导干部封妻荫子，以权谋私，生活上热衷
于灯红酒绿、歌舞升平，甚至走向腐化堕落的丑恶现象，
以及一些生意人，赚了几个钱就得意忘形、吃喝玩乐、
精神空虚的劣迹。解剖了其要害，一针见血，点到穴位，
在社会上产生了强烈的反响。从写作角度来讲，这就是
借题发挥揭示了问题的实质。

四要深入浅出。古罗马诗圣贺拉斯有句名言："含笑
谈真理，又有何妨呢？"杂文之所以很有感召力和可读
性，在很大程度上取决于"文如看山不喜平"的风格，
引经据典、起伏跌宕、曲径通幽的论理是杂文的奥妙之
处。它精辟论述，形象比喻，蕴含哲理，褒美贬丑，使
人读后有所触动、警觉或收敛。比如说，我在《徽州社
会科学》杂志 2011 年第 1 期发表的《倡俭戒奢过春节》
的杂文，主题思想是针砭有些领导干部利用逢年过节大
肆收受贿赂、大吃大喝、挥霍浪费等邪风，以及有些干
部利用节日攀龙附凤等恶习，但在下笔时，就没有用直
截了当地批评揭露的语气，而是运用婉约、曲径手法，
阐明道理，从尧舜时期，先民们已有"格庙祭祖祭天、
祈谷于上帝"的春节习俗，到现今出现经济发展、风气
转移、奢侈之风蔓延的新问题，又从春节团圆是中华民
族的一个古老梦想和浓浓的春节文化，到联合国、美、

英、法等国家和团体向中国春节发出祝福，忽而转向有着悠久历史和世界影响的春节不可被奢侈邪风玷污它的光彩；又从民以食为天的吃饭讲起，引申出贿、贪、奢等一系列问题；引用了古代官阶显赫、权通四海的北宋寇准宰相倡俭拒贿的典故，颂扬了有的领导干部"门不受私谒"的优良形象，这样，古今中外、广征博引、鲜明对照、步步深入地论理，既深刻，又通俗。一位同仁说，此文议论精辟，深入浅出，很有说服力，这就是杂文的优势。

打好功底

写杂文，其中很重要一关，需要打好思想、政论和践行功底。因为杂文姓"杂"，就需要"杂家"的本领。当然，要说功底，面很广，但归纳起来起码要打好三个功底。

打好"三多"功底。即多学、多体验、多写，或者叫作"四勤"：脑勤、腿勤、眼勤、手勤。古人曰："读书破万卷，下笔如有神。"坚持多学多记，是增长和积累知识的有效方法，特别要多学点文史哲和古文、典故，还要学习群众语言、报刊言论。古文宛如一颗"明珠"，"典故"犹如一面镜子，群众语言生动形象，报刊言论好比是更新知识的"窗口"。有了丰富的知识面，写杂文才有自己的思想和语言风格，没有套话和官腔，引人入胜。多体验，就是要"行万里路"，多深入生活、多下基层、多观察。金代大文学家元好问有一首诗写道："眼处心生句自神，暗中摸索总非真；画图临出秦川景，亲到长安有几人。"说明接触了实际景物，激发诗情，自能写出入神的句子和文章，那些并无现实生活的感受，只是在暗中虚拟的人，是写不出真实东西的，批评了那种不深入生活，无真情实感，内容空虚的作者。反过来说，好的杂文一定是"情动于中"的产物，无情为"字"，有情为"文"，只有真情实感，才能写出纵横捭阖的多彩文字。多写，就是笔要勤。俗话说"眼见百回，不如亲手一回"，要变眼高手低为眼低手高，多写、多练笔，必有收获。可以说，"三多""四勤"是写杂文的基本功。

打好政论功底。杂文"论时事不留面子，砭锢弊常取类型"，免不了锋芒、讽刺，关键要把好一个"度"，掌握好分寸，柔中有刚，恰到好处。这对一个杂文作者来讲，就须要有政策、理论、文字等方面的功底。党的方针、政策，是行文的准绳、下笔的基石，要认真学习和理解，既要学习大政方针、政策，又要学习行业政策，下笔才不偏离方向、不误导。理论，是写杂文的思想指南。一个杂文作者，要有深厚的理论根基，掌握辩证唯物主义的思辨力，察人观事才有穿透力，才能立论精准，论理深刻，论据充分，逻辑严密，修辞精当，反之，山间竹笋，皮厚肉薄腹中空，软骨无力。文字功底是写杂文的根基，杂文的文字显著特点是：宜曲不宜直。曲中有文，文中有言，要在语言上下功夫，文字精练，语言新颖，概括力强；要善用经典，它可以起到深化主题，画龙点睛的作用；要善用形象比喻，用形象思维来表达逻辑思维，才能引人入胜。如 2004 年 6 月 1 日，我发表在《人民日报》的"人民论坛"栏目的一篇政论文《父母亦师》，就从感性到理性，从外因到内因，进行理论阐述，论证父母是孩子为人处世的启蒙老师之论点，引用著名学者胡适先生从小受母教的自述，外国作家的名言、故事，既有逻辑思维，又有形象比喻，阐明道理，发人深省。该文在许多家长和中小学中引起了强烈的共鸣。有读者说："论述透彻，文笔流利，给人启迪。"说实话，为写好这篇政论，我反复学习了中央提出的《关于进一步加强和改进未成年人思想道德建设的若干意见》，查阅了古今教子论述，访问了一些家长，才草成。可见，写杂文打好理论、文字功底很重要。

打好思想功底。崇高的思想境界，是人格的体现，人格，在很大程度上又体现为正义感。一个杂文作者，非常重要的一点，就是要有正义感、责任感和恻隐之心。我前面讲了，杂文是一种战斗文体。既然是战斗文体，就必有锋芒，必会触及事物矛盾，也就是说，对社会、对党内、对官场上的腐败现象和有害事物要敢写、敢揭露、敢抨击，这对一个杂文作者的胆识和正义感是一个严峻考验。尽管文中揭露的矛盾是泛指的，但有人会自动"对号入座"，自知摆不上桌面，却在暗地里找碴儿攻击、诽谤你，以满足其发泄心理。面对此情此景，怎么办？需具备两条：一是"自尊"，二是"自律"。所谓自尊，不卑躬屈节，不被无理攻击，不被诽谤所压倒，应具备无私无畏的精神境界，古人曰："心底无私天地宽"，保持一种平常心态。早在 1986 年 8 月 8 日，《人民日报》的"今日谈"栏目发表了我的一篇《少请一餐丢掉四万》的杂文，揭露了一位掌管财物大权的局长，路过其下属单位因接待不周，就卡掉其四万元的水利工程补助款的以权欺人行为，用讥讽比喻、警示论述、解剖言辞，刺入穴位。听说，这位局长当时看到《人民日报》后，对号入座，暴跳如雷，但经过心灵涤荡，又觉得这不是"不打自招"吗？气也就消了。这就是杂文的微妙、锐利之处。再说"自律"。我始终坚持"主道约，君守近。太上反诸己，其次求诸人"的宗旨，严于律己，宽容待人，凡事必先治身，是廉洁奉公的模范，你才能理直气壮，敢揭微显隐，扬正气，砭邪风，这是一个杂文作者应具备的精神境界和思想素养。

"根之茂者其实遂，膏之沃者其光晔。""功底"不是天生自有的，而是历经艰苦环境淬砺的"启悟"，在荆棘丛中长出来的"谷粒"。唯有如此，文章写作才能如"行云流水……文理自然，姿态横生"，从而进入游刃有余的自由之境。

载《岁月留痕》一书，2012 年 3 月

随笔

徽／州／随／感

徽州情怀

"30多年过去了，但徽州的山水、文化、情谊时在梦中，永远是我俩的美好回忆……"这是4月18日，李仁臣和何慧娴夫妇重返故地与老领导、老同事、老朋友相聚时道出的一番感慨。

李仁臣、何慧娴，都是复旦大学新闻系毕业的高才生。由于"文革"，后毕业的何慧娴被分配至《徽州报》当了记者、编辑。已在北京工作的李仁臣也随后调至《徽州报》工作。1972年《徽州报》被迫停刊，李仁臣被分配到地委办公室当秘书，何慧娴被分配到地区广播局工作。1978年夏，李仁臣被调到人民日报社评论部当了评论员，随后不久，何慧娴也被调至北京《新体育》杂志当记者。30多年来，他俩写了不少名作，尤其是李仁臣撰写的评论员文章《就是要彻底否定"文革"》，与何慧娴合写的中国女排"三连冠"的报告文学产生的轰动效应，至今犹在，可谓传世之作。正因业绩突出，人品好，刚过不惑之年的李仁臣从评论部副主任岗位上一下子提升为《人民日报》副总编辑，后任全国政协委员、文史委副主任；同时，何慧娴的体育报道业绩显著，受到领导的赏识，从记者岗位上提升到总编辑、社长，国家体育总局党组成员、新闻发言人，曾任中国奥委会副主席，也是第十届全国政协委员、提案委员会委员。而今，尽管他俩都退下来了，但李仁臣仍担任中国社科院博士生导师；何慧娴仍担任中国奥委会顾问。时光飞逝情难逝，他俩与徽州挥手一别，就是30多年。30多年来，他们魂牵梦萦徽州，忆及朋友……

徽州，地处黄山脚下，今黄山市治，风光绮丽，人文丰富，徽学、徽商、徽墨、徽菜、徽剧驰誉海内外，誉称"东方瑞士"，令人神往。

睹物思人，触景生情。30多年后，他们终于圆了梦，回到了故地，见到老领导、老同事、老朋友，悠悠往事涌上心头，说不完，道不尽。"我们在徽州整整工作了八年，是人生最好年华，又是受益终身的八年。"仁臣动情地说，"一次，因上海家中有急事要我回去一趟，便向地委办事组组长姚先锋请几天假，殊不知，姚组长一口回绝，'不同意'，一下子把我懵住了，但转念一想，应听从领导的，就没回上海。事后，姚先锋找我谈心时说，'这是组织上对你的考验，不错，你还是经得起考验的'。没想到，不久，我就被吸收入了党，金仕祯、沈普修同志是我的入党介绍人。"讲到这里，仁臣心里很感激，他说："一次考验，两个介绍人，我终生难忘。"

在徽州八年，令他俩难忘的事太多了。仁臣接着说："当年，我受益更多的是，先后在地委书记万立誉、陈硕峰、张锡的领导下工作，学到不少东西，尤其是他们作风扎实、生活朴素、勤政爱民、关爱下属的高尚品德对我影响很大。"

人的一生如能遇上几位好领导、几位知己，那是最大的幸事。仁臣话锋一转，说："当年，我将要离开徽州时，地委张锡书记动情挽留，并说对我的安排组织上已有考虑。当时，我非常感动和吃惊，像这样重大组织人事秘密能对我讲，这充分表明地委领导对我的信任、关爱。这份感激之情在我心中是永远挥之不去的。"俗话说得好，人世间最不能忘却的就是朋友的情谊。仁臣低沉地说："记得有一年，同事葛崇岳去人民日报看我，说万立誉书记走了，顿时，我的眼泪刷刷刷往下滚，再也无法克制内心的哀思之情……"

"要说感激之情，不仅仅是工作上，而且还贯穿在细微的生活之中。"慧娴接过话茬说，"当年在报社工作期间，大家生活都很清苦，我俩的工资加起来才106元，但气氛非常好，相互间都称呼老南、老李、小张、小方，没有职务称呼，如有什么困难都相互帮着，谁病了，大家都来看望，邻居之间非常亲和。南岳民同志是报社总编辑，他领导有方，为人又好，对我们两个外地的格外眷顾。老南的夫人陈大姐对人特好，尤其对我们的两个孩子非常呵护。报社同事阿土的妈妈还经常帮我们家照应孩子，家里有什么好吃的、好玩的都给他们吃、玩，如同自家孩子一样疼爱，真是难得啊……"

徽州，不仅人好，而且山水也有灵性。那天，在机场一见何慧娴，我高兴极了，握着她的手脱口而出，哇！30多年未相见，你还是那么漂亮，那么年轻！她微笑地回答我："这是徽州的山水滋养的。刚才，我俩在飞机上俯瞰徽州山水，一草一木那么亲，植被那么好，多养人咯！甚至连这里的蔬菜和豆腐都那么鲜美，想当年，我们两个孩子，可以说是吃徽州青菜和豆腐长大的，连孩子们都忘不了徽州。"

悠悠往事，历历在目，看起来很琐碎、零杂，但却是他们人生旅途中重要的一部分，充满着情和爱。徽州，是他俩心目中的第二故乡。慧娴充满深情地说："我们一踏上屯溪老街，顿觉心潮澎湃，真有回家的感觉。漫步街头，寻踪访古，虽然找不到当年的痕迹，但当年的感觉还在。老徽州地委大院，已是面目全非，但令人欣喜的是，三棵古槐依然挺立、迎风招展，似乎在欢迎我俩的到来……"

故地重游，老友相逢，你一言，我一语，点点滴滴在心头。仁臣感慨地说："这一次，我和小何重返故地，是怀着感恩之心，来看望老领导、老同事、老朋友，感谢当年对我们的关爱，没想到，却受到如此热情的礼遇，这浓浓的徽州情我们永不忘怀！"

载《人民政协报》"华夏"副刊 2010 年 5 月 31 日

嵌釜境界
——追忆恩师欧远方

　　"小程，来来来，我们好久没在一起聊过，最近有什么大作？"这亲切而悦耳的声音不时在我耳旁回响，这是我见到欧远方老师时的情景。遗憾的是，而今晚生再也见不着听不到了。欧老离我而去已8个春秋，但他那和蔼音容、嵌釜境界，在晚生心目中是不可磨灭的。他的思想犹如一座富矿，取之不尽；他的言行宛如一面镜子，照出人的荣与耻。

　　8年前，晚生没能前往谒灵，终生愧疚。8年来，常常怀念他，梦见他，总想写点什么来追忆他，算是减轻晚生心中一份愧疚感吧！

　　欧老的大名早已如雷贯耳，但真正识荆是在1991年5月间，我忽然接到一个通知，要我参加省里一部改革丛书编撰座谈会。我在想，敝人刚离开报界回到故乡绩溪工作没几年，会议举办单位又怎么知道我呢？蹊跷之时，会上一位主事者跑过来悄悄跟我说："你是欧老点名参会的，很看重你呀！"一听，令我受宠若惊，欧老是令人钦仰的大人物，岂能认识我呢？原来欧老很关爱中青年笔杆子，是他从报刊上知道我的名字，就记在心中，可见他是有心人。会上，我便抓住时机向欧老当面请益。他反而夸我的杂文、言论写得不错，笔触犀利、文字精练。欧老对我的鼓励与鞭策，成了我写作的动力。从那之后，凡到省城，我都要去拜谒他、请教他。在写作中，凡遇到写一些重大题材的文稿，为了把握更好，在下笔之前，都要寻找机会向欧老请教。例如，我发表在中央办公厅《摘报》上《农副产品流通存在的问题及建议》一文，就是在欧老的鼓励和指点下草成的，并得到中办和省委领导的重要批示，迄今仍记忆犹新。

欧老很重情，又性情耿介。十多年来，他每到皖南搞社会调研，大都要挤出时间到绩溪来看我。师生相见，情不自禁，谈笑风生。2000 年夏，欧老和他的副手朱文根在黄山市参加一个学术会议之后，直达绩溪。当即就拜读到欧老赠送刚出版的《欧远方书法集》和与夫人邹人煜合作的《两闲集》，我即刻被那浑然大气、别具风格的欧老书法和风骨高华、句法宏赡、优美动人的邹大姐的诗词所吸引。殊不知，正在此时，欧老却掏出一篇万言大作《封建主义是社会发展的主要障碍》，要我替他修改。这简直令我诚惶诚恐。晚生只有学习，岂敢动笔修改呢？我连连拜读欧老的大作两遍，感触颇深，其立论高屋建瓴，颇有真知灼见，确是一篇对现实一针见血、发人深思的好政论文。谁知，不多天，我竟然又收到欧老从合肥寄来的同一篇文稿，附言：

> 怀銮同志：
>
> 《封建主义是社会发展的主要障碍》一稿再寄上一份，你看问题深刻透彻，请修改后即寄回。
>
> 远方

看来，欧老是真诚地要晚生"修改"了。其实是对晚生的一次"考试"，岂敢怠慢。我便鼓起勇气，对该文论述"反右"之后直至"文革"期间这两个章节五处，提出了一些不成熟的意见，还直接改动了几处，随即寄回。没料到，不多天，居然接到合肥一位同志来电说："欧老对你提出的几处修改意见予以肯定，谢谢你！"一年后，欧老这篇遗作在全国性权威刊物《学术界》2001 年第 3 期上发表，在政界、学术界、新闻界引起很大反响。每当回想起这篇论文时，浮想联翩，便把收藏的《欧远方书法集》《两闲集》捧出来再次拜读回味，如见其人，倍感亲切。

载《安徽老年报》2008 年 12 月 18 日

于微细处见风范

——深切怀念原徽州地委书记胡云龙

4月29日上午，猝然接到市里陈灶福老领导来电，他心情沉重地告诉我："胡云龙老书记今晨走了……"顿时我泪飞如注，悲痛欲绝。幸好10天前到市医院看望了您，您睁开双眼见了我很高兴，拉着我的手，问这问那。我生怕您费神，要您不要多说话，合上双眼好好养神，您点了点头……谁知，10天后，您居然去了崦嵫，再也见不到了。

您对我有知遇之恩，尤其您那精明又开明的宽广胸怀、严谨又关爱部属的领导风范，令我没齿不忘。

30年前，您是地委领导，我是徽州报社的年轻记者、编辑组副组长，在一般情况下是很难接触到您的。

事情往往有巧合。一次，我到旌德县采访，云龙书记您正在旌德县考察工作，邂逅县招待所。说真的，当时见到您真有点矜持，但您却很亲切地问我采访到什么，我立马向您汇报了在旌德采访的"收获"，并打算明日去太平县采访农村改革。没想到，您随口说："我明天去绩溪，你跟我一起去，顺便回家看看，记者嘛，到哪里采访都一样。"当时，我一愣，领导对我怎么这样了解，且如此关心、体谅下属，是多么不易啊！我想在脑里，乐在心里。第二天，我跟随您的车一起来到绩溪。两天的采访很有成效，您很高兴，鼓励我多写写农村改革涌现出来的新生事物。随后您话锋一转，说："这样吧，明天下午到你家看看，顺便在你家吃晚饭，后天跟我一起回去，好吧？"云龙书记您是高官，却没有官架子，平易近人，还能到寒舍"做客"，我高兴极了。可是又有些疑虑，到家中吃什么呢？此时，正值麦黄的山鸡出没时节，我脑子一转，除了几个蔬菜外，到菜市上买回一只山鸡，文火慢烧了一个特色野味菜肴，炒了一盘面，备了一瓶红葡萄酒，极简单，殊不知，您吃得很开心，夸我有一手好文章，还有一手烹饪技艺。那天晚上，正由于您的平易、幽默，家里的气氛非常活跃、轻松。

事后，我才知道，您利用到家中吃饭的机会，主要是了解我的家庭情况，知道您早就看过我在《人民日报》头版发表的评论、杂文，以及在《徽州报》采写的重大新闻事件和新闻特写，觉得我是个好新闻记者，回地委后，立马责成有关部门抓紧把家属调到地区，以利我安心在报社工作（因我家属不愿离家，故未调去）。

　　从这次下乡的接触，我与您的上下级关系距离拉近了，原先那矜持感没了，之后，凡地委领导有批示的文稿，报社领导大都交与我来处理。一次，您批示要见报一篇关于农村改革会议的讲话稿，但文字较长，怎么编？我很慎重，精心编辑，打成小样送审，在审阅时，只见您在一处画了一道红杠，心平气和地问："这句话怎么样？"我琢磨着您的意图，当即修改，您便说："好，好，精练，马上见报。"领导的开明，是对我们新闻工作者的鼓励和支持。

　　也许是接触多了，印象深了，事隔不久的一天，云龙书记您找我谈话，说："你脑灵、笔勤，到地委办公室来，好为地委领导多写些调研参考文章。"我当即表示，感谢领导的信任、抬爱，但我很热爱新闻工作，还是当记者好。您见我很诚恳，就不再坚持了。现在想起来，真是不识抬举，辜负了领导的厚望。此时，才真正领悟到"人生几度好清秋，花开花落岁月稠"的哲理。

　　人生的转折就那么一步。尤其是后来，由于家庭的原因，趁您到省开人代会，恳求地委组织部调回家乡——绩溪工作，更让您失望了。没过多久，您来到绩溪，把我叫去宾馆，批评我不该调回来，在县里这个小环境岂能发挥才干呢？我深知您的批评是对的，实际上是对我的关爱和信任。"批评"过后，您要我为您写一篇要在机关干部大会上的讲话稿，这是我最后一次直接为您服务。尽管讲话稿您很满意，但我心中总不是滋味，感到很对不住您，心情久久不能平静。

回绩溪一年后，县委安排我任县委办公室领导工作，时任县委汪士理书记找我谈话说："地委胡书记对你很关心，说报社不肯放你，考虑你家庭原因，既然回县了，县委办、宣传部不都好安排？"没想到，回到县里了，您还在关心我，正如有人说我是人生中享受到的特殊"待遇"，可惜我失之交臂，出于无奈。

岁月流逝，恩情永存。一转眼几十年过去了。胡书记您离休后，一度身体极度不好，还动过几次大手术，说实话，您每次手术，我都很担心，幸好，每次您都挺了过来，说明吉人自有天相。我每年去一两次拜谒您，平时只能用电话问候，您总是说还好。可惜，这一次就不同了，半月前，我电话打到您的家里，您夫人说，胡老病重住院了，当时我心一惊，就有不祥预兆。

今日，胡老书记您走了，特草成这篇回忆文章，表达对老领导的深深怀念，无限追思。

载《黄山日报》副刊 2012 年 5 月 3 日

含悲忆勋耆

——深切怀念程良骏老师

十分愧疚，这是迟到的祭悼。今日下午（2015 年 8 月 21 日）看到《稼研会刊》第 116 期，才惊悉尊敬的程良骏老师走了。顿时，我悲痛欲绝，马上翻出信件、相册和诗集，重温了与老师来往的书信、诗文、合影，睹物思人，泪如泉涌。

老师是世界级科学家、华中科大著名教授、水力机械工程领域的泰斗，为我国水电事业做出了卓越的贡献。他德高望重，热爱党、热爱乡亲，令人敬仰。当年，由于我在县委机关任职的有利条件，借老师回乡之时，有缘结识老师 25 年有余。从老师身上学到很多宝贵东西，尤其令我难以忘怀的是，当年，老师为"三峡"做出重大贡献，深得李鹏总理的高度赞赏，但他从不炫耀。更值得一提的是，老师三次拒填晋升"院士"推荐表，一再说"把晋升资格让给有成就的年轻人吧"。老师高风亮节、旷达谦恭、崇高境界是永远值得我学习的光辉榜样。这里我仅撷取书信往来几个片段，从中可以看到老师的精神高地。

早在1992年5月，程良骏教授回到故里，受到县委、县政府的热情接待。在接待中我结识了程良骏老师，并拜读了老师赠送的《长江磊石集》诗集，才知老师又是诗人，了不得。更觉得老师品德高尚、乡音未改，令人崇敬。

1994年清明时节，老师再度回到故里祭祖，老师是个孝子，也是一个赤心游子，回到家乡，先要去拜望长辈和贫苦人家，不时解囊相助；会见童年时下河摸鱼捉虾的同伴；鼓励后生进步。果不其然，老师看到晚生刚刚出版的《山下漫笔》文集，竟奉题勉励：

> 山下高才漫笔谈，知君奋志起毫端；
> 家乡人物今和古，夹在官间书卷间。

读后，我诚惶诚恐。但又觉得这是当面向老师请益的最好机遇。后来接触就渐多了。我先后又收到和学习了老师的《思涡念峡吟》《回澜曲》等新诗集，老师百忙之中，能把科学规律与文学思维糅合一起，写成歌颂三峡、社会、生活的光辉诗篇，意境深邃，热情奔放，情调高雅，令人深受教育和启迪，只可惜，当时没有把

徽州随感

学习心得写下来向老师禀报，是一大遗憾，今日读来又有新的感悟，更感受到老师关爱他人的可贵精神。 2004年上半年，我把中国文史出版社出版的《纵论集》寄请老师赐教。殊不知，老师阅后，尤其看了书中《别把"珍珠"湮没》一文，挥毫赋诗，又写信给我。

怀銮乡贤：

您好，我的确时常想念您，但无善可陈。也就想想算了，对很多亲友都是如此。我不会也不愿意说客气话，这几天读了您的《纵论集》，使我对您的文风人格更有深一层的认识了。有很多篇幅还给了我不少知识，我决不是胡乱捧人的，我本来不想多写诗了，但有感于心时就情不自禁，忽有四句：

挥汗横翻纵论篇，"珍珠"湮没有谁怜！
怀中卓识金銮报，庆我宗(程)门出俊贤！

您书中吸引人处实在太多了，真是令人爱不释手。

我最近还看到了几本新著作，例如尚远先生的《梁安撷趣》，观明先生的《梓屏拾遗》……深感我们绩溪真有人才，可惜这些"珍珠"湮没了不知多少。我实在忙乱不堪，仍劳劳于大峡水轮机数理纷繁殊难尽怀。

白櫜老马愧雕鞍，望枥长嘶吾未安；
不负识途奔万里，迎风步步念邦家。

这是我近日心情，博您一笑了。敬颂
夏安，向您全家问好！也烦向认识我的同
志道念！

良骏　匆匆上言

2004 年 8 月 12 日下午

说实话，拜读了老师的书信和诗词，我于心不安。
老师知识渊博，才华横溢，居然对晚生如此抬举、赞赏，
令晚生其实难副。我知道，这是老师对晚生的鼓励，我
有自知之明，一定努力以赴。反过来看，老师的谦恭风
范犹高山流水，令人感佩。更令人看到老师致力于大峡
建设呕心沥血的忘我精神，感佩之余，令人担扰，耄耋
之年了，仍工作在一线，我于心不忍。

2006 年岁尾，老师身负党和国家的重任，完毕后回
到故里，我忙去绩溪宾馆拜谒他，晤谈甚欢，合影留念。
一张彩照，厚谊深情，新春来到，老师又赋诗贺问，令
我至深感荷。

故里归来怀故人，一张彩照贺新春；
先生才气惊銮宇，潇洒乡关分外亲。

怀銮先生新春百福

程良骏敬上　2007 年春

拜读老师充满深情的书信和诗词，晚生惭愧至极，感激不尽，特回敬老师拙词一首，宣纸书写，以寄萦怀。

沁园春

思

二〇〇八年四月二十六日

良师国宝，骏马奋蹄，不计劳酬。望神州大地，心怀三峡；致力涡轮，瀛寰一流。白发三千，志坚无边，"自由王国"任凭牵。人未老，看精神焕发，谁人可比？

得来乌发白头，忆往昔谇而去伴牛。惟信仰不移，冲破中天；绳墨耿介，包容友善。一代宗师，高山仰止，故里乡亲情思留。时时盼，徽溪连华中，多有乡愁。

晚生：程怀銮

其实，我也知道，无论怎么写，也说不完老师对晚生的恩情，写不尽老师辉煌而伟大的人生，只是想表达晚生对老师的深深敬意和思念，钦佩老师的坚定信仰、旷达胸怀，仰慕老师的卓著功绩和卓越贡献，以资得到一点自慰。没想到，老师这么高龄了，在百忙之中又写了回信。

怀銮先生：

拜读大作《沁园春·思》，真是感念万千！先生才华早集《纵论集》，今又纵笔诗词，难能可贵也！谨致敬意。

　　我最近从北京回来，自觉体力渐衰，不敢再作长词，只能哼哼四句自慰而已，八句律诗也不敢写了，大部分时间放在工程理论上，不敢自误而误人也，谨寄在京近影和诗作，乞正与留念，十分想念家乡，但无可奈何，方便中代向乡亲们问好！

　　敬礼

　　全家幸福！

　　　　　　　　　　　　　　　　　良骏敬上

　　　　　　　　　　　　　　　2008 年 11 月 24 日

　　读到老师手札，除了敬仰、感激，更感觉到老师心底蕴藏着浓浓的故乡情结，难能可贵。有位哲人说过"游子在外，想念家乡，见纸亲切"。我是老师的同宗，也许他看到我的东西，对乡情有所释怀。2009 年，我的《京华缘》文集出版，便给老师寄上一册，一是请指正，二是传递一点乡情。老师阅后十分高兴，竟勾起了他青年时代的美好回忆，又写了回信给晚生极大鼓励。

　　怀銮乡贤好友：

　　敬读大作《京华缘》又感念万端。"京华与我亦有缘，无奈长江冲向前。"1951 年我辞北大、清华之聘来武大，壁立西江，湖平高峡，宝剑兵书也算是引惊神女之缘了，老来无恙，平仄和谐，势涡双解，也算是祖宗有德吧。也无所顾，但求毋负程门"笃义堂"三字耳！

再看您的新作，您的为人为事实在，使人崇敬，再写诗一首，稍表心意。我近来为一些数理文章夜不能寐，想着家乡亲友、想着抚养我的大姨婆，我不敢自怠。

便中烦您代向乡亲们问好！祝您和夫人全家幸福！万事如意！

程怀銮先生《京华缘》感赋
胸怀銮宇壮行程，缘记京华万卷情。
不负绩溪牛角劲，撑天八字自峥嵘。

程良骏（印章）
二〇〇九年八月十日下午

在老师的书信和诗词里，充满着对晚生无比抬爱，令我久久不能平静。我铭记老师的"隐语"，不忘老师的恩情，更为老师念念不忘乡情、乡亲、乡音而感动。从此，每逢除夕我都先打电话问候，传递乡情信息，寄份贺年片贺春，祝福老师健康高寿。哪知，老师他每年都给晚生寄来贺年片，写上祝愿，多么可贵啊！2011年元旦，早早就收到老师的贺年信，赋诗四句，感述世博，可见当年老师精神很好。殊不知，这是一封绝笔信。近两年除夕，电话打过去，据家人说，老师耳背了，行动迟缓了，无法接电话。当时，我心里一个"颤抖"。没想到，今年 6 月 24 日老师猝然离开了我们，去了酆都城，悲从心来，哀思挽句：阴阳间隔两茫茫，万分悲伤断肝肠；慈祥音容犹在目，老师高风万里扬。今日草成此文，以示对老师的深切怀念和无限追思！

痛失勋耆，人尽含悲。历史送走了人，时代留下了魂；人是历史的客，魂是时代的神。老师虽然走了，但他的魂和神永远留在我们心中，激励我们前行。

载《徽州社会科学》2015 年 11 月

他心中唯有百姓

——追忆恩师刘希

　　提起刘希大名，在江淮大地、皖南山区采访常听到不少文人墨客、百姓不约而同地夸他是"难得的好官，婞直的文官"。

　　可惜，这样的好官却离开我们已十年了，但仿佛又没有离去：他那生性沉默寡言、绳墨耿介、亲民爱民的身影历历在目；他那高尚品德、满腹珠玑、人格魅力永远在影响着我们……

　　刘希曾任人民日报记者站站长、新华社安徽分社副社长等职，后调任徽州地委常委、宣传部部长。他身居高层，心系百姓，经常下基层，调查研究，摸实情，听民声，有针对性地抓宣传工作。1980年秋，他率其部下许福荫、纪成助和我来到绩溪，一头钻进山村搞调研，他看问题很深刻，对农民很有感情。每到一地，走村串户，嘘寒问暖，访贫问苦，倾听呼声，了解党的十一届三中全会精神在农村贯彻落实情况和农民生活状况。一天，我们来到绩溪最偏僻、最贫困的和阳公社阳金山林场。林农们听说地委老部长来了，高兴万分，但又担心他翻山越岭累了，请他休息一会儿。他却说："走这点路，与你们吃住在山、风吹雨打相比算什么？"他一到林场就和林农们攀谈起来，问林农们党的三中全会精神知道了没有？林农们回答："三中全会开得好，在广播里都听到了。""这很好，很好。"刘部长笑了。接着又问你家、他家，几口人，几个劳力，一年收多少粮食、养几头猪，全年收入多少。当听到林农们说家庭收入低下的时候，他的心情突然凝重起来，默默不语。到了中午时分，场里特备了一桌饭菜招待我们，有公社、林场干部作陪，大家都上桌了，只见刘部长侧身坐着抽烟，大家便等待他抽完烟再起筷。三五分钟过去了，还不见刘部长转过身来，这是为何？谁知他在默默流泪……一下子，大家敛息静气，都愣住了。何故？可能是见到林场的盛情款待，却想到我们当官的愧对百姓而伤感。此刻，我和成助立马请厨师把桌上白酒撤回，把一大碗红烧鸡肉分大半给林农们吃。此时，他才转过身来，和大家一同吃了中饭。

饭后，临别时，刘希亲切地同林农们一一握手，一再说："谢谢你们，对不起，我们工作没做好！"随后，就离开了林场。一路上，刘希部长语重心长地说："多好的百姓呀！把我们当上宾，拿酒、宰鸡来招待，我们能吃得下去吗？你们可知道，他们长年累月吃什么？腌菜粗粮，风餐露宿。我们当官的为他们做了些什么？有愧啊！百姓受苦，难道责任不在我们身上吗？"寥寥数语，刻骨铭心。刘希的爱民自责精神，使我们深受教育，没齿难忘。而今，虽然时过 30 年，农村已发生巨变，农民的生活水平有了很大提高，但亲民爱民的品德不可变，每当想起这"一顿饭"的情景，刘希那崇高的身影就浮现在眼前。

刘希部长与我们边走边谈，不知不觉来到和阳坞村。听队长说，今年春季，队里把 30 亩桑园承包给十几个妇女，没想到，一季产茧量比往年翻了一番，超万斤，可又不知承包方向对不对。刘希看到山村的变化，十分高兴。他兴致勃勃地爬上山坡察看承包的桑园，挨家串户访问蚕姑，当场赞扬她们带头承包好样的，并鼓励她们大胆干，走承包之路。队长和村民们听了刘部长的话放心了，积极性更高。为此，我把所见所闻写成一篇述评性新闻稿《30 亩桑园包不包不一样》，很快在《人民日报》发表，打消了一些人对承包的疑虑。

时隔不久，《徽州报》复刊，我就被指名调至《徽州报》任编辑组副组长。为当好记者和编辑，我对自己约法三章：坚持不抽烟、不喝酒、不扰民；多深入农村，多写农民喜与忧，多向群众学习。这"三不三多"跟刘希部长的影响是分不开的。在报社工作期间，我印象最深的是，刘希经常点评报纸，始终围绕着面向民众办好报纸这个话题，时常给报社、给我出题目，使报纸办得有声有色。

刘希部长对我有知遇之恩。回想当年，跟随他搞农村调研，或在报社工作期间，对我的眷顾和恩情，终生不忘。今日，追忆这段往事，以表对恩师的深切怀念！

载《安徽老年报》2009 年 10 月 20 日第 3 版副刊

（发表时略有删节）

海纳百川
——深切怀念余百川先生

再过几天（到 2013 年元旦），就是余百川先生离开我们一周年纪念日了。

百川先生是位杂文家，一生写了不少杂文，针砭时弊，歌颂先进，担道义，讲真话，为推进社会主义文化建设和社会进步，起到了不可磨灭的作用，曾荣获安徽省首届老作家文学贡献奖。

百川先生的著作出版了多本，尤其是他的《寸草集》里的许多杂文一直铭刻在读者心中，使人在重温中得到新的启迪。

百川先生非常关心年轻作者，凡向他求书求教者，他都亲笔签名赠阅、精心传授……

百川先生一生波折坎坷，在"文革"中曾遭受过"文字狱"的磨难，但他对共产主义的信仰始终不变，终于还了他的公道，他拼命地耕耘，夺回了那失去的宝贵时光……愉快地度过了中老年的工作和生活。

这些，也许很难概括先生的一生，但他做人豁达乐观、海纳百川的胸怀，更值得人们怀念和学习。

百川先生是我老乡。那是 30 年前，我在绩溪临溪镇采访，见到他那回老家插队的如花似玉的女儿余琳才知其名。但相知不相识。后来，我供职于徽州报社。他常给报社赐稿，我特地登门拜谒了百川先生，老乡见老乡，亲热胜茶香。一见面他就说："怀銮老乡，早在《人民日报》上见到你发表的杂文、时评，写得好啊！今日一见，倍感亲切……"百川先生长我十来岁，是我的师长、乡贤，从那时起，我们联系多了。

百川先生文笔流畅，文字老辣，文学功底深厚，他赐给报社的稿子大都是佳作，不需怎么动的，就可见报。他虽然用的是"老愚"笔名，但人们知道那就是余百川。记得有一次，一位新任编辑编了他一篇杂谈，因对其稿的深刻含义和引用的典故未弄清，就动了"手术"，见报后，在读者和同行中产生了一些不良影响，弄得他哭笑不得。当有人问他，他却说："这是我的败笔，不怪编辑，是我没有把典故的出处和含意写明，产生了误差，责任在我。"宁可自己忍受委曲，也不去指责他人。他这样的宽阔胸怀对一般人而言是很难做到的。

我国自古以来就有"文人相轻"的积弊，但在他心中和眼里是"文人相亲""文人相推"，他凡看到同事、友人的好文章，总是啧啧称赞，甚至写信赞扬。一次，我在《人民政协报》副刊上发表"徽州情怀"的散文，叙述了原人民日报副总编李仁臣夫妇重返故地（今黄山市）的情景，他特地来信说："作品有血有肉，感人至深。其实在古徽州与李夫妇共事的不少，唯有你抓得往，写得出，乃记者的大手笔啊！"给了我极大的鼓励。

百川先生对人、对事从来是泾渭分明。前两年，我写的《养兰雅趣》散文在《黄山日报》副刊见报，他特寄上报纸并用红笔写了附言："老兄大有胡适先生爱兰之遗风，此文亦如有淡淡兰香。想不到一位笔力刚劲剑指社会时弊的评论文作者有如此兰心蕙意之雅趣，妙哉！……"同时又指出文中的含饴弄孙的"饴"字写成"怡"、蕙兰的"蕙"字写成"惠"的谬误。鼓励和指谬正是他"文人相亲"的精诚所至，何等宝贵啊！

满腹经纶的百川先生从不恃傲，总是精诚、谦和对人。有人出版文集，求他给写个序言或书评。虽然多年来一直沉疴在身，但他有求必应，先后为他人写了16篇序言和书评。他总是用欣赏的眼光，谦和的心态，去品评作者的人品和文品，篇篇都见诸报端，使作者受到鼓励，读者得到启示。

百川先生对人谦和大度，对人生更是坦然处之。他70岁那年，写了一篇《人到七十》（见诸2000年2月《黄山日报·天都周末》），他一边支撑着多病的脆弱身躯，一边笔耕不止，爬格不停，发表作品无数，果然出版了《杂庐道情》和《北窗集》两本杂文、散文集，深得读者的喜爱。谁知到七十八九岁时，一体检，他却发现自己得了肺癌，这对十分脆弱的他来说，真是雪上加霜。人们抱怨说，老愚是大好人，岂能得绝症，真乃苍天无眼啦。但他对生命总是用充满阳光和豁达的心态去面对，竟写了一篇《与癌共舞》（见诸 2009 年 9 月 2 日《黄山日报》），始终保持"心头的阴霾褪尽，太阳就露出笑脸"的乐观主义精神。虎年一到，刚跨八十，先生又写了一篇《人到八十》的散文（见诸 2010 年 6 月 2 日《黄山晨刊》），他以"七十古稀成往事，而今八十不足奇"的壮志，把自己带进"莫羡阳春美景好，更欣红叶染秋山"的良好心态，以达到李白诗句所云"生者如过客，死者如归人"的境界……到了 2011 年底，他的病情渐渐加重了，他暗暗忍受着巨大的病痛，在亲人的簇拥中，安详地走完了他"与癌共舞"的人生最后一程。

百川先生，我们永远怀念您！

载《黄山日报》副刊 2012 年 12 月 27 日

"达人"之风
——读郑秉秀《浮生梦觉》有感

　　秉秀先生是我的一个朋友，吾友很多，像这样的知己不多；

　　秉秀先生是大学教授，但见我在报刊上发表的杂文、时评总是啧啧称道，像这样"文人相亲"的胸怀难得；

　　秉秀先生去年出版《浮生梦觉》一书，值得一读。

　　该书真实地记录了他读小学、中学到大学，走上社会，进大学任教的经历，以及其母的慈母情怀，字字珠玑，篇篇出彩，文章充满着师生情、同学情、友情、亲情，内容丰富，文笔流畅，通读全书，令人看到秉秀做人胸怀大度，其乃有"达人"之风。

　　做人，这个题目很大、很广，但也不是摸不着的，"美德大多存在于良好的习惯中"。从书中的作品可以看到秉秀先生一贯"不唯心、不妒人、不忘情"的做人原则。

书中写到"文革"前绩中资深校长黄平，在师生中口碑不佳，甚至于持否定态度。秉秀就不是这样看，认为黄平校长有魄力、能用人、重治校，只是缺乏民主作风，不能礼贤下士，关心学生生活不够，致使师生有不少怨言。秉秀对已作古的老校长能唯物、客观地评价，体现了他的正直品行。

在合工大学习期间，适逢"文革"初实行"三结合"，组建省、市革委会班子，有人削尖脑袋占位子，但秉秀将名利地位看得很淡然；在对原省委领导干部的批判大会上，秉秀却保持沉默，他写道："我保持政治良心，不愿伤害任何一个自己并不了解的人……"在错综复杂的态势中能做到这样，这是他的高尚人格。

秉秀是个很重情义的人。在中学时代，为办《东风报》一事，同学洪观永受到校方的批判。秉秀在文中说："其实办报的始作俑者是我……""观永同学的交代中一字未提及我，把所有责任都一肩扛。"秉秀对观永同学勇于承揽责任的敬佩和感激之情一直埋在心底，他写道，"尽管观永同学后来受到身体上、政治上、生活上种种遭遇和磨难，我对他始终不离不弃，特别是他因一度信仰佛教而受到公安机关的监控时，继续保持真挚的友谊"，在当时那极"左"年代，秉秀能做到这一点是极其不易的。秉秀很看重师生情。而今他已是教授了，但他对其中学、小学的老师一直怀着尊师重才的情谊保持往来，被称为良师益友。如对已故的胡稼民、汪光泽老师和健在的经传方、杜方则老师的许多精彩教学情节都念念不忘，大加赞赏，并一一写进回忆文章之中，以作永久留念。

秉秀唯有进取心、不存妒嫉心的品格更令人学习。秉秀在读中学、大学的时候，成绩一直名列前茅，在大学任教的水平能超他者屈指可数，但在他的文章里常常出现称赞和欣赏他的同学和同事的人品和才华等词语，对同学、同事做出的成绩、写出的文章，都大加赞扬，同事提升了，他为其高兴、庆贺。秉秀虽然不是"高官"，但他是"高知"，他待人接物始终是低调、热情，常常礼贤下士。

有人说，秉秀做人的品格与其良好的家教分不开，这一点不假。秉秀在《至尊慈母》一文中这样写道："我生母朱金香（浙江金华人），是我父亲的填房……对我母亲来说，至难莫过于如何同我的三个同父异母的姐姐相处。当时三个姐姐尚已懂事……都到了特别依恋生母的年龄，因此，在心理上自然对后母产生警惕和逆反情绪。"况且其母亦有了自己的孩子。秉秀母亲虽然不识几个字，但她很识事，做到"严己宽人，严教宽待"，坚持用母爱的温暖去感化她们的心灵，用宽容的肚量去抚平她们丧母的悲伤心理，用大度的胸怀包容社会的偏见，"她以 21 岁的稚嫩肩膀担起了做母亲的全部道义与责任，从而赢得了三位姐姐真诚的信任和毕生倾心的尊敬"。她们谁有什么心里话都愿意与后母倾吐，谁有闲暇时都喜欢从外地回到娘家陪陪后母，母女关系亲密无间。弟妹们也很爱和尊重异母的三位姐姐，三位姐姐也很关爱弟妹。二位媳妇被其母视同己女，疼爱有加。尤其是逢年过节，这样一个大家庭，四代同堂，几十号人，相聚一起簇拥其母亲，嘘寒问暖，亲切无比。一个既当后妈又当婆婆，又没文化的女性，能把一个大家庭的人际关系搞得这么和谐、融洽，靠的是什么？靠的是做人，靠的是人格的魅力。

秉秀的慈母做人品质在中国女性中是难能可贵的，被誉为"郑母家风"传遍县城。正如其小女郑毅在《真爱不朽——奶奶永在》的祭文中引用的歌德一句名言所说，"一切逝去的，不过是象征……永恒之女性，引领我们上升"。不假，秉秀先生能学得、养成做人的优良品格，是受了慈母极大、极深的影响，当然也离不开他自身的修养和环境的造化。相信，凡读过《浮生梦觉》的朋友，会从中得到一些启迪和教益。

2011 年 5 月 31 日于梓橦山下寒墨斋

最难风雨莫乎情

——回想与乡贤纪成助、张玉敏夫妇的友谊

30 年过去了，弹指一挥间。岁月无情，人间有真情。30 年前，与乡贤、徽州地委宣传部干部纪成助、张玉敏夫妻俩的真挚友情，在我人生记忆中是永远挥之不去的。

20 世纪 80 年代初，我奉调《徽州报》当记者、编辑组副组长。刚复刊的报社，诸方面条件很差，尤其是生活艰苦，居无定所，食无定点。后来，报社在稽灵山干休所租借了两栋宿舍楼，解决外地同志的住宿问题。可天知道，报社在西头，宿舍楼在东头，东西两头跑，够苦了。更让人担心的是，干休所坐落荒郊野外，每到夜晚走到这里，便给人一种恐惧感。

正当我的居住风雨飘摇之时，是成助、玉敏夫妻俩给了我无私的援助。一天，我应邀到他们家里玩。成助主动地对我说："报社经常加夜班，两头跑，太辛苦了。

这样吧，我家有间房可腾出来，给你住。"我一听，喜出望外，求之不得。但转念一想，觉得有点不妥，怕玉敏有什么想法。"有什么想法，我们是老乡，到我家来住，又热闹，还可以引导成助写写稿子，不是很好吗？"玉敏的话，很快就打消了我心中的顾虑。

从那时起，我在他们家断断续续住了一年多，为我的生活解决了一大难题。在这一年多的日子里，我备受他们夫妻俩的关心和照顾，还有他俩的爱女小妍妍也给我带来了一份童趣和欢乐。平日，活泼、可爱的小妍妍常跟着我转悠，还学着她妈妈那样叫我，程怀銮，程怀銮，真乃童言无忌、童心无邪，乐得我心里开了花。从年岁上来讲，我长他俩十来岁，在他俩心里是老大哥，他俩在我心中是玉树临风的小老弟、姿颜姝丽的小妹妹，相互间既亲切又随便。

"最难风雨莫乎情，点点滴滴在心中。"一次，我外出采访回来，已傍晚，又淋雨，晚饭后，我洗过澡，就入睡了。次日早上起床，发现我的一堆脏衣服被洗得干干净净晾在院子里。原来是玉敏看我太疲劳了，让我多睡会儿，却早早起床，把我的脏衣服洗掉了。我觉得很不好意思，特向她表示感谢。她却说："洗几件衣服算什么，区区小事，不足挂齿。"

一天，玉敏下班回家，见我早睡了，就问："怎么啦，脸色怎么这样差，晚饭吃了吗？"我说，不想吃。谁知，半个小时后，成助就端着一碗热乎乎、香喷喷的面条送到我床前，"吃点面吧，也许会好些"。此时此刻，我不知说什么好，一股热流涌上我的心头，我的心，好比被一滴露滋润了。

玉敏真是个细心又热心的人。有一天，寒流滚滚，我去祁门县采访，返回的火车晚点，到屯溪已晚上9点多钟。她看到我风尘仆仆的样子，马上烧热水，给我洗理，又热了饭菜，给我补上晚餐。我边吃边想，只有两个字："感激！"其实，在他俩家里，凡是有珍馐美食，都要留我在家里吃饭。真的，我很过意不去。

其实，玉敏她上班很忙，回到家里，忙家务，带孩子，还要照顾我。有时成助出差她就更忙了，我想帮着做点家务，但她却不肯，说我报社采编工作辛苦，回来就该多休息。她宁愿自己多辛苦，也不让我动手。

"感人心者，莫先乎情。"别看家里多容纳一个人，光早晚用水洗理一件事就够麻烦了，何况又不是十天半月，而是常年累月，有谁愿意？可他俩不仅愿意"自找麻烦"，而且真情相待，令我感动。生活"琐事"，都是点点滴滴的。看似"很易"，实则不易，其实，"最易往往是最难"。这正体现了他俩君子懿德的品格：真诚豁达、推己及人，关键是他俩有一颗"仁慈"的心和宽广的胸怀，使我在他们家享受了"特殊"待遇，感受到"亲人"般的温暖，心情舒畅，思路畅开，还常在一起谈家常、论写作，相互切磋，共享志趣。

俗话说得好，"无巧不成书"。没有想到，后来成助他居然与我同行了。当年，他在部里是搞理论宣传的，时而也写点新诗。我觉得他有"格物致知"的精神和聪慧，又有一定的文字水准，若搞新闻，也许是把好手。我曾对他说："理论在地市一级搞不出名堂，不如写写新闻稿，既练了笔，又能得点烟酒钱。"哪知道，正中他下怀。这样一来，我就因势利导，时常出点题目，提些线索，要他去写点新闻稿。说实话，刚开始，他对新闻写作真有些陌生，我就手把手地教他。他写来的稿子如可以，我马上编发，很快在《徽州报》上见报。如不行，我也不迁就，讲个思路和提纲，要他重写，两遍、三遍，直至"达标"为止。就这样，日复一日，年复一年，他终于"入门"了，后来，只要我一点，他就明白。令我印象最深的是，农村改革之初，有一次，他从老家回屯溪，无意中说起乡亲们对承包土地很看重，下功夫花本钱耕种，产量比承包前翻了一番。我告诉他，这里就有新闻。我讲了个提纲，要他重返家乡，深入采访，写成新闻特写。稿子我修改后，重新制作了标题，《土地的主人》（1300 字左右），要他誊写两份，一份给《徽州报》，另一份投寄《安徽日报》。《徽州报》见报后不到 10 天，《安徽日报》在二版显著位置发表，标题和段落小标题都没动，文字也少有改动，可以说，这是激发成助走上新闻之路的一篇成功之作，这对提高他的新闻写作兴趣起到了积极作用。到 20 世纪 90 年代初期，他竟被调至新华社安徽分社黄山记者站当记者，写了一些好稿子和内参，深受领导和读者的赞赏，我为他高兴。后来因某些原因他调回黄山市发改委工作，但笔杆未丢，我很赞同。事后，他在很多场合说："我走上新闻这条路，应该说，是受程怀銮老兄'启蒙'的。"这是成助老弟对我的敬重，看来这也是一种缘分。

要说"缘分"，那还真不假，不知怎么啦，我们相遇相聚，就很投缘，有"心有灵犀一点通"之感，相互欣赏、相互信赖、相互激励。后来，报社有了新宿舍楼，我搬离了他家，但我们的友情不断。古人云"人生难得一知己"。成助、玉敏夫妻俩是我一生中难得的知己，令我魂牵梦萦，难以忘怀。有时我在想，如果真的有来生，我定还要找他俩做知心朋友。

30年后的今天，变化可大啦！我已退休十来年了，但我这个人豁达、乐观，除每天接送孙子上下学、做家务及社交外，看书看报不断，写作不停。写点杂文，发表于中央级、省级报纸副刊。成助、玉敏他俩的工作很有成就，在市里有一定的美誉度，眼下，将至退休，现在合肥为女儿带孩子；妍妍已结婚生子，当了大学的老师，且很优秀……总之，一切都还好，顺利、安康，这是人生最重要的。前几天清明节，成助老弟回乡祭扫，借机到县城寒舍看我，老友相逢，高兴万分。在家吃过午饭后，谈往事，叙友情，直至下午四点钟，兴致还未尽。今日，草拟小文，意在留个念想！

悠悠岁月，带走了尘世间的喧嚣，却带不走沉淀于心底的永远记忆。

滚滚红尘，催老了人的年华，却催不老那颗纯洁友谊之心。

2013 年 8 月 14 日

一眼知君乎

　　30多年过去了，20世纪80年代初，《徽州报》复刊那段艰苦、紧张、友善、愉悦的岁月不时地浮现在我眼前。

　　尤为深藏在我脑海里"一眼知君"那一瞬的感觉，一直令我不能忘怀，预感他前程看好。果真，此"君"现任黄山市社科联副主席。论爵位并不高，但他的影响力颇大。他为人豁达，颇有凝聚力；他为文漂亮，文笔别有风格；他的社交面很广，在社会上颇有知名度。他就是我当年"一眼知君"的那位洪玉良学棣。

　　也许有人会问，你怎预知洪先生？

　　此问一下子把我的思绪拉回到30多年前。那是盛夏的一天，我正在编辑部编审稿子，突然，报社总编辑张犁领着一位修长身材、一脸稚气的年轻人来到我面前说："怀銮呀，他叫洪玉良，刚来，安排到你组里当编辑，你要好好带他啊！"一眼看去，给我第一印象是，小洪落落大方，脑子机灵，是个新闻记者的好苗子，必有发展前程。

后来知道，小洪原先工作在祁门县教育局，爱好诗歌写作，有一定的文字基础，是经地委常委、宣传部长刘希特批调入的。

"来而不可失者，时也。蹈而不可失者，机也。"就这样，我与玉良在报社共事四年，时间虽短暂，但却结下了深厚情谊，我长他十多岁，他对我很敬重。

小洪刚进入报社，对新闻这个特殊行业有些陌生，一时还不能适应，但他很好学，对采编工作充满激情。当时，新手还有几位。此刻，我就想：报社要出报，丝毫不可延误，外出学习又不可能，那么，如何让这些新手尽快"入门"，进入采编状态？只能靠自身。我脑子一转，就对新手面对面地"现场"培训，一对一地带他们实地采访，手把手地辅导他们写稿、编稿、作标题以及组版、画版等新闻知识。经过一段时间的培训，果然见效了，尤其是智商高的小洪，一点就通、一讲就明、一写就成，很快就"入门"了。一两年下来，小洪居然成了组里的骨干力量。

记得有一次，收到通讯员写一位生产队长"爱山如命、爱林如子"的来稿，素材不错，但文字凌乱、情节不详，我就指定小洪来编辑。小洪很认真，并通过电话，补充采访这位队长几十年来带领村民造林、护林，使这个穷山恶水村变成了"绿色银行"，死后按照他临终前嘱咐把他埋葬在林山上等情节，经他精心编辑，重作了《青山忠魂》的标题，见报后，反响热烈，受到报社领导的赞赏。事后，被本报评为好稿子。从中可看出小洪的采编水平大有提高，特别制作的标题形象、贴切，很有概括力。

后来，徽州地委召开全区农村工作会（"三干会"），这是一次很重要的会议。报社指派我带一个记者组负责大会报道、现场采访。除安排了几位记者外，指定小洪随我进入大会采访。五天的会议，除了综合报道外，见报 21 篇新闻特写、人物专访，我写了一篇社论配发，造成了空前的舆论态势，收到很大的宣传效应，受到地委领导的高度赞扬。赞扬声背后，不知我们的记者付出了多少汗水，熬过了多少不眠之夜，其中，仅小洪一人，就见报了 7 篇（含 3 篇人物专访），出色地完成了大会宣传任务，更为我分担了一些采编压力。

其实，像类似情况，在报社不知有多少。说真的，小洪是让我得心应手的年轻编辑、记者，而且我们两人相处如弟兄，配合很默契，是很难得的。

"苦心如水，静心如兰。"后来，由于我的家庭原因，恳求组织，离开了报社，调回家乡工作，玉良对我的离开，恋恋不舍，友情不变。随着岁月的流逝，年岁的增长，这份在艰难岁月凝结的情谊越来越珍贵。

几年后，玉良知遇新任领导陈平民。平民也是我的朋友，从市委宣传部理论研究室主任位上调任报社总编辑，算是破格提拔吧。这都不重要，重要的是平民不仅有才华、理论文章写得好，而且心胸开阔，为人开明，爱才、惜才。而一晃，玉良已是报社的精英了，很快得到平民总编辑的赏识、重用。"君明臣忠"，从此，玉良的才智得到充分发挥，这一时期，玉良的新闻写作水平及为人处世等方面都得到了突破性提升，不少有分量、很精彩的新闻特写、访问记、纪实散文等文章屡屡见报，在社会上和读者中产生了很大影响。

"为文喜读风雷笔，处世最敬雨同舟。"几年后，陈平民调任市社科联任主席，随后，玉良调至市社科联任副主席，再度与陈平民共事。新的环境、新的岗位，使他更有用武之地。如他主编的《徽州社会科学》，就办得很有特色、有内容，特别是徽文化的文章很有可读性，这里就倾注着他的聪明才智。幸得玉良的抬举，始于2010年，该刊专为我开辟了一个杂文栏目《新安杂谭》，每期刊发一篇，至今未断，使我的作品有了"出路"。玉良他也冷不丁写点东西发发，如《父亲河》这篇纪实散文写得很精彩，无论从主题思想到逻辑修辞，或从文字技巧到亲情的描写，都别具一格，把父亲在这条河上放筏运木的经历写得活灵活现，把父子情描述得栩栩如生，是一篇难得的佳作。我特把它剪下来，一直存放在案头，时不时翻出来欣赏欣赏，这算是对"一眼知君"的最好注脚吧！

玉良是重情重义之人，又很谦恭，他一直很敬重我，始终称我为老师，令我自叹弗如。不过，我虽然离开了报社，但读书看报不停，笔耕不止。玉良但凡看到我在

《人民日报》上发表的评论、杂文等作品，都要仔细品读、赞赏一番。记得有一次，去黄山市办事，玉良一定要设宴款待我，还把我的好友平民、电台的方萱都邀请来了。席间，玉良却移樽就教当众说："程老师，您始终是我心中一座山峰，令我仰止……"此言虽然过誉了，但玉良的一席肺腑之言，充分表达了他的精诚之心、谦恭之意，在物欲横流的当今时代，能有这种胸怀、情谊难能可贵。此情此景，令我回味无穷。

"与君初相识，犹如故人归。"一晃几十年过去了，眼下，我们又殊途同归，都在市老新闻协会里活动，一年两次聚会，见面时，总是说不完、道不尽。每隔一两年，玉良与平民、成助等偕同夫人来到我绩溪家里相叙，叙友情、忆往事、看今朝、思未来，似乎又回到了当年在徽州地委大院那欢声笑语的意境之中。

2015 年 6 月

风采人生

  "风采人生"，这是一个富有特殊含义的字眼，是前任国务院总理温家宝，听到有关人士谈论徽商后裔姚民和的经历之时，挥毫泼墨留下的墨宝。

  是对姚民和乐善好施的高度评价。

  也是姚民和人生的真实写照。

  姚民和何许人也？

  他，皖南绩溪航佳集团公司董事长，总经理，十一届、十二届全国人大代表，全国劳动模范，安徽省十佳扶贫状元，声名远播，众人皆知。

  他，创办的航佳集团，从 20 世纪 90 年代之初开创，迄今已走过 20 年的风雨历程。从创办缫丝厂开始，到今朝拥有缫丝厂、房地产业、龙川旅游业、航佳驾校等多家经济实体，现有从业员工近 500 人，创造了固定资产和年营收双亿元辉煌业绩，累计上缴国家税金 4000

万元，回报社会近千万元，初步实现了姚民和提出的要报答党恩、回报社会的心愿。

也许有人会说，看数据，并不十分惊人。是的，但他那帮贫济困、回报社会的无私奉献精神令人感动、起敬。

感动、起敬的另一面，令人欣喜地看到：

从苦难的孩子，到全国人大代表；

从零的突破，到双亿元的多元、综合性企业。

它无时无处不展现出姚民和风采人生的真实画面。

早年

俗话说：风采人生背后必然伴随着磨难。

此言，一下子把笔者的思绪拉到40年前姚民和的童年生活。

姚民和出生在古徽州商埠码头——临溪镇。在明清年间，临溪是一个很繁华的水陆码头。有一条直通新安江的大水路，沪浙的商品、皖南的土特产、来往的客货轮均通过临溪水运进进出出，经济发达，人丁兴旺。后来，随着时代的变迁，交通的发展，商埠逐渐衰落，但商业的潜意识仍然浓厚。姚民和从小就受到这种意识的熏陶，对于他后来的发展有很大的影响。

可是，姚民和出生那年，正值三年困难时期，家境十分贫困，从小过着食不果腹、衣不遮体、病无钱医的凋敝生活，无奈的父母亲为了家庭生计，夙兴夜寐，积劳成疾，先后离开了人世，幼年的姚民和沦为孤儿。全靠党和政府的关爱，乡邻们的帮衬，度过了童年生活。

艰苦的生活环境磨炼了姚民和的坚强意志，政府和乡邻的关爱，在姚民和的幼小心灵埋下了知恩图报的"种子"。

经受过风霜的人，深知太阳的温暖。他虽然没有父爱母爱，但有党的关爱，心存感激，懂事颇早，十五六岁时，他就开始卖冰棒过自立生活。在那热暑酷天的日子里，小小个子的姚民和身背冰棒箱，从早到晚，走村串户地叫卖，全身汗流浃背，体肤晒成"黑人"，但他从不叫一声苦、一声累。

时势变迁，人生转折。20 世纪 80 年代初，党的改革开放政策的春风吹遍城乡，姚民和比谁都高兴，他脑子一转，立马把从卖冰棒中摸索到的一点生意经，运用到了经商中去。开始经销当地的农副产品，帮助国有企业推销丝绸产品，常年累月跑江浙，走南北，凭着他那一股热情和信誉，打通了流通中一个个环节，人家做不成的生意他做成了，别人难办到的事他办到了，被推销产品的企业感激他，客户相信他，他自己也逐渐积攒了一些钱。他被人誉为"码头专家"，见诸中央和省级报刊，成了小有名气的人物。

声名远播，条件好转，他成家了。从此，有了自己的家庭，对人生之路充满自信和渴望，渴望有自己的企业，有自己的经济实体。果然，时势造就机遇，机遇不负有心人，他走向了创业之路，揭开了他的风采人生新序幕。

有业有家，事业兴旺，家庭幸福，他生有一对儿女，儿子叫航航，女儿叫佳佳，可喜可亲，人见人爱……此时，他突发奇想，竟把儿女的名字合成企业名称——"航佳"，这就是航佳集团公司的来历。

航佳，意味着航天的胸怀、航天的视野、航天的志气；象征着航佳集团具有航天精神，在市场经济风浪中破浪前进；标志着姚民和的风采人生踏上新的征程。

创业

揭开姚民和的风采人生新序幕——就是创办绩溪缫丝二厂。

天时地利人和，1992 年，正当他办厂之际，恰逢邓小平同志南方谈话发表，迎来了改革开放第二个春天，也就是说，姚民和创办缫丝二厂正好迎来大好机遇。

机不可失，时不再来，来的不易，易的不来，这也是事物的辩证法。

然而，机遇来了，能否抓住它？有人担心，绩溪虽然是蚕桑之乡，但全县的产茧量远不够国有缫丝厂的吞吐量，岂能再办民营缫丝厂呢？有人认为，现今是市场经济年代，不是计划经济，应该有竞争，何况临溪是全县重点产茧乡镇，又有能人，应当鼓励乡镇办民营缫丝厂。准办与不准办，两种意见的争论在县领导层展开了。这场争论必然把姚民和卷入其中。有人觉得缫丝行业技术性强，管理难度大，不宜私人办。有的却认为，姚民和人际关系好，可以吸纳人才，又有一定经济基础，有条件办好。他多次向县委、县政府陈述办缫丝厂的条件、诚意和决心。

姚民和办缫丝厂的有利条件和诚意提高了他的信用度，时任县委书记何成国说："市场经济就要有竞争，有竞争才能发展，茧量不足可以外购，发展民营企业应当鼓励和支持。"在县委常委会上，县委书记当场拍板，同意姚民和办第二缫丝厂。

一场争论，终于有了结果。

在镇上办缫丝厂是开天辟地的新鲜事，当地民众兴高采烈地跑来祝贺姚民和。

但要办厂确实不易，选址、征地、测算、设计、调设备、安装调试、招工、招聘技术员，等等，一系列工作千头万绪。在旁人眼里，办厂的难度太大了。但由于姚民和为人诚恳、办事诚实的人格魅力，感动了"上帝"，凡涉及办厂之事，方方面面，上上下下，一路大开绿灯。工厂从破土动工到正式投产，仅花了180天时间，创造了办厂史上的新奇迹。

缫丝厂办起来了，员工从哪里招收？

他首先想到了贫苦人家的孩子，全厂400多名员工，有1/3招收的是贫困户的子女，贫苦人家有一份工作，就是给他们找一条出路，并且还为他们减免了培训和集资费用20多万元。有人不解地问他，这样办厂还能得利吗？姚民和斩钉截铁地说："人不能见利忘义，得人心是最大的利，凝聚人心，企业才能发展。"当时，社会上有不少企业因受市场风波影响，员工们的工资难以兑现，但缫丝二厂月月按时发放工资，月平均工资都在500元以上，这在20世纪90年代，是上等工钱了。

然而，市场经济的运行，绝不会处处"阳光灿烂"，时而伴随着云谲波诡的风险。在市场经济的大风大浪中，缫丝二厂同样受到风浪的冲击。姚民和深知，要使企业在市场经济竞争中站稳脚跟，关键是靠自身的耐受力，外部的竞争力，提高产品质量，创出特色产品。

怎样创，突破口在哪儿？他发动员工们献计献策，捕捉市场信息，组织科技人员攻关，终于创出了白厂丝的名牌产品——"云海"牌，在全省独树一帜，并以此拳头产品在省内白厂丝出口市场中占据了优势地位。

尤其难能可贵的是，在1999年美国引发的金融风暴的冲击波中，虽然丝绸行业首当其冲，但缫丝二厂没有被风暴所淹没，而是以丰补歉，涵养员工，保存实力，练好内功，提高了竞争力。

拓展

市场经济竞争虽然激烈，但市场又是广阔的；市场是无情的，但人有情，问题是看你怎样去把握它。姚民和始终从辩证的视角看问题。他认为：

搞企业，不可一花独放，要众花齐放。

搞市场经济，要从不利因素中寻找有利条件。

20 世纪 90 年代末，姚民和又瞄准了县城中心南门头地段，以全方位的经济实力、人力资源优势，获得省、地、县金融界的支持，大胆投放了 1400 万元，开发了商业区。

县城南门是城中的"精华"地段，多少房地产商盯着它。而此地段里又有多少单位、部门和住户，都各有各的"算盘"，还有上层机关又是什么样态度、什么样打算？可以说，这一系列的"未知数"交织在一起，构成错综复杂的心理、物理状态。

面临这错综复杂的局面，姚民和以他的真心实意、人文关爱，让利于民，果然打开了县城的开发思路，他在竞争中胜出，在操作中付出：

凡拆迁单位，妥善安排，提供优惠；

凡拆迁单位的员工的工龄买断高出全县平均水平 2 倍；

凡拆迁户，给予妥善安置、安抚，让其在拆迁期间有住所，让其心平，拆迁后，地价优惠，新建优待，使其迁出愉快，迁入安心。

果然，拆迁顺利，建设迅速，经过年把时间的新建，一个占地 3 万平方米，220 间店面房，70 间单元房的南门商贸城拔地而起，成了县城一道亮丽的新屏障、商业贸易集散中心。每到夜晚，逛街的、逛商店的，都姗姗而来，热闹非凡。

开发商贸城，是姚民和打入县城的第一步。商贸城开发成功，赢得了信誉，提高了航佳的影响力。但他没有满足，又瞄准了新的目标。

开发荷川房地产，是姚民和拓展事业又一个新领域。但开发房地产业，他不是领先者，县城优越的南街田、东门桥头、校场等地段的居民区早被房地产商领先开发。在当时状况来看，荷川在城外，属于次等地段，没有地理优势，可征地的难度还不小。

面对种种不利因素，姚民和不是这样看的，他说："事在人为，不利因素也可转化为有利因素。"

从县城发展趋势来看，不久的将来，县城必将逐步向西南方向延伸拓展，可从建筑风格、居住环境方面去创优；扩大楼房之间空隙地，增大绿化带，优化环境，优惠地价（每平方米低 10%—15%），让利于民……

果真，没过多久，县城开始向西延伸，向西区开发，荷川的地产受到了广大住户的青睐，百多栋房基，很快销售一空，这就是姚民和仁慈恻隐的开发理念，反过来，又大大壮大了"航佳"的产业，为发展"航佳"打下了根基。

"荣业所基，藉甚无竟"，"航佳"有了这样的根基，发展更是无止境。姚民和立马把目光锁定龙川景区，开发旅游业。

人们都知道，龙川面对龙须山，背靠凤冠山，南有天马山，北有登源河，是一个风光旖旎、人杰地灵的古老而年轻的"宝地"。这里在明代就素有"进士村"（全村 16 名进士）、"尚书巷"（有两名尚书）誉称。村中有

"国保"①——木雕独树一帜的龙川胡氏宗祠；有嘉靖帝恩准，为户部尚书胡富、兵部尚书胡宗宪而建的别具一格的"尚书坊"。由此可见，龙川的徽文化底蕴极其深厚，景色极其优美。可惜，在 10 年前，这里的丰富人文景观和自然资源还没有得到很好开发，就在这样的背景之下，姚民和从远处着眼，从眼前着手，一举从县政府那里拿到了龙川景区 50 年的经营权，重新组建了龙川旅游开发公司，投资、开发、经营龙川景区。

要开发龙川景区，这可是一篇大文章。

如何破题？从哪儿下笔？姚民和深知：搞旅游业，不同于一般产品，而是无形的精神产品，关键是品位吸引人，内涵启迪人，让人从中得到精神的享受，文明的造化，领略风采，陶冶情操，吸纳知识，丰富生活。他告诉笔者，要开发这样一个极品景区，万万不可零敲碎打，杂乱无章，非常重要的一点，就是要有一个总体规划设计，眼光要远，起点要高，步子要快，设计一步到位，分步实施（或称"一步三要"）。

讲到这里，他给笔者讲了一个例子：比如龙川胡氏宗祠，建于宋、修于明，距今已 400 多年。当时的修建者确定的起点就很高，投入也很大，意在流芳百世，可让人万万没想到的是，400 多年后的今天，宗祠竟成了"国保"，是人们观赏的精神产品，看来，这就是远与近的辩证关系。今日我们开发龙川景区必须要有这个远见。

---

① 国家文物保护单位。

可以见得，姚民和对开发龙川景区不仅很自信，而且很有思想和见解。

龙川景区的开发，就依照"一步三要"的思路，先聘请了清华大学教授、专家设计图纸，立项报批。正因龙川地灵人杰，资源丰富，规划科学，具有古徽特色，立马得到国家有关部门的高度重视和支持，并引进了数千万元资金，投资开发。

十年后的今天，龙川景区发生了巨变，人文和自然景观得到很大开发，景区环境优美，建设优化，经国家有关部门验证颁发证书，已达 AAAAA 级绿色旅游景区标准，引起国内外游客的极大兴致，年接待游客百万人次（其中接待俄、美、英、法、德、日、新、韩等 20 多个国家和地区游客万人次），年旅游毛收入超千万元。

而今，龙川景区的声名显赫，影响巨大。姚民和的产业大为发展，经济效益大有提升。姚民和已成了靠勤劳和智慧率先富起来的人物。

回报

富起来之后，该想什么？做什么？怎么做？

姚民和首先想的是，致富不忘党恩，不忘社会，不忘员工，更不忘贫苦人……

他常说："现代社会，一个人的活动都不是孤立的，个人的财富从社会中获取，也是社会财富的一部分，要及时回报社会。如果没有改革开放的富民政策，没有国家政策扶持，没有稳定的社会环境，仅凭个人的能耐是不可能有所作为的。"

此话说得多好啊！好就好在体现了一个民营企业家的广阔胸怀、崇高的思想境界。

2001年9月初，各高校陆续开学了。姚民和听说临溪镇巧街村吴小辉同学以优异成绩考取青岛化工学院，一家人高兴之余却在为高额学费犯愁，吴小辉和他父母亲眼巴巴地望着《录取通知书》流下了伤心泪水。他便找到吴小辉询问详情：小辉母亲常年有病，父亲老实本分挣钱无门，兄长因失学在家一蹶不振，上还有八旬老祖母，全年一家的现金收入也不到两千元，一下子要拿出六七千元的学费没有可能。姚民和当即表示，读大学的学费大头由他资助，并鼓励他安心读书，希望学业有成，报效祖国。不仅解了小辉全家的燃眉之急，而且还答应小辉一直资助到大学毕业。小辉母亲感动不已地说："我家与民和不亲不邻，是他的为人厚德，改变了我家孩子的命运，他的恩德我一家人永世不忘。"

是的，姚民和的厚德，体现在他时时不忘读不起书的孩子们身上。

一天，姚民和来到边远贫困山村荆州乡扶贫帮困，得知荆州初中毕业生汪崇钰、胡鹏程两个孩子，以高分考上县中学高中班，其父母因交不起学杂费、生活费不再让孩子上学了。姚民和心里想：要改变山区贫困面貌没有文化不行，扶贫要扶智，不能让深山孩子辍学。他特地登门家访，向这两位学生父母表态，愿为其孩子承担高中期间全部学杂费、生活费，并承诺以后如能考上大学将资助到大学毕业。得到姚民和资助的这两位学子高兴万分，愉快地重返校园，继续升学就读。

这样无偿地投放值得吗？有人问姚民和。

姚民和毫不含糊地说："培养人才是最值得的。人活着，就应不断付出，我不要他们回报，只要他们学业有成，为国家多做贡献，我就满足了。"从那开始，他特制订了一个计划：专门设立一项助学金，10—15年内，在全县资助40—50名特困优秀高中生，直至他们大学毕业。

实行的结果，远远超出他原订计划，直至2012年止，实际资助特困优秀高中生、大学生，以及春蕾班女孩500余人，累计支付助学金410多万元。而今，除部分在校生之外，这批学子大都已成才，他们在各个不同行业、不同岗位上都做出了显著业绩，有的在自主创新中做出新的贡献，这对姚民和来讲也是极大的宽慰。

其实，姚民和回报社会的善举，早就有了。20世纪80年代初，他家乡临溪镇党委、政府设想创办一座敬老院，让孤寡老人能在敬老院安度晚年。设想固然好，资金哪里来？镇领导想到了姚民和。姚民和一听，非常乐意为政府、为老人做点有益的事情。当时他创业刚起步，经济条件也并不宽裕，但他却把经商的一点积蓄拿出来，加上借款，筹措了16万元，建起了全县第一座敬老院，镇政府让他当院长，把全镇16位孤寡老人接进敬老院，承担他们的衣、食、住、行、医等全部费用，让这些老人安享晚年。逢年过节，姚民和和镇领导亲自带着礼物和补品到敬老院慰问，如同侍奉父母一样待他们，20多年来，姚民和为敬老院花费资金40多万元，经他手安然地送走了十多位老人。这一义举，受到当地百姓、党政机关和省民政厅的高度赞扬。

在皖南城乡，提起姚民和，凡了解他的人都会不约而同地竖起大拇指夸他，尤其是对他乐善好施的善举谁都能讲出几件来：

他，办企业，不仅安排上百名贫困户子女进厂，还先后安排了下岗员工40多人，为他们重新找到了出路；

他，办企业，不忘员工，每隔两年，让员工同步提高收入水平；

他，为抢救一名因高空作业摔伤而生命垂危的穷苦人的生命，无偿资助3万元；

他，主动拿出3万元，资助母校改造饮用水工程；

他，一下拿出15万元，捐助汶川大地震；

他，拿出百万余元，资助社会多处造桥修路；

他，先后拿出10多万元，援助社会团体、部门的办公经费；

他，先后为芜屯公路上过往车辆、行人解决遇困、遇难事故20多起，上千、上万的无偿救助不知多少……

他，在30多年前向一乡亲借钱60元，30多年后的今日，这位乡亲因建房困难来向他借点钱，他一出手就给其6万元，并说，不用还了。有人不解地问他，他说："在那个年代，能借钱给我这个穷光蛋难能可贵，这个情我永远记在心中，今天我有条件了，应加倍来回报这个情，心中感到宽慰……"

不久前，笔者来到航佳集团公司，从公司财务处看到一份清单，多年来，姚民和的公司，累计回报社会的资金近千万元，令我震撼、感慨。从这些数目中，令人看到一个民营企业家的高尚品德。

更令人可喜的是，姚民和的两个孩子也受到他的高尚品德的熏陶，从小学、中学到大学，时常做好事，在学校里、在同学中，常常拿出自己的压岁钱，来帮助贫困学生，买书本、买文具；哪个贫困同学父母病了，主动资助医药费；哪个同学住院，都去医院慰问。汶川大地震发生后，正在大学读书的女儿带头捐款 5000 元。而且从不张扬，虚心对人，均受到学校、同学们和社会上人们的好评，不怪人们都说，姚民和把儿女的名字合成企业的名称，也许其含义就在其中。

进京

"德建名立""福缘善庆"。这两句古训是对姚民和的高尚品德的最好印证。

姚民和发达致富，不忘回报社会，社会更不会忘记他。福缘是对乐善好施者的回报。

2008 年 2 月，春寒料峭，大地初醒。安徽省十届二次人民代表大会正在合肥召开，会上，姚民和以高票当选十一届全国人大代表；五年后，姚民和再次当选十二届全国人大代表。这是党给予他的崇高荣誉，是人民对他的高度信任，也是社会给他的回报。

2008 年 3 月 4 日，大地回春，日丽风和，姚民和怀着无比激动的心情，肩负着人民的嘱托，来到京城，第一次步入宏伟而庄严的人民大会堂，在热烈的掌声中目睹中共中央总书记、国家主席胡锦涛等党和国家领导人步入大会主席台就座的动人情景。

这一刻，他无比激动，心潮澎湃。

这一刻，他无比感激，感激党和人民。

这一刻，他肩负责任无比重大，无比崇高。

这一刻，他深感只有报答，只有奉献！

抚今追昔，感慨万千。他这一次进京，与往常不同，是以全国人大代表身份进入人民大会堂，与党和国家领导人一道，参政议政，讨论国是，显得特别有意义，更是他那风采人生最精彩的一幕。

至今，姚民和已六次进京，参加十一届全国人民代表大会和十二届全国人大一次会议，感受到自己的压力，又是动力，更肩负着自己的重任。

关心国家大事，他感受到自己的责任重大。

看到祖国的伟大，他感受到自己的一点业绩只是沧海一粟。

期盼祖国的未来，他感受到自己肩负的历史使命无限荣光。

在大会讨论组：与中央领导人一起讨论国家大事，发表自己的见解，谋划国家的未来……使他感受到人民民主的气氛越来越浓。

　　每次开完会返乡后，姚民和都认真地把大会精神在当地广泛地宣传贯彻落实，把中央领导的关怀化为发展壮大企业的巨大精神力量，对照自身，寻找差距，居安思危，不断推进，继续谱写他那风采人生的新篇章。

2016 年 8 月

龙川游记

在古老徽州大地上，传说有一个神秘而显赫的村落。它隐没在龙须山、凤冠山、天马山怀抱，依偎在登源河畔，古代被誉为"进士村"，出了两名尚书，这就是当今遐迩闻名的龙川村。

"百闻不如一见。"一天，我借秋高气爽、风和日丽的好天气，从皖南绩溪县城出发，行驶 12 公里便来到龙川村，环绕四周，目光锁定，果真是一块钟灵毓秀的风水宝地。难怪古人早有诗赞："东耸龙峰，西峙凤冠；南则天马奔腾而上，北则长溪蜿蜒而来。"真可谓龙凤相对，天马奔腾，依山傍水，地势浩然。

据村里的老人告诉我，龙川的来历，就是依照这风水地势而得名。东耸龙峰，系指村前一座逶迤起伏的龙须山，宛如一条威武壮观的卧龙俯瞰全村；村中有一条细水长流的小溪（又称川）穿村而过，龙、川相望，人丁兴旺，这就是龙川的由来。后人认为小溪（也称坑）出口流入"北有长溪蜿蜒而来"的登源河，意味龙游出坑口，即可畅游四海，显示龙威，故改称坑口。这个传说至今仍在百姓中流传，但人们总习惯叫龙川。

龙，人们把它看成是吉祥的象征，美好的向往，心灵的造化，理想的追求。

河，水也，"山水之气以水而运"，水，是龙的神灵，生命之源，村庄之灵性，山水天然，自然造化，活力无比……

这钟灵风水地，深深地吸引了我。那天，有村民老胡做向导，我兴致勃勃地攀登了海拔近千米的龙须山。跨过登源河，穿越"一天门"，似乎进了"迷宫"，天门两旁有石凳，供行人休息，再向前走，便是峰回路转，山重水复疑无路，殊不知漫步不远，却出现柳暗花明，便登上了"二天门"。放眼前空，哇！龙须山果然与众不同，山体几乎清一色的花岗岩，层层叠叠，突兀巍峨；时而高入云天，时而下若深潭；条条山湾，波澜起伏，青山绿水，四季分明。令人奇怪的是，龙须山，尽管经历千百年的风吹雨打，但岩层石缝里长出的奇松灌丛却巍然挺拔，郁郁葱葱。登山之日，正值雨后秋色，时而雾海云天，时而气象万千。眺望山崖，那沉甸甸的弥猴桃挂满枝头，星星点点的紫薇花点缀山涧，犹如一座百花园，美极了。老胡似乎看透我的心思，便说，"每逢春季杜鹃漫山，兰花飘香，更令你流连忘返"。我一边观赏，一边沿着石阶步上，到了"三天门"，实际上是三块巨石架起的门洞。为何叫天门？老胡解释道：此地上若云天，下若深坑，要上龙须山，是必经之道，天门也就由此而来。走过"三天门"，穿过一线天，忽然出现一块大平地，平地后是一块削壁千仞的悬崖，悬崖历经千年风雨洗刷而自然形成的各种"图像"，宛如一组东方壁画，美不胜收。平地四周有石椅、石桌、石凳、石马，有古柏葱茏，桂花飘香，可谓是人间仙境。老胡告诉我，古时这里是座"龙峰禅院"，院中有位名僧在此教书作画，胡宗宪少年时代就在此院苦心攻读诗文。讲到这里，老胡把话峰一转说，胡宗宪后来终成了大将军、抗倭英雄、兵部尚书，应该说，少不了这龙须山赋予他的灵气吧！听了老胡所说的故事，更激发了我攀登龙须山的兴致。再往上爬，所见的不少奇松怪石和龙须草，犹如一片绿地毯，毛茸茸，软实实。再跨过山涧小溪，溪水潺潺，清澈见底，老胡说："你别看这条条小溪，大旱不断流，大雨像瀑布，平时供饮用水，盛夏好避暑，作用可多啦。"正听得入神之时，我们不知不觉登上了龙峰顶，峰顶有龙池荡漾，四季不竭；有白沙尖、龙台岩、天然飞瀑，犹如径入"饥拾松花渴饮泉，偶从山后到山前；阳坡软草厚如织，困如鹿麈相伴眠"的意境之中。果真是"大峰小峰如削铁，绝顶摩空更奇绝；道人何处架飞云，直上峰头看龙穴"。在峰顶，俯瞰那座错落有致的龙川村，好比一艘大轮船（龙川）正沿着登源河缓缓出航。我沿着逶迤起伏的龙峰走了一个多小时，也未见龙尾，我不禁赞叹道：这不是一条威武壮观的"卧龙"在支撑着龙川在"大海"上航行吗？

游览了龙须山，余兴未减，次日，我们又登上了西岸的凤冠山，此山又称凤凰山，它坐落在龙川村后，与龙须山遥遥相望，高度略低。此山也真怪，山势犹如凤凰落地，前身高高竖起，如凤头，后部散开，如凤尾，漫山遍野的灌木丛像羽毛，唯独凤头上长着一棵千年古松，树干粗壮，枝条挺拔，不论风吹雨打，或雪压枝头，它总是岿然不动，犹如凤冠屹立山头，巍峨壮观。据村里人说，龙川村后有凤冠山，这意味着美好的向往；村前面对龙须山，象征着飞黄腾达；村中有小溪流水，标志着流水不腐。真不愧为"凤凰不落无宝之地"也。

要说宝地，远眺南侧的天马山，那又是一处神奇的山景。山脉的右侧高高崛起，好比仰首的马头，山头下方竖起两座山脊，犹如两条马前腿，山腰下陷，山尾圆圆突起，远看好比"天马奔腾"。这意味着龙川人丁兴旺，千年不衰。不怪先人对天马山这块风水宝地非常看好。据传说，胡宗宪尚书的灵柩身带"宝物"，就安葬在天马山。为掩人耳目，其墓穴有18棺，以免遭人盗墓。可惜，天马山还是没有逃脱"文革"的洗劫，被人捣得乱七八糟，企图盗走"宝物"。也许是苍天有眼，盗墓人连半根稻草也未捞到，天马山仍巍然挺立在龙川村的南端。

游罢名川，穿过小溪走过龙川村，条条石板道、幢幢民居，粉墙黛瓦、马头墙的徽文化气息扑鼻而来。沿着水街，漫步村中，一座气势恢宏、古朴典雅的"国保"——龙川胡氏宗祠映入眼帘。据记载,宗祠始建于宋,大修于明嘉绪年间,浮雕、镂空雕和线刻雕的徽派木刻花雕艺术可谓独树一帜,高大门楼的雕刻是以历史戏文和"九狮滚球遍地锦""九龙戏珠满天星"为主题的龙狮图案;中进(乃是祭典大堂),全是"出淤泥而不染"和"河蟹嬉戏"的荷花图,及山光水色"百鹿图"的艺术雕刻;后进,又是一个艺术仙境,尽是各种各样的"花瓶"雕刻。当你观赏这一幅幅、一件件艺术作品之时,自然而然会发出"天工人可代,人工天不如"的感叹。村里老人告诉我,宗祠木雕之所以选用"荷花""河蟹""花瓶""百鹿"图案,意在教育后人清白做人,志在四方,象征着和谐相处的美好生活,祝福世代子民健康长寿。真乃寓意深长!

更有意思的是,传说龙川是个船形,全村人清一色胡姓,故从外村请来一位丁姓住此护村,丁姓好比铁锚,有了铁锚,轮船(龙川)在大海上航行,就能平稳靠港停航。奇怪的是,丁姓至今已16代,代代单传,是何缘故,一直是个谜。还有一个谜,宗祠大修之后距今已400多年,竟然没有一个蜘蛛,有人说是跟宗祠的优质木料有关,有的说是蝙蝠吃了蜘蛛,也有的说是风水圣地之缘故。还有,每逢登源河水暴涨时,溢过龙川小溪水位,但从未发生大河水倒灌小河的现象,是何缘故,又是一个谜。这三个谜,虽然不得其解,但却给后人留下了难忘的"悬念"。

流连忘返地走出宗祠,便来到明代的尚书府,品味了胡宗宪的生平，看到了引进的高科技设备，把胡宗宪抗倭的丰功伟绩展示得栩栩如生，活灵活现。再拐过进士巷，便来到尚书的祖居，院套院，房连房，庭院楼阁池水映，书香飘逸人自醉，真乃绝妙无比。随后，沿着龙川小溪上行，便见到屹立在石桥头的一座镶嵌文徵明手书的"奕世尚书坊"，气势雄伟，光彩夺目。据史载这是明嘉靖帝为褒奖理财有功的户部尚书胡富和抗倭英雄兵部尚书胡宗宪而立，仿木结构、石雕建筑，三间四柱五楼，气韵非凡，艺术别致，龙川的子民们常以此为自豪，游客看罢个个肃然起敬！

更引人自豪的是，沿着龙川小溪走过木桥、穿过弄巷，见到的是著名徽商胡沇源的古居，其结构独特、典雅简朴，院内水池清澈，雕刻别致。导游小姐告诉我：龙川胡氏，从古至今，人才辈出，天下驰名。在明代，就出了16位进士，两名尚书，成了闻名遐迩的"进士村"，当今就更不用说了……

在龙川，厚重的人文、浓浓的徽文化到处可见。文化是一个国家、一个民族的灵魂，更是一个村庄的灵魂和文明的标志，它深深熔铸在民族的生命力、创造力和凝聚力之中，对促进一个民族、一个村庄的社会进步、经济发展将起到至关重要的作用，折射出的人文元素和睿智更是无穷的。这是龙川深厚内涵之处。

此时此刻，使我想起了明代地理学家陆海鹏游龙川的诗赞："从来未见石金峰（指龙须山），今见飞腾疑真龙。江南名族数百千，此是江南第一家。"陆海鹏当年游览龙川的感受不正是今人的感慨吗？时隔数百年后，这首古诗正是对今日龙川的预言。我想，大凡到过龙川的人，可能都有这样的感慨：龙川，充满乡情野趣，全无雕琢痕迹；这里空气清新甜美，全无浮尘雾霭；这里天空蔚蓝如拭，全无碳酸污染；这里充盈着质朴的、自然的美，她宛如一幅神奇而美丽的历史画卷，一个婀娜多姿的少女，正显示出她那无穷的魅力和吸引力。

是的，近十年来，龙川景区，接待了来自内地、港澳台地区和美、俄、法、德、日、加等世界游客千万人计。《人民日报》、《光明日报》和中央电视台、《南方周末》以及港澳台新闻媒体等，均以不同角度大幅度地报道了龙川，今日龙川已成为世人和媒体关注的热点，它将迎来更多的客人。

载《人民日报》"大地"副刊 2004 年 6 月 3 日

（出版时部分情节有补充）

踏访 "来苏桥"

在著名徽文化之乡——皖南绩溪县城北麓，有一座千古遗留的"来苏桥"。此桥看上去，似乎古老、沧桑、斑驳，但当今已成了连接新老城区的交通要道，尤其是蕴藏着"二苏"的故事一直在当地百姓中流传。

前不久，我们几位"老记"应邀来到绩溪采风，一下车，县委的同志就把我们带到"来苏桥"畔领略风光。恰巧，邂逅来到绩溪寻根问祖的两位胡姓美籍华裔老作家，也正在此探访"来苏桥"。那么，"来苏桥"究竟有何来历？

县委的同志说，要说来历，应从宋代大文学家苏辙在斯任县令说起。

宋元丰末年（1085年），年近五十的苏辙因受其兄苏轼"乌台诗案"株连谪任绩溪县令。据县志记载：苏辙初到绩溪，视事三日出城南，谒胡、周二祠，游梓橦山，访农家，察民情，挥毫写下《梓橦庙》"行年五十治丘民，初学催科愧庙神。无限青山不容隐，却看黄卷自怜贫。雨余岭上云披絮，石浅溪头水蹙鳞。指点县城如手大，门前五柳正摇春"的诗文，倾吐心迹，谋划邑治，发出"笑杀华阳穷县令①，床头酒尽只嚬眉"之感慨，体验着"老令旧谙田事乐，春耕正及雨晴天……归告仇梅省文字，麦苗含穗欲蚕眠"的田园生活，推行治山水、抓民生、保平安的仁政纲领和施计安民的举措，深得人心。

我们在绩溪街头溜达时，凡提起苏辙大人，当地百姓都念念不忘。在此，我们访问了一位年逾八旬的章老师，他告诉我们：苏辙到任不久，朝廷下旨："江东诸郡市广西战马。"江东不是塞北，没有草原，绩溪更是"岩邑"，何来战马？加上"诸县括民马，吏缘为奸"，造成"有马之家为之骚然"。苏辙便对县尉说："广西取马使臣未到，可以慢慢拖延，不得扰民。"不久，州府催督，苏辙一面借口夏税过期，一面对乡保说："广西未来人取马、买马之事不用管了。"苏辙对不合县情而扰民的事明拖暗顶，避免了百姓因"括民"奸吏互相勾结而被欺诈，保护了子民的利益。一次，正值秋收时节，苏辙在体察中发现一些百姓情绪低落，唉声叹气，这是为何？原来是羊岭山下的徽溪河每逢梅雨季节，山洪暴发，泛滥成灾，淹没农田，粮物歉收。苏辙得知之后，立即发

---

① 华阳是县治。

动民众，在潭石头以下 200 米处的刘家门前一带兴修水利，筑堤防患，从此，结束了洪灾淹田的历史，后人为纪念他，将此堤称为"苏公堤"。

苏辙谪绩溪县令，其兄苏轼牵挂心头，自海南归来，坐马车、翻犟岭，千里迢迢，来到绩溪看望其弟，辙领官兵迎接于徽溪河畔潭石头渡口。兄弟相逢，感慨万端，动人情景，泪流如注。子民们为纪念"二苏"，特在斯建造了一座拱形桥，花岗岩结构，五孔四墩，长 50 米，高阔各 4 米，气势磅礴。"来苏桥"由此而得名。经千年风雨洗礼，它是历史见证者。

"苏辙爱民如子的官德，与他的文学素养是分不开的。"县委的同志把话锋一转说，据史料记载，嘉祐二年，苏辙与苏轼兄同科殿试进士，苏辙应试的策论，是一篇尖锐批评宋仁宗为君之失的政论文，竟被那"以直言召人"胸襟宽广的仁宗帝钦点录取其兄弟二人为同科进士。从中可看出，苏辙是个不唯上、只唯实的绳墨耿介的好官。两位美籍华裔老作家竖起大拇指连连称赞。

苏辙任绩溪县令，虽仅有八个来月，但他体恤百姓疾苦，着力改革弊端，发展生产，深得绩溪人民的爱戴和拥护，在百姓中一直传颂着"苏公谪为令，与民相从，社民甚乐之"，苏辙的仁政官德和他留给绩溪子民的 30 多篇诗文是一笔宝贵的精神财富，滋润着这块人杰地灵的沃土。县委的同志还带领我们参观了名人档案馆，据馆员介绍，历任县官到绩溪赴任，大都要来档案馆，翻阅县志，学习苏辙为政仁德、集纳名人的智慧，从中汲取营养……

今日的绩溪，已非昔日可比，是科技发展先进县，又是国家历史文化名城，京福高铁穿城而过，离黄山机场仅 57 公里，交通方便，充满活力。但无论怎么变化，被载入史册的苏辙知县勤政爱民的政绩观、灿烂华章却永远铭刻在绩溪人民心中，成为激励后嗣的精神元素。

载《人民政协报》2014 年 7 月 25 日

天堑变通途

——重访徽杭古道

清峰高高，路之迢迢；

不历艰辛，杭沪难到。

这是当地百姓对徽杭古道的真实写照。

去年盛夏的一天，骄阳似火，应朋友之邀，我重访了被今人誉为"天堑变通途"的徽杭古道。进入深山野岭，偶感凉意，暑气渐消，虽然艰辛，仍兴致勃勃。

徽杭古道，源于唐代，已逾千年，全程百里。位于仅次于黄山的清凉峰脚下，经皖浙两省，绩、歙、昌、临四县市（今昌临合并），越江南第一关、黄茅培、上下雪堂、逍遥谷、岭脚、浙川、银龙坞、马哨、颊口等诸多村庄。古道始于老徽州绩溪县伏岭镇祝山村，终至杭州、上海，是古人开辟的一条便捷徽商之道。在交通闭塞年代，山里人外出经商（或读书），都从这里走出大山，身背行囊，自带干粮，徒登百里，日逾两晨，抵达杭州城。在交通便捷的今日，人们也许难以想象，这条弯弯曲曲、颠簸起伏的山道，居然成了贯通山外的纽带。古道的辉煌历史地位无法替代，永远值得皖浙人民追怀，不时地激发人们游览古道的兴致。

一天早起，从县城出发，驱车到祝山村，出村刚起步，一座巨大"磨盘石"横空出世，意味登道即始；再仰望前方，无限风光在险峰，心里一个咯噔。攀登徽杭古道，必登"江南第一关"险要关隘。我们拾级聚足，徒步以上，步步高，脚脚重，真有"一道飞峙天际边，跃上关隘四百旋"之感。约个把小时，到了关隘口。伫立雄关，回首俯瞰，嚯！石阶恰似镶嵌在峭壁上的天梯，宛若云端筑高路。远眺北侧山崖，峭壁千仞，怪石嶙峋，奇松巍巍。再望南端，百丈深渊，溪水奔腾，忽而跌落石下，玉碎纷飞；忽而汇成一潭，碧波荡漾，美不可言，险不可测。据记载，这条"天梯"，早在宋宝祐年间，由在京城临安为官的绩溪大石门人胡旦捐资凿石铺设而成，才有这条1400多级石阶陡道。真乃功德无量，永载千秋。

放眼望去，关隘以巨石垒成石门，石门横楣上镌有"江南第一关"五个大字，东侧镂刻着"徽杭锁钥"的字样。尽管久经风雨洗刷，其书法和隘名仍旧赫然遒劲，气势不凡，令人肃然起敬。传说，太平军将领李世贤，奉天王洪秀全"解救天京"之命，率部经绩溪攻取浙江昌化，以威慑守杭之敌，将领路经此地，领略这险要地势，视为军事要塞，即率士兵以坚石筑隘，建起关口，号称"江南第一关"。又传，是明嘉靖年间，抗倭英雄胡宗宪巡按浙江经此地，察似皖浙锁钥，江南险隘，遂以此命名。谁为准，无从查考。这都不重要，重要的是"一夫当关，万夫莫开"的雄关，屹立千载，护送路人，功不可没。千百年来，这条崎岖古道雄关，也不知留下过往徽商多少足迹，承载着多少苦水、汗水，为其注入多少人的力量和智慧？睹物思人，触景生情，徽商"贾而好儒"、守信耐劳的品格似乎浮现在我们眼前。

再转过身来，隘口东侧，是一座依山而建的拱石路亭，亭内有石凳、石椅，供路人遮风避雨，歇脚憩息。路亭正面石壁上，镌有"履险如夷"的摩崖大字，听说早年有村民在此亭开设茶铺，以此周围集体山场作其收入，免费供茶，行善好施，救危扶助，使雄关有惊无险。而今茶铺不复在，但其美意留人间。

"雄关漫道真如铁，而今迈步从头越。"过了"江南第一关"，我们继续攀登，一路上，凉风习习，溪水潺潺，松涛滚滚，百鸟争鸣，多惬意呀！仰望逍遥谷，那"飞流直下三千尺，疑是银河落九天"的飞瀑，正烘托着幽谷在烟雾缭绕中时隐时现，宛若仙境。目睹古道两旁，山水相连，古木参天，绿荫蔽日。还有那拇指峰、仙人岩、悬崖松、凤凰松等诸多景致不时映入眼帘，美不胜收。走过柳暗花明的蓝天坳，跨上马头岭下的独木桥，想起一段有意思的传说：明代，徽州人、兵部尚书胡宗宪，少年进京赶考到此，突然倾盆暴雨冲毁独木桥，当他心急如焚之际，护道的土地爷知道了，特命蛇神护他过河。这也许是天意的造化吧。后来胡宗宪考取进士，授益都令，他勤政爱民，屡决悬案，深得百姓拥戴。

一路走来，故事多多，行人不少，不时地路遇一批批游客，一对对情侣；还有摄影师、画家、作家、歌手、记者。想不到，有人认出我并向我打招呼："老记，又重访古道啦？"（敝人曾从事新闻记者工作）我微笑回应，大家都很客气，互相问候。不难看出，游者对古道情有独钟，他们不时发出感叹声、赞美声、歌唱声，默默体验着古道的人文韵味和山趣。

品尝野味，也是古道的一大山趣，午时，我们在古道"江南第一村"木屋度假区歇脚、用膳。姑娘们热情接待，厨师们技艺高超，让我们饱尝了一顿新鲜野味、野菜的珍馐美食。饭后继续行进，经过逍遥谷、岭脚，走到皖浙交界的浙川附近一个小村，天已黄昏，夜宿此村。次日继续前行（现今浙江段已开通乡村公路）。宿夜当晚，在村里，听老人讲了一个故事令人感动：当年，胡雪岩去杭州经商当学徒，走到这里，天黑雨淋，不知所措，无奈蜷缩在屋檐下过夜。被一位姓程的村民发现，问明缘由，当即把他安顿家中食宿。胡雪岩十分感激，但又身无分文，他凌晨即起，盛满了水缸，打扫了家院，便留下字条："感谢主人相助之恩，来日一定报答！"若干年后，胡雪岩逐渐发迹了，他第一个想到当年"一宿之恩"的程家，专程来到此村，酬谢程家，以报恩情。

又过了几年，程老夫妇暮年体衰，所生一子难以维持家庭生计，胡雪岩得悉后，把程老的儿子接到杭州他的店铺里学生意，并接济其家用，让程老夫妇安度晚年。

时过境迁，物是人非。但胡雪岩报"一宿之恩"的故事仍在广为传诵。在古道上像这样的善举还有许多，诸如"留宿路人""一药救命""一饭相助"等故事令人忆念。

更值得忆念的是，古道曾留下了享誉世界的学者胡适先生的足迹。当年，不足12岁的胡适离乡随兄去上海求学，就踏着这条古道，背着行囊，款步攀登，经杭抵沪的。

古道是徽商的象征，历史的记载者。古道不仅仅是徽商之道，也是厚德之道，传播徽文化之道，更是一条光辉大道。

据记载：1934年11月，红十军团第十九师（红军北上抗日先遣队）由师长寻淮洲、政委聂洪钧率领挥师北上，到达浙皖边陲徽杭古道的浙川、岭脚两村安营扎寨、休整队伍，然后，经古道的上下雪堂、黄茅培、"江南第一关"，直至绩溪祝山村，宿营扬溪镇，然后继续北上。红军北上抗日先遣队走一路，宣传一路，宣传中国共产党的抗日救国主张，宣传打倒土豪劣绅、解救劳苦大众的路线和方针政策。红军在绩溪虽然时间短暂，却在人民群众中产生了积极影响。当地百姓称赞徽杭古道为播种革命的红色大道！

古道新貌，今朝更辉煌。今日的"徽杭古道（绩溪段）"已享有"国保"单位、全国十大徒步旅游景点等桂冠。近年来，国家体育总局会同绩溪县政府有关部门和徽杭古道旅游开发集团公司，在徽杭古道多次成功举办了全国性的体育活动。不仅推进了全民体育运动的开展，而且让运动员亲身感受千年古道不衰的真谛。去年6月，国家体育总局派员指导，由安徽、浙江、上海、江苏四省市体育局共同在徽杭古道主办第三届长三角运动休闲体验季绩溪站活动，一大批新闻媒体齐涌古道采风。昔日的天堑山道，今日变成辉煌通途，已成为人们旅游观光、摄影写生、野营露宿、越野赛跑、体育活动的优美胜地。

载《徽州社会科学》2017 年 2 月

出神入化

天下之美，唯山水为最。山水之美，古今共谈。

大山浩水，青峦绿带，花草鸟兽，古往今来都为骚人墨客达意、言志、绘画、诗歌、摄影等艺术创作的不竭源泉和寄情物。

一哲人说过："一幅好的摄影作品是'情动于中'的产物，无情为'记录'，有情是'艺术'。"在党的九十华诞之际，绩溪县老干部局主办、洪长利先生等摄影的《映山红》影人摄影展的幅幅作品，无不饱含山水之情、田园之情、生活之情。其艺术竟达到出神入化的境界。

有"情"方可激发艺术灵感，艺术来自生活积累，环境造化，文化素养积淀，岁月更迭。

洪长利① 先生是离休干部，摄影不是他的专业，只

———————

① 洪长利先生为中国摄影家协会会员。

是他的爱好。他爱国爱故乡，从北大荒回到故乡绩溪。他阅历丰富，大有执着精神。如果他没有进军大西南、抗美援朝的军旅生涯，没有北大荒火红年代的淬砺，没有热爱艺术、热爱家乡的激情，是绝对拍不出这样"江流天地外，山色有无中"精妙作品来的。在洪老敏锐的眼里，山水花草、飞鸟走兽、天际云彩都是灵动的音符，哪怕是一缕阳光，一抹云霞，一只飞鸟，一座山峰，一座城池，都会触发他的灵感，点燃他的激情，从荒芜中捕捉生机，从平淡中发现神奇。如展现在人们眼前的《小儿郎》《相思》《羞》等作品，选题新颖、构思巧妙、角度精良，就那么几秒钟，竟把动静交汇的那一刻摄入镜头，表现得活灵活现，被中国摄影家协会征集，分别获《大众摄影》摄影大赛铜奖、三等奖等殊荣。洪老的学生程风雨，汲取老师的艺术风格，拍摄的《休息》《热身》《准备》《跳水》四幅作品，表现得惟妙惟肖，不可多得。

　　山水风光摄影最难得的是山与水、静与动、光与影、虚与实交汇那一瞬间，捕捉这一刻，对一个摄影者的眼力、脚力、精力、心力是一个严峻考验。洪老近耄耋之年，为拍摄新近的"绩溪县城全貌"，他竟然风雨无阻、冷热不顾、饱饿不知，一头钻进去，十上梓橦山巅，终于拍成那两幅不同角度、似画胜似画的妙作，被天津一名家评说为"一流之上的艺术佳作"；南京一名画家欣赏之后说其"简直是一幅精彩的油画，艺术境界竟如此之高"，它深深吸引了不少文人墨客的眼球，其作品荣获"全国纪念抗美援朝60周年摄影大赛"金奖，被送进中南海。

一位名家曾说："艺术境界来自思想境界。"洪老是个性情之人，之所以能拍出高超的艺术作品，这与他崇高的思想境界是分不开的。为追求艺术，他不怕苦和累、不计较个人得失；为捕捉奇妙镜头，他不惜工夫；为宣传绩溪风情和人物，他不知付出了多少精力和财力；为培养摄影人才，他不保守，手把手传授；为办好这一次摄影展，向党的九十华诞献礼，他投放资金不乏，这一切，他把它当作回报社会、回报党、回报家乡的一份礼物。

"黄河落天走东海，万里写入胸怀间"，境界是胸怀、是德行、是精神。朋友们，今日，透过这一幅幅精彩作品，你一定会窥见洪老的心胸大度、年轻心态，为他一生追求崇高艺术境界这种精神而喝彩、致敬！

2011 年 6 月 29 日

养兰是 "养心"

"吾爱幽兰异众芳，不将颜色媚春阳；西风寒露深林下，任是无人也自香。"这是对文人墨客爱兰、惜兰、赏兰的心理描写。

也许我生长在古老徽州山村的缘故，从小就喜爱兰花，常常上山寻兰、采兰，把她采集回家栽在小园里，天天养护，日日观赏，春日花开，清香扑鼻，雅趣盎然。

可惜，自从我走上社会之后，工作繁忙冷落了她。一晃几十年过去了，如今，我已退休回乡，在含饴弄孙、看书写作之余，引发了少年的雅趣，重新养起兰花草来。亲朋好友来了，看看兰草、闻闻花香，心旷神怡。由此，使我想起著名学者胡适先生那首脍炙人口的"我从山中来，带着兰花草。种在小园中，希望花开早。……"的名诗《希望》。可以想象，胡适先生一生钟爱兰花草。

兰，是花中"四君子"之一，她是人格襟抱的象征，也是咏物审美境界的隐喻，是正人君子，幽雅空灵，众人喜爱。

爱兰，重在养兰，知兰的习性是养兰的关键。兰草的习性，基本上是不耐寒，喜阴凉，怕潮湿，爱酸土。可归纳为"四不"：春不出、夏不晒、秋不干、冬不寒。适时浇灌淘米水、淡施豆饼肥、严防病虫害，促使兰花草茁壮成长。如果掌握其习性，养好了，到了冬暮春初，花苞就会如雨后春笋般层出不穷。若见到此景，你一定会喜出望外。

如果违背了她的习性，就会出问题。有一年，我外出两个多月，在这段时间里，因家人不懂养兰的习性，庭院兰草不是水过多，就是暴晒，致使兰花萎缩泛黄，到了秋冬，花苞没一个。回家目睹此状，我心疼极了，竭力抢救，小心照料，像精心照顾孩子那样，耐心调养了两个多月后，才使满园兰花草逐渐恢复生机。虽然忙碌些，可心情愉悦，抢救了"兰"的生命，挽回了"兰"的元气。

历经多年的栽养，我初步摸到了养兰的规律，掌握了养兰的技法。现今，家院里有本土的春兰、蕙兰上十盆，兼有异地的建兰、寒兰、墨兰等多品种，可以说，兰草满园，绿色满院。生活在这绿色环境之中，天天能呼吸到"负氧离子"的新鲜空气，享受着春风夏雨般的滋润，心里不知有多舒坦，使人感受到真有点"采菊东篱下，悠然见南山"的荒情野趣。

家院的兰草园，使我常常能体验到栽兰、养兰、赏兰的田园生活。每天早起，第一件事就是观兰草、赏绿色。人们说，绿色是生命，绿色是希望。不错，"希望"贯穿在整个养兰过程之中。平日，视兰草不同长势，采用不同养法，松土、拔草、喷水、施肥、防虫除害；每逢阳春，移兰出房，沐浴春光；到了夏秋，及时搬迁，防晒避日，适时浇水；进入冬暮，移入暖房，避严寒，防潮湿。就这样日复一日、月复一月的养护，我们朝夕相处，已成了"兰友"。每到秋末冬初，花苞一个个冒了出来，到了阳春时节，盆盆兰花草，含笑枝头，人见人爱，令人赏心悦目。

古人说，"世上惜兰草，人间重友情"，是的，人们把兰花草誉为"幽谷佳人"、幽客、兰友……传说，古时，一员外家小姐出城游春，邂逅一位进京赶考的英俊少年"兰公子"，他们默默相视，一见钟情。辞别回府，小姐竟朝思暮想"兰公子"，相思成疾，急坏员外老两口子。一天，春光明媚，风和日丽，员外使唤丫鬟陪小姐去郊游散心，路上猝然一阵清香扑面而来，小姐顿露喜色，顺沿寻找，原来是兰花的清香，丫鬟便把兰花草采集回府栽入花园中，小姐天天去赏兰花，不知怎么啦，小姐的病逐渐好了起来……这典故隐喻兰草的灵性，更富有"兰为王者香，不与众草伍"的品性，能使人产生许多遐想、感悟。伟大的爱国诗人屈原，用"秋兰兮青青，芷兰幽而有芳"，寄托心中理想的品格。朱德总司令的前妻叫伍若兰，在井冈山斗争中从容就义。1965年，朱老总重上井冈山，他对若兰的思念情怀油然而生，走时特采了一棵兰花草带回北京，以表达对前妻的深切怀念。

养兰，实际上是养自己，养心，养一种心情，养一种情调。每当我看书写作疲惫之时，就放下手中之笔，漫步庭院，弄一弄兰草，闻一闻兰香，赏一赏绿色，顿觉一股轻松愉快的心情涌上心头，那种疲惫的倦意荡然无存，不知不觉地进入了惬意自在的生活和空灵豁达的意境之中。

"幽兰既丛茂，荆棘仍不除。素心自芳洁，怡然与之俱"，这种愉悦的心境，这种清香的感觉和享受，对没有养过兰花的人来说是体味不到的。我想，年轻人也好，中老年人也好，如果在家院和阳台上，能栽养一两盆兰花草，下班回家，弄一弄，看一看，观绿叶，闻花香，不谓是一种调节和享受，况且还可清心解闷。尤其是，对那些心情不宁、思想浮躁的人来说，或许是调节心情、解闷思想的"益友"。

难怪艺术家们评说："竹有节而啬华，梅有花而啬叶，松有叶而啬香，唯兰独并有之"，这是兰花草的特质，博得人们的喜爱。

载《黄山日报》副刊 2010 年 8 月

燕子归来

　　燕子归来了，古徽大地，黄山景色，春意浓浓，万物复苏。

　　我家就住在著名风景区黄山脚下的县城里，每逢阳春时节，有对家燕重返故里，来到门庭下归巢安居。它们日捕害虫，夜伴春眠，繁衍后代……总给人们带来喜气和春的气息。因出于好奇，我有时立足门庭下，仰望高高的燕巢，窥视燕子的动态。燕子特灵敏，立马探出头来，瞧瞧我，歪歪脖："喂，唧唧！"以示回应。燕子挺喜欢站在门庭外那悬空的电线上，见家人一出门，便对你点点头，摇摇尾，也许是说："主人，您好！"

　　燕子归来春风暖，人间怜燕情意浓。相聚久了，一家人与燕子结下了深厚情谊，时常帮家燕打扫卫生，清洗落地粪便，打扫巢周蜘蛛网，让燕子生活有个干净、安乐的好环境。殊不知，我那年幼的孙子和外孙竟很调皮，时有手持小竹竿去吓唬燕子，燕子探出头来，他们去捣，燕子站在电线上，他们去撵，弄得燕子担惊受怕。发现后被我制止了，但事后我问他们："你们知道吗，燕子是何种鸟类？"他俩因小学里学过，便齐声回答："是益鸟！""知道是益鸟，你们为何还要捉弄它们？""好玩！""你们好玩，燕子却害怕呀！害怕的地方，燕子会来吗？"两个孩子知错了，谁也不吭声。接着我又问："你们可知道燕子为何来我家筑巢安居？""我们家环境好，干净、安全。""对呀！要说环境，还有一点要记住，只有和善人家、礼貌人家，燕子才会来的。你们俩要做哪种人呀？""我们要做一个和善的人、礼貌的人，去爱护燕子。""这就对了么！"经过和风细雨的对话，孙子和外孙懂得了为何爱护燕子的道理。从此之后，他们与燕子结成了好朋友。

一次，大燕子引领着一对新生的小燕子学试飞，不慎，其中一只小燕子失落在地上，奄奄一息。孙子发现后，小心翼翼地用他那双小手捧起小燕子交给大人，忙给小燕子喂水、喂食，使小燕子慢慢地缓了过来。不一会儿，大燕子把小燕子领回了巢，又伸出头来，"唧唧！唧唧！"叫了两声，好像是"谢谢！谢谢！"的意思吧。

有人说，燕子来到你家，意味着吉祥如意，会带来好的家运，这也许是人们喜爱燕子的主要原因吧！我更喜爱燕子善良、文雅、有灵性的品质和"美貌"，正如有人说，燕子是"美女"。不假，它衣冠楚楚、文质彬彬，长着瓜子脸、樱桃嘴、水晶眼、乌亮羽毛、轻盈体态，讨人喜欢。

"绿树阴浓夏日长，楼台倒影入池塘。"盛夏和初秋的晨曦或黄昏，我习惯独坐阳台或池塘边，仰望天空，眼观飞禽，那燕子的英姿是最美丽的，它时而扶摇直上，时而俯冲而至，时而仰飞直前，时而侧飞而过，时而冲至你身前，时而离你远去……尤其在那骄阳之下顶日飞翔的英姿，在风雨之中乘风破浪的美妙，在月色之下如仙女下凡光彩夺目。观赏燕子那千姿百态、稀奇百怪的飞翔，真乃是"燕子飞来，问春何在，唯有池塘自碧"的享受和美感。

要说美，家燕的灵性是最美的。传说，有一对青年男女，有一子。但为了生计，男主人每天都得外出干农活，女主人是一家店铺的店员，无奈只好把五岁的孩童用绳子拴在椅子上锁在家中。一天，一对燕子飞至其店铺门窗上，面对女主人"喂，唧唧唧！喂，唧唧唧！"叫个不停，而且越叫越急促。开始女主人没在意，当她猛悟过来时，居然发现正是她家屋梁上那对家燕。怎么飞到这里来？莫非家中出了什么事？女主人拔腿就走，急冲冲回到家中一看，她惊呆了，原来是孩童把拴绳弄断了，到处乱跑，掉进了庭院水池里，呼吸急促。女主人痛哭流涕，急忙送孩子去医院抢救，幸亏早到一步，孩子总算化险为夷。一家人对家燕"报信救儿"的美德无限感激，特拿来白米饭慰劳，家燕无言，面对主人，只是点点头，又摇摇头，其意思是，感谢主人，燕子只吃害虫，不吃米饭。

　　这个故事告诉人们，燕子只为人间做好事，从不图回报，它的崇高境界和优良品行令人敬佩。这是燕子人格化的可贵之处。

　　"燕子不归春事晚，一汀烟雨杏花寒"，燕子春来秋去，春来不见"春分"，秋去不遇"秋分"，很能体悟到气候的变迁和升降。时隔半年，一去一返，它们经历千山万水、漂洋过海的闯荡，又面对千差万别民居的交错，从没失去自己的"记忆"，认错过门户。

　　每逢仲秋，在"秋风萧瑟天气凉，草木摇落露为霜"时节未到来之前，燕子又要恋恋不舍地离别"房东"，去大南方越冬。同样，人们亦是情依依、意绵绵地送别燕子远行。一去一返，一返一去，人们与燕子就在这种聚离环境中生活下去……

　　　　　　载《安徽日报》"黄山"副刊 2016 年 3 月 25 日

　　　　　　　　　　　　　　　　　（发表时略有删节）

庭院石榴树

天高气爽，春华秋实。正值我家院子里那棵石榴树果子成熟的时节！你瞧，硕果满枝头，个个碰眼球，美极了。

是呀！每逢石榴成熟的时候，免不了勾起我对许多往事的回忆：听岳母说，我家祖居原处城中地带，新中国成立初期被公家征用，从此就到处租房居住，三五年搬一次家。俗话说"上屋搬下屋，搬掉三担谷"，可见无自住房的苦。到了 20 世纪 70 年代初，好不容易在城东花了 2000 多块钱建造了一座平房，还有 30 多平方米的庭院，一家人高兴万分。我舅父特地从农村选来一株仅米把高的石榴树苗，说是："石榴树长大了，既可遮阴乘凉，又可赏花观景，是吉祥物，听说不少伟人、名人的家院都栽有石榴树。"他还说："别看小石榴树苗不起眼，那是村里人外出经商早年从西安引进的种苗栽培的，果大、皮薄、粒甜。"我和岳母精心地把它栽在家院里。一年又一年，培土、浇水、施肥、灭虫、除病，像呵护孩子般地培育它。三五年过后，石榴树竟长高 3 米多，枝繁叶茂，开始挂果，一品尝，果真味很美。

后来，看到有关报道，才知道这株石榴树还是名贵品种。据传说，历史上西安的石榴颇有声名，两千多年前，张骞出使西域带回石榴粒栽植于骊宫，才使"榴花遍近郊"，石榴也便有了汉风唐韵的辉煌与大气。如今，西安已成为全国最大石榴产地，一年一度的石榴节让中外游人品味出醇厚的石榴文化。想不到，院子里这棵石榴树还与西安石榴城结了缘，多为庭院添了彩。尤其适逢每年农历五月，那红灼似火的榴花令我陶醉，犹如进入了"五月榴花照眼明"的意境，忽然我想起几行破诗，便随手记下：

> 五月晨昏赏榴花，朵朵蓓蕾满枝丫；
> 当午榴花红似火，香气飘逸醉人家；
> 晚间榴花似红灯，满院喜气毫不差；
> 狂风暴雨观榴花，雨打枝弯乱渣渣；
> 阳光普照看榴花，树影风姿弄婆娑。

不怪西安人将石榴花选为市花，可见他们对石榴花是多么钟爱。有人说石榴花像姑娘的裙裾，"石榴裙"大概就是引申了这一含义吧。可见石榴花是一大景观，不过更实惠的还在后头。当你尝到清香甜脆的果子，一定让你更加流露出喜悦的神情。好在 10 年前改造房子避碍，才将它留住。今年，石榴树已 30 岁，树干粗壮，枝丫挺拔，硕果累累。人们说，满树果来满院乐，颗颗果子享眼福。观其形，橙红色，水晶榴，亮晶晶，多可爱。难怪还常常引来一群群各类各色的鸟儿聚集石榴树，叽叽喳喳枝头闹，偷吃果子可巧妙。儿女俩说要把鸟儿赶走，岳母说："鸟是人类的朋友，大自然的物种，飞来家院是喜气，啄吃石榴不碍事，石榴多着呢！"

不假，数其量，丰年结果子有 300 多颗，歉年也有百把颗，丰满的果子一颗八两重，常把枝丫压得垂头。更有趣的是，有的挂满果子的枝丫为显示其魅力，破墙而出，悬立空中，过往行人抬头仰望，赞不绝口。有人意享口福，我家人随手摘一两颗相送，以满足其小小心愿。说到送人的事，每年到了这个时节，家里人早起时，先得瞧瞧、望望石榴果子，发现哪颗石榴笑开了口，忙把它摘下来，自己舍不得吃，用来招待客人，甚至各人分送各自的友人、同事以及左邻右舍。我几次出差北京都得带上几颗特大石榴赠送友人。友人都说："自栽的石榴好，美味似同西安石榴，难得，难得。"看来舅父所言已得到了印证。而我岳母对石榴尤为酷爱，她看到哪颗石榴笑开了，就自己攀枝采摘，收藏起来，哪家孩子来了，送颗石榴，哪位老年朋友没来，她就拿几颗送上门……

可惜，四年前岳父岳母走了，再也不来摘石榴了。岳母一生艰苦朴素，勤劳善良，平时很关爱我。家院的石榴树之所以有丰硕的果实，与她精心培育是分不开的。每每想起她我都很伤感，尤其到了石榴收获时节，更激起我对她的深深怀念。说来也怪，岳母去世那天是 5 月 7 日，正值榴花盛开时节，谁知没过几天，榴花却脱落寥寥无几；次年岳父去世那天是 8 月 12 日，正值石榴挂满枝头，想不到，这一年果子脱落无数……这是为什么？有人说，这是石榴树的灵性。真的，一家人与这棵高高的石榴树结下了深厚的情谊。

但它也有惹人烦恼的时候，每当秋风起，它身上的树叶落个不停，断断续续两三个月才落光，你就得天天打扫不断。此时，我想起胡适先生的一句名言："要怎么收获，先那么栽。"石榴树那么纯朴、无私、奉献，难道就不该为它付出一点吗？

可爱的石榴树，我们一定像呵护孩子般地永远呵护你，让你根深叶茂，风姿招展，成为时代前进的见证者！

载《黄山日报》副刊 2004 年 12 月 3 日

乐在山趣

常听朋友谈起爬山的乐趣，当你屹立山顶，放眼远空，观山、观水、观城、观景……真乃乐在其趣，喜在文润。

爬山，实际上也是一种文化，只要你留心，那文化的味道充满山野。那山，正是吾家门前那座梓橦山，海拔千米，不高也不低，老少咸宜。

如果用"四面环山一座城，一城绿色三河水"来描写绩溪的话，那么梓橦山是绩溪的象征，颇有盛名。宋代大文学家苏辙，因受其兄苏轼"乌台诗案"株连谪任绩溪县令，视事三日出城南，游览梓橦山，勘察梓橦庙，挥毫题诗一首：

梓橦庙

行年五十治丘民，初学催科愧庙神。

无限青山不容隐，却看黄卷自怜贫。

雨余岭上云披絮，石浅溪头水蹩鳞。

指点县城如手大，门前五柳正摇春。

　　传说，梓橦庙斜坡的山坳还有一景，清代，在此建造了一座三层木质徽派"昆仑十二楼"，常有 12 位文人雅士聚集在斯，谈古论今，作诗赋词，千古流传。

　　可惜，昔日梓橦庙、昆仑十二楼已不复存在，但这历史文化却是绩溪人永久的美好记忆。今日梓橦山历经政府有关部门的精心设计、不断建设，林木葱郁，石阶通顶，亭阁点缀，路灯星罗，已成了人们锻炼身体、游山玩水的胜地。

　　退休后，有点空闲，我就去爬爬梓橦山。右山上，左山下，上山脚踏石阶步步高，累了，在一旁石凳小憩。但爬山有个诀窍，低头攀登，可以减累；下山，眼观脚尖稳步下，确保安全，上下山也不过一两个小时。极有意思的是一路上人流不尽：有七八十岁老翁，有中年男女，也有年轻女子带领小孩一起爬山；有旅外回乡的乡亲们都要去爬爬梓橦山，寻找孩儿时的童趣；有不少外地来到绩溪工作的同志，也要去体验一下梓橦的山趣。尤其是每逢节假日爬山的人更是络绎不绝了；还有一对对情侣手牵着手，嘻嘻哈哈，边玩耍边爬山……也许因我曾当过新闻记者、任过县委办公室主任的缘故，许多人认识我。"老主任也来爬山啦！""'老记'怎么有雅兴来爬山？"有人不时地同我打招呼，我亦不断向他们问好，相互问候，相互交谈，有时聊聊社会新闻、议论议论国家大事，也谈谈家庭琐事，还有一些爱好文学和写作的年轻人或大学生，时不时向我讨教写作、求书雅赏。我说，讨教不敢，求书欢迎，我们是山友，彼此该相互学习，我该学习你们年轻人的新理念、新思维。他们觉得我这个人乐观、大度、健谈，都很愿意与我聊天。几多寒暄、几声问候、几番谈论，觉得非常亲切、温暖、难得，顿感我的心态也年轻了许多，真是乐在人趣。

享山趣，也是爬山一大乐事。爬山是投身到大自然中的运动。春天来了，春意浓浓、绿色丛丛，自然风光无限美。梓橦山的自然风光更使人们赏心悦目，游人受到大自然的熏陶，定然心旷神怡，轻松愉快。大自然也是鸟兽的乐园，在山间，常常看到画眉、白头翁、猫头鹰等鸟儿在你头上盘旋，不时地传来动听的鸟语声；见到生龙活虎的松鼠在树林里活蹦乱跳；还不时有一两只小白兔在行人面前穿梭而过，它们时而向人点点头，时而做做“鬼脸”、耍把戏给人看，似乎与人成了朋友。山上时不时地传来鸟声、笑声、歌声、风声，声声入耳，日日情愫。使人体味着、感悟着那郁郁葱葱的山林，那无忧无虑的小动物给予人们的恩赐和欢乐，使我想起杜甫“江山如有诗，花柳更无私”的诗情画意；当你登上山峰，更有“会当凌绝顶，一览众山小”的感慨，神思飞扬的感受。俯瞰山下，县城全景，层层叠叠，高楼耸立，交通网络，四通八达，东南西北，人气兴旺；杨之河畔、翚溪溪水，城南交汇，如绩如练；每当夜幕降临时，灯光四射，星光满城，宛如一幅妖娆的画卷，光彩夺目，恰好反衬了梓橦山巍峨壮观的雄姿。

再换一个角度，远眺梓橦山又是另一番景象：景色千古在，四季景不同。你瞧：春天，鸟语花香，令人陶醉；夏季，凉风习习，人头攒动；秋色，枫叶满山，十分耀眼；冬景，雪霁霜天，浮想联翩。从文学家视角来看，梓橦写不尽，变幻数万千。从摄影家视角来看，黎明、雨后、雪霁、夕阳等不同时间都会拍出精彩的画面，让人确有"浅深山色高低树，雾锁庙神半有无"的感受，这就是山水如画、飘飘欲仙的玄妙之处，你会觉得爬山给人们带来无穷无尽的闲适、享受，对那些整天蛰居斗室之内的人们来说，是绝对体验不到的。尤其是春天走进大自然，对人体更有益。春天地球的振动约为每秒 8 赫兹，与人体大脑 α 波节律一致，最让人感觉舒适，令你玄机妙理，其乐无穷。不过也需要提醒患有心脏病、高血压的老年人，不宜爬山。

有人说，爬山的乐趣，乐在心里。不假，一旦爬上山，你的心境、你的心情豁然开朗、舒展，什么烦恼、郁闷都没了。爬山是全身运动，既可增强体质，又可舒展胸怀，还可享受山林中的新鲜空气，领略大自然的风采，感受到山林里那清新、滋润的气息、鸟语花香的美意。不怪如今城郊的山，都得到城市人的钟爱，合肥的大蜀山，南京的钟山，无锡的锡山，广州的白云山、五羊山，都已成了城市人早上晨练、平时游览的"宝地"。因工作关系，这些城市我曾到过，那里的山也爬过，虽然各有品味，但当时那悠闲自得的感受至今仍回味无穷。在山上我问一位朋友，爬山有何感想？他对我说："爬山起码有三大益处：一是让你呼吸到山林的饱含'负氧离子'的新鲜空气，让人延年益寿；二是先爬山，后晨练，练了脚劲，又活了四肢；三是青山清静，静心养性，心情舒畅。"朋友总结爬山的三益，正体现了"耳无俗声，眼无俗物，胸无俗事"的心境（郑板桥）。人们一旦融入大自然的怀抱，就有所得益，几天不爬山，就会觉得若有所失。说真的，无私无欲的大自然，无污无染的绿水青山，犹如净化心灵的春风夏雨，滋润着人们的心田，这就是爬山、观山、赏山得来的心趣，乐在其中，这大概是爬山的深深体验吧。

2013 年 3 月 31 日

情之所归

"感人心者，莫先乎情"，"爱人者，人恒爱之；敬人者，人恒敬之"。重温古训，还看今朝，句句真理。

盛夏的一天，猝然接到县司法局国权友的电话，说："原市中级法院查院长的女儿查燕萍（现任市司法局党组成员，原纪检组组长）说你是他父亲的老朋友，要来拜访你。"我一听，简直难以想象，查院长已故多年，这份友情竟然还留在其女儿心里，真乃物质有价情无价！

2018 年 7 月 28 日晚，果真，在灯火辉煌的聚和园207 号客厅里，我初次见到故友查贵庭院长夫人与其女儿查燕萍，令我喜出望外，难以忘怀。

查夫人，个子不高，善良热情，满脸喜色；其女燕萍，中等身材，优雅洒脱，满面春风。她们母女俩紧紧握着我的手，情不自禁地相互问候，道谢！刹那，燕萍转身过去打开手机，找出我历年寄给其父亲的贺年片，展示出我的亲笔贺词，仿佛查院长的身影浮现在我的眼前，令我心潮起伏，无限思念。我转过身，发觉查夫人正在我背后为我整理衬衫的后领子。我向来穿着整齐讲究，却不知怎么今日的领子却不整。此刻，好比一股酷暑凉风浸润我的心田，感受到嫂子般的关爱，侄女般的深情。也许，人们不会在意这瞬间的两个小小细节，却是"情之所归"的自然流露，亲切可贵。

或许，有人会问，情从何来？那是 1989 年，正当绩溪刚从老徽州划属宣城地区第二年，查贵庭时任宣城地区中级人民法院民事庭庭长。我刚刚从徽州报社调回家乡，任县委办主任。为了一起民事案件，我与查庭长有过一段接触。从他的办案中，觉察查庭长为人正直正义，办案公平公正，处世精诚友善，是个好法官。殊不知，查庭长对我的印象也不错，认为我胸怀宽广、为人正派热情，夸我"有才，文笔好"。就这样，我们在相互欣赏中成了好友。事后，有一次，为绩溪一起民事案件，一方涉及政府官员，有阻力，查庭长请求我出面协调。我义不容辞，登门疏导，做通了工作，使案件顺利判决，他也很高兴。

后来，因工作出色，查庭长被提升为中级人民法院副院长，我们的友情不但没变，反而更加深厚，他每到绩溪办案，工作之余，都要约我见面、叙谈、吃饭……说实话，我与查院长之间从来没有什么欲念，都是出自内心的情感，是纯朴无华的。像春水一般的清澈，如春风化雨般的滋润，点点滴滴润心田。

查院长退休后，回到芜湖市定居，若干年后，我也退休了，见面机会虽少了，但电话经常往来。他看到我在《人民日报》发表的文章，都要打电话来赞扬一番。我也多次邀请他重游绩溪，他也满口答应，一定找机会来。谁知，此话却成了永诀之言。半年后，才惊悉查院长不幸去世的信息，顿时，我泪如泉涌，为痛失益友心情无比凝重，未能追怀祭奠而久久不安。但斯人已逝，英魂永存。

今日，令我高兴的是，我与查院长的隆情厚谊居然在其女儿、女婿吴益平（在市公安局任职，曾任旌德县公安局局长）身上得以延续，这不正是查院长家的优良家风的传承吗？令人看到燕萍夫妇是重情重义的贤良之人。查院长您如能地下有知，一定会感到欣慰的。还有值得欣慰和点赞的是，燕萍夫妇俩很有恻隐之心，竟在绩溪资助了两名贫困学生上学，这对工薪阶层来讲是不易的，如果没有至高的思想境界和爱民情怀是难以做到的。我真为查院长有这样的优秀女儿、女婿而感佩。

古人曰："故人入我梦，明我长相忆。"今日，草成此文，算是对燕萍的父亲、我的故友查院长的深切怀念。

2018 年 7 月 31 日

难得的机缘

云归注雨迟，波绿生春早；
山水有清音，春秋花开好。

东单询友

今年，早春的一天，我正在一家小吃店吃早点，邂逅业余画家、县政协教科文卫委原主任高广茂先生，他过来对我说："程主任，你的影响大呀！去年，我进京参展书画作品，在东单遇上几个绩溪人，我们正在用绩溪方言交谈时，忽然，从侧面来了一位中年女士，开口便问道：'你们是绩溪人，绩溪有位程怀銮，你们知道吗？'"

"程怀銮是我们绩溪县委办公室老主任，怎么不知道？"

"我是人民日报的，我们是好朋友。他还好吗？"

"好呀，电瓶车骑得很快。"

"当时，我一惊，程主任竟然在北京街头还有高层文友……可惜，忘了问她的名字。"

听罢这则故事，忽然让我想起被鲁迅称为"中国最为杰出的抒情诗人"的冯至在《南方的夜》中的一句诗，"这时我胸中忽觉有一朵花儿隐藏 / 它要在这静夜里火一样地开放"，当时就是这样的感觉，令我记忆犹新。

不怪，俗话说得好，"时光易逝，情难逝"。后来，我回想了一下，在京城，人民日报、新华社等中央新闻单位，我确有几位女编辑、女记者朋友，因为曾是同行，是文友，也许是我的为人为文在她们心中留下了美好印象吧。很感谢这位朋友还记得我，这是一份不可多得的情啊！

真可谓"难相见，易相别，又是玉楼花似雪"，不过"相知无远近，万里尚为邻"。从山城到京城，相隔万水千山，但友情的穿透力是无限的，无法阻挡、间隔。

一语在心

不多日前，应邀到朋友家吃饭，候客时，来了一位中年章女士，约一米六高，着短裙，眉清目秀，优雅大方。朋友马上介绍给我，那女士细声慢语地说："我早认识了。"

我随即问她怎么认识我的。

她说："当年我在物资局华安公司周晓秋属下工作时，你曾来公司为我们讲课，其中有句话至今还记得。"

"哪句话？"

"你说，语言是门艺术，很讲究，如何表达自己，一句话说得人家笑，一句话说得人家跳。"

就这么一句话，竟然被她记在心底30年。

确实，"我们必须学会用形象说话，学会用这些新的语言表达我们书中的思想"。这是法国思想家萨特说的，多么精辟，值得我们学习。

由此，我联想到去年初夏，在五龙岭周道占友家中遇见一位六十开外的男士，他一眼就认出我。

"你叫程……程怀銮，对吗？"

我一愣，"你怎么知道我呢？你叫什么名字？"

"我叫胡恕贵，当年（1979年）你来到我们高村公社的工作组，我在霞间村当生产队长，你在公社'三干会'上的讲话，讲的是'农民的学问'这个话题，给我留下深刻印象，所以就把你的名字记住了。"

30多年过去了，人事有代谢，往来成古今。当年这位生产队长现今是一家私企老板，可30年前的话，他还记在心里，难得。

真的，我也很感谢这两位朋友，这是多么难得的一颗"心"，是有心人，对我也是一种鼓励。

可见，语言修养很重要，我很讲究和注重这一点，主要是通俗、直白、巧妙和质感。其实，大道至简，大义微言。直白是一种口语化的语言，它接地气，原生态，又质朴。我拜读过巴金、冰心等大作家的作品，其语言很通俗、口语化。它通俗不庸俗，口语化而不肤浅，常常带着泥土芬芳，含着温馨的露珠，似春水般的清澈……可惜，有人觉得写文章说话越高深莫测，越显示自己有学问、水平高。其实，恰恰相反。

2018 年 7 月 31 日

生命大如天

——再谈做人

世间万物，生命是第一宝贵的。然而，生命又是短暂的，甚至瞬间即逝。所以人们说，珍惜生命、爱护生命、延缓生命比什么都重要。"生命大如天"，就是这个道理。

回顾我从徽州报社恳求调回乡，任县委办公室主任期间，有缘为 5 位人士的病危救助和决策起到关键性作用的幸事，是我人生最有意义、最精彩的一页，也是我最大的欣慰和幸福。

一、争分夺秒

1996 年夏，县委常委、组织部部长肖俊峰刚提升县委副书记。还没到任，就病倒了，是胆管结石引发的并发症，住院医治一个多星期，不但没有好转，反而出现新变化，导致胰腺炎症，病情非常严重，县医院告知，必须立即转外地大医院治疗，否则将会有生命危险。肖本人很紧张，已联络妥当，决定转至上海肝胆专科医院医治。

此刻，我赶到了县医院住院部，目睹了肖的脸色极度蜡黄，病情非常危险。我毫不含糊地说：眼下最关键的是要抢时间，上海条件虽优越，但路途远，又颠簸，起码要六七个小时，对病情极为不利，去芜湖弋矶山医院，可缩短时间，请医院马上与弋矶山医院联系。此时，我又把医师出身的县委副书记葛少勤请来，她看了肖的病情后说："怀銮主任的决策是对的，关键是争取时间。"我当机立断，指派办公室副主任郑秉吉和秘书汤江淮携带 5 万元现金，即刻出发，转院去芜湖，由县医院派医生跟车护送。所有这些事均在半小时之内处理完毕，争分夺秒，一环扣一环，环环跟紧。

不到四个小时，肖被安全送达芜湖弋矶山医院。主管名医诊断说："幸亏你们及时转来，如果再延缓一两个小时，我院就不敢接收了。"主刀医师当机立断，马上动了一场大手术，六七个小时的手术成功，病人及时得到救治。

你瞧，时间何等宝贵，说明时间就是生命。经过 30 多天的精心治疗，肖俊峰治愈出院。

几年后，肖已调离绩溪，任市民政局局长。一次，我去宣城，肖热情接待，并请来了沈筱华等绩溪人士作陪。席间，肖十分动情地说："我差一点把命丢在绩溪，非常感谢你们的关照啦！"一语道破，意在饭中。

二、果敢决断

1995 年约 5 月的一天上午，县公路局支部书记葛竹君和她女儿唐景慧怀着万分焦急的心情，"闯进"我办公室劈头就说："怀銮主任，请你一定帮帮忙。"

帮什么忙呀？弄得我摸不着头脑。

"老唐很危险，要立即转院去南京，急需 5 万元，一下子，到哪里去筹集？"竹君边说边流泪。

原来是这样，县委宣传部的科长、我的同事唐世润同志因胃肠病动手术，引发了并发症，随时都有生命危险，县医院告知，要马上转院到南京全国唯一的部队医院，但首交医疗费要 5 万元。

我问：你们怎么不找县政府分管县长以求解决？

她母女俩说："我们已经找了，但罗副县长要我们来找你。"

我感到此事非同小可，是人命关天的大事，一刻也不能耽误。我一想，涉及钱的问题非找县长不可。我拿起电话打到县政府找吴旭军县长。政府办秘书告知，吴县长正开政府常务会，我立刻赶至县政府。旭军县长问："怀銮主任，这么火急有什么要事？"我说，人命关天，唐世润同志病重要转院至南京，急需 5 万元现金，请县长特批。

旭军县长很不错，立马打电话给财政局局长，局长回答："当下整个财政局只能筹到 3 万元现金。"我知道，这里有诈，不管怎样，3 万元就 3 万元，拿到手再讲。

没想到，3 万元刚到手，葛竹君又匆匆跑来说："南京回电话要 11 万元才行。"

到哪里去再弄 8 万元呢？此刻，县委常委、组织部部长肖俊峰、罗晓锦副县长正为老唐的事来到办公室找我。我脑子一转说，请二位就在我办公室打电话向公安局交警大队和林业局各借 3 万元。林业局局长外出没借到，在公安局交警大队借到了 3 万元。我又在有线电视站借了 5000 元，加起来才 6.5 万元，还有差额怎么办？我想，竹君是公路站的，吴旭军县长原是地区交通局下来的，我又打电话找到旭军县长，请他出面打电话找地区交通局借 5 万元。随后，我又叫葛竹君马上去找吴县长衔接落实，果然，如愿以偿。

经过半天时间的努力，果敢、神速地筹集到 10 多万元。当天傍晚，唐世润安全转院到南京，使危在旦夕的生命有了曙光。经过近两个月的治疗，唐世润康复出院。

遗憾的是，2011 年初冬，唐世润先生走了。我登门凭吊，葛竹君含泪对我说："怀銮主任，是你的恩德，使我家老唐多活了十多年……真的，非常感谢你啦！"

三、神速求医

1987 年 5 月的一天，县医院传来一个坏消息：县委党校校长汪明塔小女儿汪银燕出事了。在绩中读书的汪银燕，到操场玩耍时，后面的同学追赶、嬉戏，摔倒后不幸被自行车左刹手把戳进了脑门，昏迷不醒，伤势严重。

汪明塔曾是新华社记者，"文革"中期调回绩溪，在县政工组宣传小组工作，与我是同事、好友。汪原任县委办公室主任，刚去党校当校长，他这个人文质彬彬，从来不出差。偏偏一出差，家里就出事。我闻讯立即赶到县医院，看到银燕这个小姑娘的伤势，惨不忍睹，伤情相当严重，医生们束手无策。我果敢决定：请医院马上与芜湖弋矶山医院联系，请脑外科名医来会诊治疗。为了确保时间，我把县委唯一的一辆小轿车派去接弋矶山医院的医师。

车子派出后，我离开住院部回到家已是子夜。但这夜我翻来覆去难以入眠，总是放心不下汪银燕的伤情。次日一早，我就赶到县医院。好极啦！弋矶山医院脑外科李医师刚进病房。诊断后，李医师打开紧锁的双眉说："幸亏你们及时，如迟几个小时，怕就难治了。"不幸中的大幸，尽管留下一些后遗症，但一条年轻的生命终于得到了拯救。如今，她早已成家生子，生活安宁。

无独有偶。1992年，县委党校章龙良老师遭受一场车祸，撞坏了脑子，不知人事，大喊大叫，伤势非常严重。我赶到县医院住院部病房，章龙良根本不认得我，据医师讲，因怕震动，又不能转院。我当时感到情况很不妙，与医师和党校的同志一商量，当即决定：请芜湖弋矶山医院脑外科李医师来会诊。车辆怎么办？县委的小车外出，党校没有车辆，医院的救护车"有病"锁在车库里。我立马拉着公安局曹福涛副局长一道，一家一家去求援借车，几经周折，跑了十多家单位，终于在华阳镇借到了车子，但没有汽油（当时车和油都很紧张），又几经周折，才得以解决。出发时已深夜12点。为防备孙家埠一带治安问题，由华阳派出所安排一名民警，全副武装随车去芜湖，以防万一。

次日一早弋矶山医院脑外科李医师及时请到。一诊断，李医师说："幸亏早半天，不然要错过最佳医疗时机。"经过李医师精心治疗，章龙良很快痊愈出院，大脑恢复了健康，后来调任县委宣传部副部长等职。事后，章龙良每每见到我都特别客气，一再说我是救命恩人。党校的同志也夸我是遇事果敢、干事认真的大好人。我知道，我是县委机关负责人，拯救生命是大事，也是我的职责。反过来，这对我自己也是一种极大的宽慰。不幸的是，后来，龙良同志得了不治之症，如今已走了三四年了，走得太早，太遗憾。

四、一措回天

1996年5月的一天，我办公室副主任郑秉吉在家里打来电话，急促而沉重地告诉我，"程主任，我母亲病危了……"放下电话，我急忙赶到秉吉家中，只见其母亲已移至郑家巷老屋，蚊帐已被推倒，只是还有一口气在维持，这意味着等待办后事。一家人都认为无回天之力了，姐姐妹妹七八个在默默流泪。

此时此刻，我说，我知道，你们当中有两位是医师，但对亲人下药都有顾忌，你们为何不请县医院的医师来看看。如果这一步不走，你们的大哥秉秀会责怪的。在场的都一致赞同我的意见。我随即打电话给县医院第一副院长吴成俊，要吴马上带氧气瓶和脑血管科医生赶到郑家巷郑秉吉家中救人。20分钟左右，吴副院长他们赶到了，一诊断，是缺血引发窒息，马上输氧输血，半个多小时后，其母渐渐恢复了心智，再过一会儿，奇迹出现了，果然活过来了，一家人高兴万分，这一活，居然多活了10年。今日，其老母虽然走了几年了，但秉吉一家人还老记着这"一措回天"的恩情……

从秉吉之母的"一措回天"的事实中给人的启示是，凡事要记住"当局者迷，旁观者清"的道理，尤其是医生，救死扶伤不少，但面对自己的亲人，就容易犯糊涂，所以一定要另请医生。对于我而言，也许是"旁观者清"，或者说，叫"无巧不成书"吧。

2013 年 7 月 2 日

小鸟始飞（二首）

（一）为孙子晨晨进入适之中学读书而作

二〇一七年六月二十八日

小鸟，初始飞翔。

飞至西滨，进入适中；

这意味什么？根基告竣，高楼拔地起；

筑楼适时，三载关键期；

小小一大步，关系人生路。

小鸟，初始飞翔。

飞上蓝天，俯瞰学府；

潜心来求学，辛勤耕耘，终必有收获；

品优学佳，时代造人才；

学历是门槛，才干须淬炼。

小鸟，初始飞翔。

飞至宇宙，眼观全球；

风云收眼底，梦在心田，奋斗永不止；

志存高远，攀登不畏险；

青春在招手，成功属于你。

爷爷：程怀銮

（二）为外孙童童赴合肥寿春中学读书而作

二〇一八年六月二十八日

小鸟，初始飞翔。

飞出徽溪，飞到省垣；

省垣非邑城，人流如潮；

都市繁华，书香扑鼻；

看，大城非小城，竞争气氛浓。

小鸟，初始飞翔。

飞上蓝天，跨越大海；

天高任鸟飞，海阔鱼跃；

品学兼优，成才有望；

盼，学历融能力，文凭化水平。

小鸟，初始飞翔。

飞出九州，冲向世界；

敢上天揽月，下洋捉鳌；

追求梦想，飞翔不歇；

听，奋斗出歌声，成就拥抱你！

外公：程怀鋆

退仕赋

弹指一挥间，已跨新纪元，

年少步政坛，匆匆解归田。

从政廿六载，新闻十八年。

坎坷意志坚，冲破雾中天。

追求为理想，默默勤笔耕。

而立崭露角，省报发文言。

为民呈进谏，总理下批件。

赴会中南海，中办登内文。

央报发言论，编著苦也甜。

文品显人格，为官多清廉。

助人为乐事，容人肚行船。

官场本短暂，文坛时无边。

乐观多旷达，书笔伴暮年。

2001 年 5 月 18 日拟

2013 年 6 月改就

收获记

《文心雕龙·神思》有云："积学以储宝，酌理以富才，研阅以穷照，驯致以绎辞。"说的是学习、写文章"四要领"。多年来，不论是当记者、当编辑，还是任行政官员，我都坚持读书、写作不间断，勤奋求知，忍辱工作，"三千"磨砺。阳光总在风雨后，梅花香自苦寒来，果真得到很丰硕的笔耕收获，还交了不少高层的朋友，使我增长了不少学识、见识和胆识，开阔了胸怀，扩大了影响。我现被聘为中国管理科学研究院科学社会学所特约研究员、安徽省作家协会会员，这为我的继续学习、交友、笔耕拓宽了空间。

千淘万漉

俗话说："一分耕耘，一分收获。"不假，我辛勤笔耕了几十年，先后在《人民日报》、新华社、《光明日报》、《半月谈》等处发表评论、杂文、评论、散文、新闻特写、调查报告、报告文学、内参等各种体裁文章200多万字，一些内参得到高层领导批示；1992年10月6日，被中央办公厅《综合与摘报》第143期采用的《农副产品流通中存在的一些问题及建议》内参，专报中央政治局委员，增发安徽省委，省委书记作了重要批示；1993年9月，《加强宏观指导，激励农民走上市场》论文，获全国"三沿"地区改革开放研究征文优秀成果奖，收入《大改革　大开放》一书；1994年10月24日发表于《人民日报》头版的《催一催不如推一推》评论，获该报征文二等奖；1998年10月发表于中央办公厅《秘书工作》杂志的《中南海情思》随笔，受到同仁们的好评。

尤其是从2001年11月19日至2004年6月1日之间，我撰写的《从中学生作文想到的》《学为人师　行为世范》《父母亦师》《莫忽视隐性政绩》等4篇政论文先后发表于《人民日报》《光明日报》名栏目，受到高层领导和同仁的赞赏，这是一份特厚重的收获，倍感欣慰。与此同时，著有《山下漫笔》文集由安徽文艺出版社出版发行，主编《徽溪情》散文集由人民日报出版社出版发行，著有《纵论集》论文集由中国文史出版社出版发行，著有《京华缘》论文集由（北京）大众文艺出版社出版发行。

"千淘万漉虽辛苦，吹尽狂沙始到金。"收获必有付出，付出必有痛苦。我虽然读书挺有点天资，但由于家庭原因，根本没有机遇去实现"大学梦"，初中未读完就找"出路"了。真乃"先天不足"，只好"后天弥补"，靠自学和函授，靠读"无字天书"，靠自我奋斗。奋斗必然伴随着痛苦和屈辱，从那时起，我就慢慢磨炼强忍痛苦和屈辱的承受能力，坚持"读万卷书""行万里路"的生活体验。

要说生活，我从小砍过柴、卖过柴、放过牛、犁过田，柴刀砍伤膝盖，犁耙戳进小腿肚，鲜血直流，无钱医治，硬撑着……农村外出挑运石灰石更是个苦活，每年冬春，风雨无阻，常常是肩肿腿瘸，苦不堪言。但无论有多苦，我始终坚持读书学习。

果真，是知识改变了我，17岁那年，我被县林业局选中，参加了工作。接着参加了农村"四清"工作三年。县革委会一成立，调县革委会（县委）写作组，历任县委宣传部新闻干事、徽州报社编辑组副组长、记者。再后来因家庭原因，调回绩溪，任县委办公室副主任、主任、县委副县级督查员等职，直到退休。44年的从政从记生涯。

工作之后，从青年至中年时代，我经常深入基层、深入农村、深入民间。当年参加农村"四清"工作队和农村蹲点，在绩溪、歙县、休宁等县的农村一待就是五年之久，食宿农家，工作田埂，什么农活我都干，什么苦我都能吃。每逢酷暑时节，太阳烤、洪水泡、蚊子叮是常有的事；每到寒冬腊月，下乡总结典型材料，到农村采访，我常爬雪地、睡篾席，用棉被裹身御寒，一直写到天明。

想当年，有人说我是"三包"干部。下乡"包"了，"双抢""包"了，跑荆州"包"了。此话虽有点夸张，但也是事实。如县委中心工作下农村，单位里首先是点名我。"双抢"正值酷暑烈日，烧烤难耐，谁都害怕，单位头儿说我年轻，农活会干，又是点名我。跑荆州就更不用讲了，说我脚勤脑灵，荆州又熟，不仅单位要去荆州我"包"了，县委也常点名我。荆州是最边远的山乡，又是县里的"点"，一年至少进荆州二至三趟。未通公路前进一趟荆州是很累的，翻竹岭、爬阶磜岭够你受了。全靠小管德恭和芦花对我的照顾，才消解了疲惫。有一年初夏，县委指派我和农委胡灶元科长去荆州总结典型材料，孰料，进山次日，山洪暴发，我们白天投入抗洪，晚上了解情况。可是深夜10点多钟，接县里电话，要我们抓紧回县研究材料。天知道，两手空空，哪来的材料，但不得违抗，连夜突击，两夜未合眼，第三天一早就回程。一路上，路毁车断，烈日暴晒，渴了喝口河水，饿了啃几片饼干，累了在路边躺一会。徒步90多里，两腿一瘸一拐，胡科长到龙川顺路回家了，我一人到县城已是晚上8点多钟，可到家还不能休息，沐浴后，忙于赶写材料，四五千字的典型材料脱稿，天已亮了，两眼惺忪，又匆匆赶去参加县委王逸云书记主持的材料研究会。令我没想到的是，派出的四个材料组，唯有我组的典型材料一次性通过，受到县委王书记的赞扬，宛如一股暖流冲刷了我心头的苦水。

此时此刻，令我想起了唐代刘叉一首《代牛言》诗。"渴饮颍水流，饿喘吴门月。黄金如可种，我力终不竭。""暖流"往往都是从痛苦中来，也就是说，要有"老黄牛"的精神，才能以苦为乐。当年我在徽州报社工作时，有一年寒冬去祁门县胥岭一个深山村采访一个农民承包荒山的典型，冒雨步行80多里，夜宿草棚，吃的粗粮，晚上睡的是竹篾席，盖的是17块补丁的破棉被，可见当年农村有多苦啊！但对一个记者而言，这是一次难得的体验，苦其心志，劳其筋骨，乐之乎也。

其实苦、难都不怕，反而是好事，它使我壮了体魄，练了笔杆，磨了意志，又增加了知识。怕就怕被人误解、委屈，这才是最难受的。比方说，当你拼命工作，无暇顾及人际关系时，有人说你清高、目中无人；当你行事有独特见解时，有人对你就看不惯、不顺眼；当你在报刊上发表褒扬性文章时，有人说你是拍马屁，讨好领导；更有甚者，当你得到领导赏识时，有人说你是"黑五类"的子女，有什么值得赏识……在那个政治风云变幻的年代，像我这样的人，只有苦干实干，别的都没有你的份儿。这倒也没有关系。问题是令你想不到的，包括你的生活习惯也都成为被指责的焦点：当年，我使用了我岳父从浙江带回的一把"黑布伞"（古称洋伞），有人在背后指指戳戳，说我"有小资产阶级情调"；我一贯讲究点衣冠，有人又在背后议论，"某人生活不朴素"；在有关场合，发表点不同见解，有人又说你"清高、显示自己"……面对种种嫉妒、屈辱，我始终抱定"莫听穿林打叶声，何妨吟啸且徐行"的心态，不被闲言碎语左右，执着干事，坦诚做人，欣然"回首向来萧瑟处"，必定"也无风雨也无晴"。

再说入党。由于家庭等多种原因，入党过程可以说是一波三折，经受10年的考验。早年，当徽州地区"四清"工作团党委正考虑吸收我入党之际，突然收到我原单位一份公函（某个人的伎俩）指出我3个问题：（1）骄傲；（2）不尊重领导；（3）生活不朴素。入党就这样告吹了。1968年县革委会成立后，我被调至县政工组宣传小组工作。县政工组党支部讨论我的入党问题，参会56名党员，其中有两名党员提出意见，说我高傲，又没有通过。10年的考验，我坚持辩证看、多克己，次年，政工组再次讨论我的入党问题，终于一致通过。后来，我从报社调回县里，在县委机关担任领导工作，又跟给我提意见的两位同志相遇，我换位思考，尊重他们，支持他们部门的工作，帮助他们解决工作中的困难，其中一位在退休时提出一些要求，我一一帮助解决。后来，他们对我也很感激。

所以说，无论是苦也好，屈辱也罢，要换位思考，辩证看待，心态自然平和。要养成辩证思维和平和心态，一个人要有不怕吃苦、不怕吃亏、不怕委屈的气量，一个干部要勇于担当、要虚怀若谷、要勤廉爱民、要有自控能力，这"三不""四要"是我为人为官为文的一贯作风。比如，1987年，荆州公路山体大滑坡，34名浙江农民工遇难。事故发生后，我从事故调查到起草调查报告到参与谈判，与有关部门的同志一道，直至省府汇报争取到 14 万元救助，事故圆满解决。但整整 17 个日夜，我很少合眼。事后，在总结表彰大会上，受表彰、表功 150 多名干部中我榜上无名，不少人认为我太委屈，说我该记头功。但我觉得人家生命都没了，还计较什么呢？只要死者安息、县里无大损失就满足了。这个故事，说的就是"三不"的气量。

再说担当，更是一种胆量。1975 年，我与永干、竹胜、有榴 3 人在水村工作队，正当极"左"路线横行，农村刮起一股来势汹汹的"割资本主义尾巴"、大拔南瓜藤等农作物的阴风。面对此情此景，我们冷静思考、机灵应对，一方面会同村干部下队入户，教农民兄弟学会自保，明确告知他们不再开荒扩种，绝对保护好各家每一棵南瓜藤、辣椒树；另一方面勇于向上级禀报，全村开荒扩种的农户已全部处理，现无一户再开荒扩种。就这样，我们顶住重重压力，没拔掉一株农作物，保护了农民兄弟的利益。说实话，在那个年代，要顶住极"左"的阴风，没有点敢于担风险的胆量、忍辱负重的精神是不行的。

自古以来，人的一生，历经千锤百炼，忍辱负重，善纳群言才能成熟。古人云："木受绳则直，人受谏则圣。"传说世界上最长寿的鸟类是鹰。老鹰为什么会长寿？因为鹰在成长过程中必须经历一次痛苦的蜕变，换掉身上老化的喙、爪和羽翼，才能重新焕发生命活力。人也一样，不经磨难、忍辱和付出，是不能成器的。说白一点，付出，就是吃苦和忍辱，吃苦和忍辱就是读"无字天书"，是获得知识的一条重要渠道。其实，吃苦，能使人磨炼意志；被嫉妒，受屈辱，能使人席地幕天，增强承受能力。正如古人所云："能受天磨真铁汉，不遭人妒是庸才。"从这个意义来讲，遭人嫉妒也是一份收获。青年韩信倘若受不了胯下之辱，也成不了后来八面威风的大将军；马弓手关羽倘若不强忍袁术之辱，挺身而出勇斩华雄，哪有后来威振华夏的汉寿亭侯？现在回想起来，如果我没有吃那么多的苦，没有读那么多的"无字天书"，没有忍受过屈辱和嫉妒，也许就得不到丰厚的知识，也就写不出那么多有一定分量的新闻稿件、内参和文学作品，更不可能有坚强的意志、宽阔的胸襟和良好的心态，乐观豁达、笑傲林泉，这叫"失之东隅，收之桑榆"。

千磨百折

有人曾赞我，工作像蜜蜂，生活像喜鹊，作风像啄木鸟，屈辱像虾子，这也许是对我人生的概括吧，实际上，这"四像"也是一笔财富。这笔精神财富，正成了我写作的重要资源。所以，把我的写作经历总结如下：汗水—苦水—泪水—墨水—甜水。真可谓是"冰冻三尺，非一日之寒"。我写作40多年，基本经历了三个阶段，第一个阶段是"入门"（或起步），第二个阶段是"提高"，第三个阶段是"享受"。

记得 20 岁刚出头，正在歙县竦坑搞"四清"工作，我的处女作在《安徽日报》发表，当时，我喜出望外，引发我"耍笔杆"的极大兴趣。但是，毕竟功底差，尽管写了不少，可是大多是"废品"。于是，我暗暗下苦功，深入基层，注重实践，抓住五年农村"四清"工作和农村驻点的极好机遇，拼命练"笔杆子"；"文革"动乱那些年，我两耳不闻窗外事，闭门练笔写作，"笨鸟先飞"，勤学苦练。后来，由于得到名家指点、恩师帮助，尤其是，当我刚步入新闻工作之际，就有幸得到胡继辉老师（当时是《徽州报》资深编辑）的指点，是他指导我成功地写了一篇报告文学，使我深受启发，并在写作上产生质的飞跃。该文的题目是《"三变""三不变"》——写插队知青柳郁文的先进事迹，被全省活学活用毛泽东思想积极分子代表大会秘书处选用。而今，继辉老师已离开人世 20 多年了，但他的高尚品德和"一文之恩"，我没齿不忘。果然，功夫不负有心人，后来下笔就渐渐自如了。到了二十八九岁那年，我的"大块文章"——《四季养蚕辩证法》发表在《安徽日报》二版上，占了半个版面，受到编辑部的好评，此时，我的写作已"入门"，或说叫"起步"。

有了起步，才能提高。不过，这个提高过程更是一个艰辛的攀登历程，必须走出去，到大环境中去打磨。我上到中南海，参加会议并发言，见中央机关领导；一度又被新华社《经济世界》杂志聘为编辑。这是长见识、壮胆识的"大世界"。中到《安徽日报》深造，在《徽州报》当记者、任编辑组副组长。报社是长知识、练笔杆子的"大舞台"。下到农村、企业磨炼，这是我接"地气"、打"底气"的"大课堂"。果真，打那以后，我写的新闻评论、杂文随笔等作品及内参，屡屡发表在《人民日报》、新华社、《光明日报》。其中有 14 篇言论在《人民日报》头版发表，内有一篇言论获二等奖。被领导、报社同仁称赞为"言论专家""高产记者"。尤其得到时任徽州地委常委、宣传部部长刘希（《人民日报》下调的）、时任徽州地委书记（后任黄山市委书记）胡云龙的赏识。我把领导的赏识、同仁的夸奖当作鞭策自己的动力，不踌躇，勇攀登，重"观察"，多"思考"。一个作者，观察和思考是写作的生命，而思考更是把知识转化为智慧的有效途径，也如孔子所倡导的"再思"、韩愈的"行成于思，毁于随"的深刻道理。

有人说我的文章"好比'笔刀'，一针见血，伤皮不伤骨，看了过瘾"。不错，我常用手中的"笔刀"写一些评论、杂文，表达自己的观点和思想，这就是文品，或叫"文骨"，我写作一贯坚持"三不"原则：不写昧心的文章、不写天花乱坠的文章、不写不痛不痒的文章。我基本做到"为文巧用风雷笔，处世历经风雨舟"。比如，我在《人民日报》头版发表的《少请一餐丢掉四万》《四千元换来四十元》《不妨来些"暗访"》等评论、杂文，就揭露了党内一些官僚主义、玩弄权术、弄虚作假等不正之风，伸张了正义，虽然触动了社会时弊，但不伤骨，很有可读性。我浙江的一位妻表妹，看了我在《人民日报》头版发表的文章说："姐夫，这么厉害的文章你敢写……"我说，敢不敢，关键是有没有"先己"和"正义"两个词，"凡事之本，必先治身"。这样，作品才能写到深度，写出人情味，才有说服力。如前面写的《催一催不如推一推》那篇评论，其实是我的提议，与同车的县委书记何成国一起下车帮助农民推板车上坡，深受农民兄弟的感激。随后，我从干群关系这个大题、从改进作风的角度下笔，写成评论，很快在《人民日报》头版显著位置发表。虽然是短文，但写出了真情，影响颇大。有人说，这些"鲜活"的题材抓得好，令人没齿不忘。

要使这些"鲜活"的文章产生更大的效应，还要学会写多种体裁的文章。一次，报社派我到祁门县参加徽州地委（今为黄山市）召开的县办工业现场会。一般来说，记者到会，重要的会议顶多是发一条消息，配一篇短评。也许是这次会议开得生动活泼之故，我改变了报纸的惯例，跳出会议圈，除发了一条消息外，还写了《赞县委书记"五拍板"》《办厂改灶制"三虎"》《自由"恋爱"结硕果》《待业青年的希望》等四篇评论，发表后，其效果远远超出会议的界限，受到地委领导的赞扬。假如仅用消息一种体裁就不可能有这样好的宣传效果。说到文章的效果，还有一次就更明显了。我曾写过一篇《县长向农民问计》的新闻特写，有关报纸都用了，但我总觉得用新闻体裁写还不到位，特别是当前领导干部下基层太少，而这位县长大年初六就下农村与农民共商经济发展大计，这不是鲜明对照吗？我脑子里忽然"蹦"出一个主题来，改写为评论，题目是《沉下去听民声》，不久，在《人民日报》头版显著位置发表，产生的影响和宣传效果就更大了。

到党政领导机关工作与当新闻记者不同了，要学会写公文。公文的格式不少，但是笔调、语气、文理都有明显的区别。比如，换届的党代会、人代会的工作报告，它就不同于一年一度的例会和平常会议的工作报告，它就要有高度和深度，文字要精练，结构要严谨，既总结过去，又规划未来，既有鼓舞人心的目标，又有实实在在的措施，再准确点讲，它是党委、政府指导一届工作的纲领性文件。如起草的县委第九次党代会的工作报告，我根据县委的意图，在几位秘书起草的基础上作了较大幅度的改写，仅14000字，比以往的报告稿减少5000多字，文字精练，比较成功，受到党代表、省地领导的称赞，对我来说，又多一份"收获"和经验。更令我没想到的是，草拟的这份工作报告竟得到了时任县委书记何成国的赞赏。其实，何成国同志刚到任时对我的印象不好，说我清高、高傲，不好接近。后来，遇事多了，他欣赏我的人格和文笔，改变了原先对我的看法，并在一次谈心中对我说："论工作你是我的高参，论个人关系，我们是同事、朋友。"不假，论个人关系，我们成了好朋友。何成国同志对人真诚，情商比较高，能识才、爱才、重才，而且很有领导艺术，有很多东西都值得我学习。他虽然离开绩溪多年了，尽管后来他担任了滁州市委书记、省人大常委会常委、环资委主任，直至退休后，我们一直保持密切友好的关系。

在党政机关工作，还要学会典型经验和政论文的写作。早在二三十岁时，我还曾写过两篇典型文章，算是成功之作吧。一篇是《农村思想阵地的守望者》，写镇头公社党委宣委程宗火的事迹，被省宣传工作会议选用，发至全省各地市县。另一篇是写荆州公社三亩丘大队农民学哲学用哲学经验，题目是《辨别事物的锐利思想武器》，被徽州地区宣传工作会议选用，推广全区。有意思的是，就因为这么一篇文章，不多久，该村大队支书被提升为乡干部。后来，我又先后为三位县委书记写了三篇政论文，均受到他们的称赞。一篇是《县级经济的潜力在工业》，发表在《人民日报》(理论版)，并获征文三等奖，被通知去北京人民大会堂领奖。一篇是《山变心安》，时任者被评为全省优秀县委书记，《党员生活》作特稿刊发。再一篇是《为官百里徽溪情》，受到人民日报出版社编辑的赞赏。

有人问，这些典型文章和政论文为什么能成功？正如本文前面所述，一是需经"大磨"的磨砺，才达到这个"火候"。见识要有上"通天"、下"接地"的体验，就是要到高层去磨炼，到基层去锻炼。二是作品，要被高层领导机关选用或在中央级和省级报刊发表。三是容忍，我在《徽州报》任编辑组副组长时，一次，我写了一篇《斗歪风》的新闻评论，其论点独具、论据有力（以屯溪新安江饭店抵制会议主办方虚开发票转嫁与会者的不正之风为背景）、论证充分。可该报某主管副总编辑却说"此稿没有什么东西",被压下来了,弄得我哭笑不得。没过多久,《人民日报》发表了(1983年11月14日)该文,该报才引起重视。还有一次是,我采写了一篇《暮年登山创大业》的新闻特写。写一位离休老县长回乡植树造林不止的典型,该报用在三版,《安徽日报》用在《简明新闻》的"拐角"。又没过几天,新华社发了通稿,《人民日报》《安徽日报》头版显著位置转载。再一次是,我写了一篇《深山窝里的春风店》通讯,写一家山村饭店优质服务的事迹,该报用在二版,给《安徽日报》不用,又没过几天,新华社发了通稿,《安徽日报》才忙于头版转载……这说明什么?说明编辑、编审的视角、层次不同,识别新闻价值也就不一样,版面也用得不同。面对这些,我心知肚明,但不宜多言,默默容忍,幸好没被淹没。容忍,对一个新闻工作者而言,也是一种"打磨"。说实话,这种"打磨",也是很难得的,更是我一生中不可多得的一份收获。

有了这份"收获",我的写作"意境"自然进入了第三阶段:"书缘"和"享受"。回顾我一路走来,除了读书、写作,烟酒无缘,串门无好,喝点好茶,看点电视剧,广交朋友,偶然陪友人跳几曲舞之外,其他爱好几乎没有,我是"东不礼,西不比",一生与书笔结了缘,如果三五天不看书、不动笔,心里纳闷,不知所措,一旦进入读书、写作"意境",就觉得是一种乐趣,一种享受。正如孔子所云:"发愤忘食,乐以忘忧,不知老之将至。"有人问我图什么,是名或是利?我说,二三十岁时，确实想过出名，到了不惑之年，就只想多出点作品。至于利嘛，20世纪八九十年代时稿酬标准低得可怜，2000年之后略高一点，但也不成正比。那到底为什么？我所要写的东西，大多是政论、杂文、随笔等文学作品，喜欢讲真话，点评是非，自我欣赏，已成了我的追求，并且健身又健脑，养性又养心。退休后，时间宽裕了，常常重温一些文史、学习一些经典，除此，我还订阅了《人民日报》等报刊，每天都有三四个小时读书看报、写作。两部论文、杂文随笔文集是退休后写成出版的。退休后的笔耕"收获"更丰厚。

千载难逢

如果说一分耕耘一分收获的话，那么，以文会友又是笔耕中不可估量的另一份"收获"，真乃千载难逢。我以文会友，上有高官、学者，下有农民伯伯，左有同仁同事，右有各行各业的朋友。从年龄层次来讲，老、中、青都有，可以说，各个层次都结交。而且这种结交，基本是经历了"偶然性"到"必然性"，又从"必然性"到"偶然性"的过程。

1991年10月18日，是我终生难忘的日子，这天是我赴京进中南海参会的日子。因1991年7月2日绩溪遭受特大洪灾，全县人民财产和农田遭到伤筋动骨的损失。9月28日，中央机关六部委捐赠衣物支援绩溪。随后我奉命进京去中办汇报工作。刚到京，忽然接到中办通知，18 日上午要我进中南海参加中央机关运送捐赠衣物回京总结大会并发言。会上，我作了 3 分钟的发言，衷心感谢党中央对绩溪人民的关怀，归结为八个字"子孙后代，永世不忘"。碰巧，开会当日，我采写中央机关车队同志到绩溪的"三不精神"（不旅游、不喝酒、不收礼）的新闻特写在《人民日报》发表。大会一结束，与会不少同志跑来把我团团围住，有的邀我到他们部里做客，有的与我合影。会议新闻在中央电视台播放，会议新闻录像还给我带回绩溪，在县电视台连续播放了两晚。我想，全国有多少个县市，有几个能进"海"里参会？我能赴会中南海并发言，这不仅仅是我个人的机缘，也是绩溪人民的最大荣誉。

认识时任新华社社长、著名新闻记者穆青也是一个偶然机会。一次他来到黄山市治屯溪，时任市委书记胡云龙让秘书打电话要我去，我们在交谈时，穆老知道我是新华社的老作者，情感就不同了，还合影留念，这可能是偶然到必然的结果。但有时候也有从"必然"到"偶然"。1997 年 7 月，我主编的《徽溪情》散文集送书稿到人民日报出版社，想请人民日报总编辑范敬宜为本书作序，可惜只知其名不知其人。通过人民日报几位朋友介绍，几经周折，终于见到了范总编辑，当我把名片递给他时，他说："你的名字有印象，在我们报纸头版发表过文章。"我说，范总编记忆力惊人，承蒙多指教……从此，我们越谈越亲近，他当即答应为本书作序，还请他的秘书郑剑为我俩合影三张。记得 1990 年 5 月，我忽然接到一通知，要我参加省里一个编撰座谈会。会上，我才知道是省社科院院长欧远方（人称他欧老）点名的。欧老曾任《安徽日报》总编辑、省委副秘书长，是大笔杆子，又是高官，岂能认识我呢？据了解欧老很关心中青年"笔杆子"，他是从报刊上知道我的名字。在这次会议之后，我不仅认识了欧老，他不仅成了我的尊长、良师，还成了我的好友。他凡到皖南来都要问起我，有时还特地来绩溪看看我。真的，对我很关照。上面所讲的几位都是高官，又是"大家"。我想，如果不是通过"文"这条渠道，我岂能有机会结识他们呢？

要说"大家"，还有几位"大家"对我的帮助真不小。当初，时任《人民日报》评论部副主任李仁臣（后任《人民日报》副总编辑）就是其中的一位。1981年，我头一次在《人民日报》头版《今日谈》栏目发表的《别滥用"黄山"名义》的评论，就是经过他精心编辑的。精编后的文章，论点鲜明，论理深刻，文字精练。可以说，李仁臣是指导我学会写评论、杂文的导师。《人民日报》副总编辑（著名杂文家）米博华是我终生难忘的良师益友。他为我出版的《京华缘》文集写的序言，竟这样夸我："怀銮是一位言论作者，这倒不奇；奇的是他三十年来不间断地为《人民日报》投稿。作者多矣，能坚持写到如今的，极少。怀銮的名字评论部的同志大都熟识，这也不奇；奇的是历任评论部的领导都称赞他的人品。这样的作者，不多。"怀銮的"杂文随笔清丽典雅，即使是抨击的时文也往往很有文化味道……虽然其中有些观点还可以再推敲，但他的文章使我们懂得，无论时代怎样变化，总有一些永恒的东西值得我们在重温中获得新的理解"。这是米副总编辑对我的鼓励，令我其实难副。时任《人民日报》理论部副主任卢继传是指导我写理论文章的良师，使我的理论文章早在1991年就刊登在《人民日报》上。

有人说，写文章登报，只要有熟人就行，没有人，难发表。这个观点我未敢苟同，虽然熟人易认同，但以文会友才能成为友和熟人。1988年6月，我忽然收到《人民日报》评论部一份"小样"，并附言："怀銮同志：你的来稿《少请一餐丢掉四万》的言论已编好，请核实后，即刻寄给我。李德民。"直到后来进京登门拜访才认识他，你说是熟人吗？根本不是有人想象的那样。不过，从那以后，他已成了我的良师益友，后来尽管他当了部主任，但我们的友情没有变。确实，以文会友的"友情"是纯洁的。每当我想起这点点滴滴的拜师会友情节，都给我带来了极大的慰藉，并产生了一种巨大的精神力量激励着我。回想1992年我第二次进中南海拜谒中央办公厅《秘书工作》杂志社主编傅西路时的情景，更足以说明这一点。傅主编很健谈，为人热情，我们一相见，他就说："你的名字，我在《人民日报》上见过，而且你喜欢写言论、杂文对吗？……"我心里想，傅主编真是有心人，一张大报作者那么多，怎记住我，可见一篇文章影响之大。后来，我的文集《山下漫笔》出版，特地寄上一书向他请益。哪知道他对我的杂文、言论特感兴趣，称我"承学遵文风，著言实文章"，并要在《秘书工作》杂志上专为我开辟一个《言论》专栏，因题材所限，我不敢承揽。后来，每年除夕和正月初一，总是他先打电话来向我"拜年"，我说，倒置了。他说："朋友嘛，就不必有上下之分……"也有一些朋友对我开玩笑说，"你现在知名度高了，也有资格了，当然人家看重你啦"，这些话，既有对的一面，但也不完全。我前面说了，二十八九岁那年，一篇"大块文章"《四季养蚕辩证法》，投至《安徽日报》，被时任《安徽日报》农村组副组长梁长森（后升任省新闻出版局副局长）一眼看中，他还特地打电话约我到报社面谈。他说："此稿写得不错，也正合时宜，个别地方稍动一下就行了……"果然，稿子经他编辑送审后，很快就见报了，在全省产生较大影响。就这一篇稿子，我们建立了 30 多年的友情。从这个意义上来讲，这才是真正的以文会友，并非是熟人才用稿子。

真的，以文会友，得到的都是真诚。记得 1992 年 5月，宣城地委书记杜诚陪同《人民日报》高级记者张振国来绩溪采访，张老是名记者，很会抓新闻，文章写得活，角度选得好，正义感很强，拜读了他的文章很受教益。哪晓得，他看过我在《人民日报》头版《今日谈》栏目发表的言论很有兴趣。他当着杜诚书记的面对县长说："怀銮同志，蹲在基层，竟在《人民日报》头版发表了那么多篇言论，真不简单，你们要给他发奖金啊！"经过这一次交往，双方的印象都很深。1993 年下半年我要出版《山下漫笔》文集，特请张老为本文集作序，他欣然允诺。张老确是我结识的难得的良师。后来听说他夫人身患重病，他的身体也不太好，一度他夫妻俩都住进了医院，我一直很不安，直到去看望他之后，我的心情才好一点。实际上，据张老说，在认识我之前，他就听《人民日报》高级记者（驻上海首席记者）章世鸿介绍过，说我"为人热情，为文严谨，思想活跃，值得结交"。而我认识章世鸿老师是在1986年秋末，章老对人很诚肯、热情，但又很谦恭，他是大记者，反而要我去认识认识张振国记者，说张老的文章写得好、写得活。这种"同行相亲"的胸怀雅量，值得我学习。后来，他看到我出版的《山下漫笔》文集，特来信赞道："我极有兴趣读了你的作品，因为每篇都很短，一口气读下去毫不费劲。你所写的都是皖南山区基层的问题和生活情景，富有生活气息。这个领域一般记者是很难深入的……你的文章十分朴实，文字干净，概括力很强，许多事能用几句话点破，这确实是我们记者的手笔，很实在，以情动人。同所写的内容和人物风格一致，这一点很有张国老（指张振国）作品的风格。要我去读长篇水分很多文字太洋的报告文学，我宁可读你的素描式散文和短篇……"从那以后，我们书信来往就多了，他凡出版的文集都寄给我，特别是拜读了他《九十年代中国记事——一个记者的视野和思考》一书，其文章观点鲜明，视野开阔，揭示深刻，很受教育。我每去上海，都先去拜谒他。

　　我经常说，以文会友的"收获"真不少。如20世纪80年代中后期，我从报社回到家乡后一直在县委机关任职，一次去省委办公厅开会，见到时任省委副秘书长、办公厅主任李迈力，她为人热情、平易近人，对我印象不错。当然我也很敬重她，但转念一想，她为何对我有如此好印象呢？同样，李主任也是先认识我的"文"，然后才认识我这个人。从此，我们交往就多了。她身居上层，有才不露，宠辱不惊，是我的好领导，更是我的良师，可她反而夸我是"江南一支笔"，我岂敢担当？后来，我每去省城，她在百忙之中都得出面与孙维扬、祝家平等几位处长来接待我。几年前，她转任省委督查组副组长，凡到皖南督查工作，都要找机会来绩溪看看我。尤其令我难忘的是，当我在办公室主任岗位上转岗督查工作时，她与孙维扬处长特地从省城赶到绩溪来看我，真令我十分感动。

　　一位哲人说："益友是一笔精神财富，无形资产，人脉资源。"不假，说真的，凡是我所结识的高官、新闻界老前辈及新老朋友，他们人品好，才学非凡，都是值得我学习的。更要由衷地感谢他们扶持我攀登写作高峰，扶助我的作品登上最高新闻、文学殿堂。而基层的朋友是我接"地气"、打"底气"、增"活力"的重要源泉。

　　正因有了这源泉，我的写作"水源"才不会断流。去年上半年，《人民日报》"大地"副刊《金台随感》发表了我的两篇杂文，一篇是《"善下斯为大"》，一篇是《谄谀者宜惕》，针砭社会时弊发声议论，在社会上引发了很大反响，收到了许多读者的读后感、短信和电话的赞扬。同时，黄山市《徽州社会科学》杂志，专为我开辟了杂文栏目《新安杂谭》，四年多来，每月刊发一篇杂文，受到读者的喜爱。有位朋友送我一副对子："道德风范受景仰，犀利文辞激励人。"虽然过誉了，但或许是对我人生的真实写照吧。

"自信人生二百年，会当水击三千里。"经过一番拼搏、奋斗，在鬓如霜、暮成雪之时，蓦然回首，收获新知，笑慰平生。但有人说我一生中多有错失。不错，当年徽州地委胡云龙书记调我去当秘书，我不愿去。这意味着什么？意味着错失仕途升迁的机遇。后来，中央新闻单位物色到我，没去成，这又意味着什么？意味着错失去北京到合肥的机缘。但我认为，人生总是有得有失，那方面我失去了，但我得到了丰硕的作品和难得的良师益友，这是我最大的收获，人生的宝贵精神财富。从家庭而言，有优秀的孙子晨晨和外孙童童，我深信，他们俩将来一定能成为国家有用人才。至于其他的，可以用一句话概括："古今多少事，都付笑谈中。"

2010 年 8 月 3 日拟

2018 年 8 月改就

品題

徽／州／随／感

怀峦是言论作者

米博华 ①

未曾谋面之前，已知程怀峦其人。

怀峦是一位言论作者，这倒不奇；奇的是他三十年来不间断地为《人民日报》投稿。作者多矣，能坚持写到如今的，极少。

怀峦的名字评论部的同志大都熟识，这也不奇；奇的是历任评论部的领导都称赞他的人品。这样的作者，不多。

怀峦自谦，说自己是小地方人。他的工作和生活足迹似乎总是围着黄山和绩溪转。倘不是绩溪这个地方而今声名显赫，我甚至记不得他在哪个县工作。

五六年前，我第一次见到怀峦。谈了个把小时，对

---

① 米博华，时任人民日报社副总编辑，杂文家。

他印象深刻。他相貌平平，精瘦身形，思维敏捷，目光炯炯，一看就知是个耍笔杆子的，谈吐中有种老夫子的儒雅。话题始终没有离开黄山、绩溪，那里的历史掌故，那里的文物古迹，那里的名山大川。特别是，他说起绩溪胡氏祖先的渊源，更是如数家珍。他谈得两眼放光，我听得乐而忘食。

很喜欢兼有北人豪放和南人细腻的安徽人。他们既大碗喝酒，也弄丝竹管弦，正像黄梅戏的曲调，南人北人都很受用。姑妄论之，也许安徽地处中部，本来就是中国人的故里，所以中国传统、中国文化、中国风格格外浓厚。

我读怀銮作品并不多，把这次拿到的书稿和上次赠我的大著通读一遍，对他又有了新的认识。

怀銮有一种历史情结。他的大部分作品是新闻评论，和别的作者不同的是，他的言论有着明显的中国历史文化的背景，杂文随笔清丽典雅，即使是抨击的时文也往往很有文化味道。讲道德，谈境界，评格调，举凡涉及精神世界的命题，多有中国特色。在怀銮的精神世界里，中国传统文化始终是他含玩不已的兴趣所在。虽然有些观点还可以再推敲，但他的文章使我们懂得，无论时代怎样变化，总有一些永恒的东西值得我们在重温中获得新的理解。

怀銮来自基层，对群众格外关切。他的新闻报道和评论，大多着力于工作探讨，落墨于干部群众思想。譬如关于"蚕茧大战"的内参，就很有看头。读者也许不会注意这些工作性调研，但我却从中看到怀銮扎实严谨的作风。他做行政性工作，写作并非专职，但动笔之前似乎要酝酿较长时间，之后又反复修改。所以，他的言论选题较准，分析较深，切中要害，入情入理，对认识社会、改进工作都很有帮助。

怀銮多情。无论是政论还是随笔，字里行间总有一种情感萦绕，山水之情、故乡之情、亲友之情……自然，对于假恶丑也是怒目相向，愤懑于胸，激愤之情跃然纸上。我认为，好的言论一定是"情动于中"的产物，无情为"字"，有情是"文"。无动于衷的操笔是堆字，心潮澎湃的抒发是写文。虽然只有情未必能写出好的言论，但是没有情一定写不出好文章。怀銮情感丰沛，写出的文字有声有光有色。而这，并不是每个作者都能做到的。

"廉颇老矣，尚能饭否？"还没有到廉颇的年纪，但人过五十往往暮气上升。怀銮依然热爱学习，依然潜心思考，依然辛勤笔耕，这对我是一种极大的感染。只要心还年轻，我们的事业就年轻。

"惠怀之至，英风袭人"，衷心希望怀銮保持这种状态。

2008 年 6 月 30 日于北京

为人正直

——好友郁夫① 来信

怀銮老友：

上月十五、十六日，我和老伴陪上海老表来绩溪叨扰，承蒙仁兄百忙中亲自陪同观看龙川风光，敬谒胡锦涛旧居，欣赏绩溪高铁站的庄重前唐风光，临别时仁兄又精心备了一桌徽菜风格、上海味道的美味佳肴，我们大快朵颐，谈笑风生，真乃深情厚谊。

仁兄为人正直，满腹学问，尤其退休以后仍深入民间，笔耕不倦，所采写新闻、文学创作，屡屡登载在中央报刊杂志，受人欢迎，更令我对自己退休后的无所作为倍感汗颜，仁兄确是我们学习的好榜样。盼今后多联

———————————————

① 郁夫系新华社高级记者，原安徽分社副社长，1961 年毕业于复旦大学新闻系。

系并指教，有机会来肥多叙叙。

祝秋安。

郁夫

2016 年 11 月 10 日

文人相亲

——好友鲍杰^①来信

怀銮先生：

新春好。元宵后收到你的贺年信，倍感亲切。你我相识相交 40 年来，一直友好（当然更多的是你关心我），是出于彼此的理解和包容，真正做到"文人相亲"而不是"相轻"，这是双方共同努力的结果。

你离开报社后，在县委担任办公室要职，直接参与处理各种繁杂问题，还经常下乡。你是绩溪人，和各界人士都能沟通。你从政又从文，能更好地接"地气"，善解民情民意，才写出《"善下斯为大"》这样的好文章，可喜可贺！无论是对绩溪的宣传，还是从绩溪现实

① 曾为安徽日报资深记者、徽州记者站站长。采写发表不少名作，在老徽州很有知名度。

生活中发现的问题，都能经你的梳理、分析，再通过你的生花妙笔写成一篇篇佳文在《人民日报》等中央报刊发表，将民情民意传递给中央领导和全国人民，传播正能量。你功不可没，值得我等学习，也希望你多写两眼向下反映人民心声的好文章，真正成为"人民的喉舌"，祝你成功。

……

你是靠天资和勤奋成才的。你对徽文化的研究大有成就，且一生正派、仗义执言，常说公道话，故人缘好，朋友多，值得我学习，值得我尊敬。

老友：鲍杰

2013 年 3 月 2 日

后 记

　　这本《徽州随感》花了十年时光。十年风雨，十年心血，十年收获。今日，付梓出版，以飨读者！

　　因我有个"毛病"，向来不喜欢作品"自产自销"，故而用了十年的积累，多一个层次"打磨"方可"精准"。这些年来，我总觉得是因报刊的编辑、主编对我的作品有些"偏爱"，故能发表。《徽州社会科学》还专为我开辟了一个杂文栏目"新安杂谭"长达十多年之久，使我的作品有了"出路"。在这里，一并向他们深深地鞠躬了。

　　同时，衷心感谢支持本集子出版的民和、元积、海腾、建有等老总和人民日报原副总编辑李仁臣、人民日报出版社原社长刘景山先生，没有他们的支持，本文集出版有可能"流产"。

　　"酒逢知己饮，诗向会人吟。"本文集，敬请读者、朋友、同仁鉴赏、消遣、指正。

程怀銮

2021 年 1 月 5 日改就